──제노스의 역참 마을

숲가의 백성과 교류하는 한편,
여전히 편견을 버리지 못하고
있는 영토, 제노스.
숲가와 가장 가까우면서도
먼 이웃이었던 이 마을은
아스타라는 변화를 받아
어떻게 변해갈 것인가──

아이 파
파가의 가장.
여자인데도 가문을 지키기 위해
사냥을 한다. 아스타의 햄버그스테
이크를 특히 좋아한다.

츠루미 아스타 / 아스타
이세계에서 숲가로 흘러들어 온
견습 요리사. 역참 마을에서
기바 고기를 보급하면
어떤 이점이 생기는지 알게 되어
출점을 고민하는 중.

이윽고 결심한 뒤
육감적인 입술을 벌려──덥석
'기바 버거'를 베어 먹었다
"……맛있어……"

어쩌면 비나 루는
추파를 던지거나
몸을 비비 꼬는 것보다
다소 천진하게
행동하는 편이
그녀의 매력을 더
증가시켜주지 않을까.

이세계요리의길

Cooking with wild game.

VOLUME 4

EDA 지음
코치모 일러스트
이정민 옮김

커버 그림, 본문 일러스트 | **코치모**

MENU

제1장 ★★★ 혼란의 날

1

내 생애 가장 중대한 일이었던 혼례식 연회 다음 날——.

밟아서 누렇게 다져진 숲가의 길을 나는 아이 파와 함께 터벅 터벅 걷고 있었다.

엿새에 걸친 일을 끝내고 우리는 루의 촌락을 나와 파가(家)로 돌아가던 길이었다.

"아—아, 나도 연회의 뒤처리까지 깔끔하게 해치우고 싶었 는데."

걸어가며 저도 모르게 투덜거리고 만다.

오늘 아침에는 웬일로 늦잠을 자버린 탓에 뒤처리 작업에 참 여하지 못했다.

해는 벌써 중천에 걸릴 무렵이다.

이곳 이세계에 오기 전부터 일찍 자고 일찍 일어나기를 신조 로 삼던 나도 과연 지칠 대로 지쳤던 것이다. 생각할수록 안타 깝다.

씩씩한 걸음걸이로 나아가며 아이 파는 곁눈질로 내 얼굴을 쏘아본다.

"아직도 그 소린가? 네 일은 연회 요리를 완성하는 거였으니 뒤처리까지 신경 쓸 필요 없어."

"아니, 일의 책임이 어떻고 하는 이야기가 아니라, 난 모두와
마지막까지 고락을 나누고 싶었단 말이야."

아침——이라기보다는 불과 한 시간쯤 전에 겨우 잠에서 깨어
루가(家)의 숙소를 뛰쳐나오자 대광장에는 연회의 흔적이 티끌
하나 남아 있지 않았다.

돌을 쌓아 만든 간이식 아궁이도, 신랑 신부가 앉아 있던 누각
도, 횃불을 밝히기 위해 세워진 조명대도, 의식의 불이 타올랐
던 자리도—— 전부 다 깨끗이 치워져서 어젯밤 연회는 하룻밤
꿈이 아니었을까 하고 여겨질 만큼 넓고 아득한 정경이 펼쳐져
있었다.

듣자 하니 다른 사람들은 모두 해가 뜨는 동시에 눈을 떠 총출
동하여 연회의 뒤처리 작업에 착수했다고 한다.

"그렇지 않아도 축제가 끝난 후에는 허전해지기 마련인데. 어
쩐지 가슴에 구멍이 뻥 뚫린 기분이야."

그리고 내게는 장장 엿새간에 걸친 루의 촌락에서의 생활과
이별하는 날이기도 했다.

이 엿새 동안 나는 다양한 사람들과 친분을 쌓을 수 있었다.

처음에는 어떻게 대해야 할지 몰랐던 남자들에게 피 빼기와 해
체 기술을 전수하는 사이 왠지 모르게 친근감과 신뢰감을 느끼게
되었고, 함께 조리 작업에 힘쓴 여자들은 더 말할 것도 없다.

아쉽고 쓸쓸한 마음이 더해지는 것도 당연하다.

9

"뭐, 아이 파만 곁에 있어준다면 문제없지만!"

들으란 듯이 속마음을 큰 소리로 밝히자, 걷는 도중 아이 파에게 다리를 걸어차였다.

"이제 그만 어제 일에서 벗어나. 오늘은 또 오늘의 성가신 일이 우리를 기다리고 있다."

"응, 알아."

그렇게 약 한 시간이나 걸려서 엿새 만에 그리운 우리 집에 도착해보니── 그곳에는 긴 망토를 두른 금갈색 머리의 남자가 우리를 기다리고 있었다.

"이야. 건강해 보여 다행이군, 아이 파와 아스타."

사마귀처럼 가냘프고 마른 몸.

금갈색 더벅머리에 똑같은 색의 덥수룩한 수염.

길쭉한 얼굴에 길쭉한 코. 처진 눈꼬리 때문에 늘 웃는 것처럼 보이는 얼굴.

어린아이처럼 천진하고 노인처럼 차분해 보이는 신기한 보랏빛 눈동자.

아직껏 정체가 뚜렷이 밝혀지지 않은 수수께끼의 방랑자, 카뮤아 요슈였다.

"약속대로 자네 집에 들렀네만. 잠시 이야기 좀 할 수 있겠나?"

"그럼요. 나도 당신과 제대로 대화하고 싶었거든요. 와주셔서 고맙습니다."

내 대답에 카뮤아 요슈는 빙긋이 웃는다.

"고맙다고 말해주다니 오히려 내가 고맙군. 아름다운 여자 사냥꾼도 기분이 좋아 보이시고."

"…………."

"우리 가장(家長)의 기분 좀 망치지 마세요. ……집에 들어가서 대화하려면 칼을 맡아둬야 하는데요."

"호오. 숲가의 백성의 풍습인가? 좋지, 좋고말고. 오늘 하루 내 호기심이 얼마나 충족될지 상상만 해도 웃음이 멈추질 않는군."

능청스러운 얼굴로 능청스러운 말을 하며 카뮤아 요슈는 주저 없이 허리에 찬 장도(長刀)를 칼집째 내밀었다.

숲가에서 쓰이는 만도보다 훨씬 길지만 그만큼 폭이 좁고 얇아서 무게에 큰 차이는 없다.

그런데── 이 칼은 무얼 베기 위한 걸까.

"……그럼 이쪽으로 들어오세요."

아이 파, 나, 손님 순으로 덧문을 통과한다.

집을 며칠 비웠으나 아무 일도 없는 모양이었다.

아이 파는 신발을 벗더니 틸가죽 망토를 벽에 걸고 평소처럼 상석에 자리 잡는다.

다만 평소에는 벽에 세워두던 허리칼을 경계를 늦추지 않고 곁에 두었다.

나는 그 옆자리에 앉아 손님의 칼을 마찬가지로 곁에 둔다.

카뮤아 요슈는 망토를 벗으려 하지도 않고 말석에 사뿐히 앉았다.

'……정말 기묘한 아저씨란 말이야.'

역참 마을에서는 궁지에 몰린 우리를 구해주었고, 루의 촌락에서는 유혈 사태가 일어날 뻔했다. 나로서는 오늘이 카뮤아 요슈와의 세 번째 대면이다.

하지만 아무리 횟수를 거듭한다 해도 이 시치미를 떼고 웃는 얼굴에서 속내를 헤아리기란 도무지 불가능해 보였다.

"그럼—— 우선 사과의 말부터 해야겠어."

"사과의 말이라뇨?"

고개를 갸웃거리는 나를 향해 카뮤아 요슈는 한층 환하게 웃어 보인다.

"역참 마을에서 처음 만났을 때 내가 여러모로 쓸데없는 말을 해서 아스타 일행을 혼란스럽게 했지. 나는 딱히 족장 집안인 슨가(家)와 적극적으로 적대하려는 건 아니네."

갑자기 핵심을 찌르는 화제를 던진다.

"숲가의 백성에게 활을 당기는 인간이라며 적대시하지 않았으면 좋겠군. 나는 되레 숲가의 백성과 친해지고 싶은 마음에 이렇게 자네들을 찾아왔어. 믿어주겠나?"

위엄 가득 한쪽 무릎을 세우고 앉은 아이 파는 침묵을 지키고 있다.

그 침묵을 어떻게 받아들였는지 카뮤아 요슈는 막힘없이 이야기한다.

"그땐 내가 너무 서둘렀어. 전부터 관심을 갖고 있던 숲가의 백성과 마침내 교류할 기회를 얻었을 뿐더러, 그 사람이 아이 파와 같은 아름다운 여성이었기에 나도 모르게 앞서나갔던 거지. 부디 용서해주게."

그럼에도 아이 파는 무언에 무표정이었다.

아이 파로서는 두 번째 대면인 데다 이번에는 미리 마음을 가다듬을 수도 있었기에 약간의 농이라면 여유롭게 받아넘길 수 있을지도 모른다.

하지만 우선 이 남자와 대화를 나누어 그 속내를 살피는 것은 내 역할이었다.

"그럼 묻겠습니다. 카뮤아 요슈, 당신의 목적은 무엇인가요?"

"카뮤아라고 부르게. ……목적이라면?"

"일하는 김이라 해도 일부러 우리를 만나러 온 목적 말이에요. 설마 단순히 세상 돌아가는 이야기나 하자고 온 건 아니겠죠?"

"아니, 나는 단지 세상 돌아가는 이야기가 하고 싶어서 왔네만."

카뮤아 요슈는 멍하니 눈을 동그랗게 뜬다.

"나는 예전부터 숲가의 백성에게 동료 의식을 품고 있었네. 한데 그건 내 일방적인 감정이며 자네들 입장에서 나는 정체불명의 외지인이지. 그런 내가 숲가의 규율이 어떠니 족장 집안이 타락했느니 떠들어봤자, 들은 척도 안 할 게 뻔하지 않은가. 그러니 우선 자네들과 친분을 쌓고 싶은 마음에 여기까지 찾아온 거네."

그러더니 카뮤아 요슈는 긴 망토의 안쪽에서 과실주 호리병을 꺼냈다.

"이건 그냥 선물이네. 밤에 마시게나. ……아차, 독이 들었나 맛보는 게 순서지."

일전에 그랬듯이 과실주를 한 모금 마신다.

"으음. 그런데 역시 내 질문에 대한 대답은 아닌 것 같아요. 숲 가의 백성과 친분을 쌓으려는 이유와 목적을 전혀 모르겠어요."

"아니! 친해지고 싶은 마음에 이유나 목적이 필요한가? ……굳 이 말하자면 섬기던 신을 바꿀 수밖에 없었던 처지에 대한 공감 과 역참 마을에서 보이는 숲가의 백성의 고고한 행동거지에 대한 존경심, 그리고 아스타와 아이 파에 관한 개인적인 관심과 호의. 내 행동의 뿌리는 이 세 가지뿐인데?"

참으로 혀가 잘 돌아가는 양반이다.

그리고 논리는 지극히 정연한 반면 표정과 말투가 경박하다.

"한데 이렇게 집에 들이기까지 했다는 건 자네들도 내게 관심 이 있다는 뜻 아닌가? 이 마을 사람들은 도시의 인간을 덮어놓 고 두려워하기만 하잖나. 나처럼 태연하게 숲가까지 찾아오는 사람은 역시 무시하기 힘들어서인가?"

"이쪽 기분까지 대변해주시다니 고맙습니다. ……그런데 일 전에 말씀하시던 일은 슨가 쪽에 제대로 연락을 넣기로 한 건 가요?"

"아, 그래. 아무래도 슨가를 건너뛰고 다른 백성에게 연락했 다가는 그들의 체면을 손상시켜 쓸데없는 소란의 불씨가 되는 건 아닌가 반성했지."

제노스에서 동쪽 왕국 시무로 향하는 상단을 경호하는 것이 바로 이 남자의 일이다.

그때 숲가의 마을을 통과해야 하기에 길 안내니 뭐니 하는 일을 슨가에 의뢰한 모양이다.

"용케 이야기가 잘되었네요. 본가의 사람과 그런 식으로 엮였는데도."

"그렇지. 내 이름을 똑바로 밝혔는데도 아무런 문제가 없었지. 과연 부패해도 족장 집안, 도량이 넓더군."

빙긋이 웃는 카뮈아 요슈였다.

저런 표정이 말하기 미안하지만 신뢰할 수 없게 만든다.

"참고로 그 일이 단행되려면 아직 멀었네. 규모가 꽤 큰 상단이라 준비하는 데 품도 많이 들고, 거기다 미신을 맹신하고 노심초사하는 사람들까지 있나 보더군. 여행의 길일로 잡힌 날이 달의 열다섯째 날이니 오늘부터 세도 아직 20일도 더 남았어."

그런 말을 들어도 나는 아직 이곳 세계의 역법을 제대로 배우지 않았기 때문에 오늘이 몇 월 며칠인지조차 파악하지 못하고 있었다.

그것을 눈치채지 못하도록 나는 "과연" 하고 애매하게 고개를 끄덕인다.

"게다가 동쪽 왕국까지 갔다가 다시 돌아오는 데는 두 달이나 걸리거든. 따라서 20일 남짓한 기간 동안 자네들과의 인연을 최대한 돈독히 하고 싶었네. 나처럼 수상한 남자를 거부하지 않고 받아들여주어 고맙군, 아이 파와 아스타."

"아직 끈끈한 인연이 맺어진 것도 아닌데요."

"쉽게 맺어진 인연에는 가치가 없네. 수많은 어려움을 극복한 끝에 맺어진 인연이야말로 긴 세월을 견딜 수 있는 강인함이 주어지는 법."

말만 들으면 매우 멋있는 말일지도 모르지만 역시 어딘지 얄팍하다.

도대체 왜 그러는 걸까 싶어 잠시 생각에 잠겼더니 "꼬르륵" 하고 배에서 소리가 났다.

물끄러미 카뮈아 요슈를 쳐다보고 있던 아이 파의 눈이 싸늘하게 나를 본다.

"시장한가? 밥때가 되었으면 나는 상관 말게나."

"아뇨, 낮에는 별로 많이 안 먹는데요. 어제 저녁을 못 먹어서 그만……."

"그러면 안 되지! 아스타, 자네는 이렇게 말랐으니 잘 챙겨 먹어야 해."

당신처럼 호리호리한 남자한테 들을 소리는 아닌데, 하고 생각했지만. 이 양반이 홀쭉하게 보이는 까닭은 키가 너무 커서일 것이다.

긴 망토에 가려 잘은 모르겠지만, 망토 자락에서 비어져 나온 손목부터 손끝까지는 골격도 단단하고, 내 눈이 틀리지 않았다면 지자 루와 다루무 루에게도 지지 않을 만큼 손가락이 길고 손바닥도 두꺼운 것 같았다.

　"이제 겨우 해가 중천을 지났네요. ·으음……아무래도 해 질 녘까지 육포만으로 버티기에는 기운이 너무 빠져서 안 되겠는데. 아이 파, 고기와 아리아를 조금만 써도 될까?"

　"멋대로 해"라는 대답이 돌아왔기에 나는 식량 창고로 가려 했다.

　그러나 손님의 눈동자가 지나치게 반짝거리며 "잠깐만" 하고 나를 불러 세웠다.

　"고기라면 혹시 기바 고기 말인가? 그렇다면 아주 조금이라도 좋으니 나도 먹게 해줄 순 없겠나?"

　그 순간 지금껏 냉정을 유지하기 위해 애쓰던 아이 파의 표정에 균열이 일었다.

　"돌의 도시의 주민이—— 기바 고기를 먹겠다는 소린가?"

　"음? 이상한가? 기바와 숲가의 백성에게 공포심이 심어져 있는 사람은 주로 제노스의 토착민뿐인데?"

　카뮤아 요슈는 유쾌한지 미소를 띠운다.

　"제노스는커녕 본래 서쪽 왕국의 태생도 아닌 내게 기바는 그저 해로운 짐승이며 숲가의 백성은 그 짐승을 사냥하는 용감한 사냥꾼에 불과하네. 역참 마을을 돌아다니는 남쪽이나 동쪽에서 온 여행객들도 자네들을 두려운 눈길로 쳐다보지는 않지. 그렇지 않나? 놀랄 일은 아니네."

　그렇게 이야기를 해도 나는 누가 동쪽과 남쪽의 백성인지도 모른다.

다만—— 아이 파를 두려워하고 멸시하던 자는 황갈색 피부를 지닌 사람들이 많았다는 인상을 받았다.

"하긴, 숲가의 백성 외에 기바 고기를 먹은 인간은 이제껏 존재하지 않았을 터. 남쪽과 동쪽은 어떨는지 모르지만 적어도 서쪽 영토에서는 모르가 숲가 외에 기바라는 짐승은 서식하지 않는 것 같더군. 서쪽 왕국의 백성으로서 처음으로 기바 고기를 먹는다는 영광을 누릴 수만 있다면 오늘 여기까지 찾아온 보람이 있겠네만!"

어쩐지 진짜 어린아이처럼 두 눈을 초롱초롱 빛내고 있다.

그 반면 아이 파는 아직 당황한 표정을 감추지 못하고 있었다.

약 80년에 걸쳐 《기바 먹는 인종》이라며 차별받아온 숲가의 백성에게 이것은 역시 충격적인 전개이리라.

"아이 파, 어떻게 해? 가장은 너야. 네가 하라는 대로 할게."

엉거주춤한 자세로 물어보자, 아이 파가 난데없이 내 멱살을 움켜쥐었다.

하마터면 넘어질 뻔한 것을 버티고 있자, 아이 파는 거의 물어뜯을 듯한 기세로 내 귓가에 입을 가까이 가져온다.

"나는—— 나는 판단 못 하겠어. 아스타, 넌 어떻게 생각하지?"

이렇게 근접해 있건만, 들릴락 말락 할 정도의 속삭임이었다.

눈앞에 있는 손님에게는 절대로 들리게 하지 않겠노라 다짐했을 것이다.

나는 놀라서 뒷걸음질을 친 후 아이 파의 얼굴을 보고 더욱 놀랐다. 표정은 차갑게 굳어 있건만, 그 파란 눈동자는 리미 루보다 더 아이 같은 눈빛으로 불안해하며 나를 쳐다보고 있었다.

그렇게 충격이었던 건가.

나는 자신의 몸을 방패로 삼아 그 얼굴을 손님에게서 감추는 한편 마찬가지로 귓가에 입을 가져간다.

"숲가의 금기에 저촉되지 않는다면 별로 상관없을 것 같아. 과실주를 받은 답례로 고기와 아리아를 대접하면 어떨까?"

또다시 내 멱살을 확 움켜쥐는 아이 파.

"……아스타, 네 판단에 맡길게."

귓불에 아이 파의 입술이 닿는 바람에 나는 절절매고 만다.

그런 속사정은 꼭꼭 숨긴 채 나는 손님을 돌아보며 의젓하게 고개를 끄덕여 보였다.

"가장의 허락을 받았으니 가벼운 식사를 대접하겠습니다. 선물로 과실주도 받았으니 조금이 아니라 원하시는 만큼 준비할게요."

"그럼 아스타, 자네와 똑같은 양으로 부탁하네!"

뭐랄까, 덩치 큰 노견(老犬)이 좋아서 꼬리를 흔드는 듯한 모습이었다.

오히려 좋은 기회일지도 모른다. 속마음을 털어놓게 하는 데에 똑같은 음식을 먹는다는 것이 효과적인 방법일 터. 이 수상한 남자의 의중이 조금이나마 드러나면 좋겠다는 생각을 하며 나는 다시 식량 창고로 향했다.

그동안 아이 파는 조용히 눈을 감고, 나불거리며 말을 건네는 카뮤아 요슈에게 단 한마디도 대답해주지 않았다.

2

"오래 기다리셨습니다."

대낮부터 공들여 요리할 마음은 들지 않았다.

그래서 나는 기바의 삼겹살을 얇게 썰어 슬라이스한 아리아와 함께 볶아주고 돌소금과 피코잎으로 간을 한 다음, 과실주를 뿌린 지극히 단순한 고기야채볶음을 대접하기로 했다.

"익숙한 솜씨로군. 자네는 예전에 도시에서 요리사 같은 것을 했나?"

"네, 뭐, 그렇죠."

대답하며 나무 숟가락과 나무 접시를 손님에게 내민다.

양은 평소 식사량의 4분의 1정도.

설령 입에 맞지 않더라도 이 정도는 남김없이 먹어주었으면 한다.

"이거 참 기쁘군. 서쪽 영토를 구석구석 뛰어다니고 때로는 동쪽이나 남쪽 왕국까지 발걸음 하는 나이지만 여태껏 한 번도 기바를 닮은 짐승은 본 적이 없지. 기바처럼 용맹스럽게 생긴 짐승의 고기는 어떤 맛이 날까 옛날부터 흥미가 많았네."

과연. 내가 살던 세계에서도 멧돼지를 제외한 야생 돼지는 모조리 멸종되었다고 하던데, 이곳 이세계에도 기바와 유사한 동물은 존재하지 않는 모양이다.

어찌 됐건 가볍게 식사를 하기로 한다.

"감사히 먹겠습니다."

카뮤아 요슈는 고개를 끄덕이고 생글생글 웃으며 나무 접시를 손에 들었다.

나무 숟가락으로 뜬 기바 고기와 아리아를 입 속에 집어넣는다.

우물우물우물, 수염이 덥수룩하게 자란 아래턱을 위아래로 크게 움직이더니 씹은 음식물을 꿀꺽 삼키고── 그러고 나서 카뮤아 요슈는 갑자기 그 길쭉한 얼굴에서 표정을 싹 지웠다.

으아, 나는 나무 숟가락을 떨어뜨릴 뻔했다.

엷은 미소를 거두자마자 카뮤아 요슈의 의뭉스러운 얼굴이 사신이나 킬러처럼 불길한 생김새로 돌변한 것이었다.

눈썹이 높고 눈가가 움푹 들어가 있으며 볼살이 깎인 듯이 홀쭉하다. 지금까지는 전혀 신경 쓰이지 않았던 그 음영이 순간 두렵게 느껴진다.

내가 요리하는 사이 안정을 되찾은 아이 파는 그런 카뮤아 요슈의 변화를 하나도 놓치지 않겠다는 듯 뚫어져라 쳐다보고 있었다.

카뮤아 요슈는 달가닥거리며 나무 숟가락을 움직여 접시의 내용물을 순식간에 먹어치웠다.

그 덕분에 나는 한 입 먹고 난 후 나무 숟가락을 움직이지 못하고 있다.

입술이 얇고 옆으로 큼직한 그 입에서 지금껏 들어본 적 없는 낮은 목소리가 흘러나왔다.

"……이게 뭔가?"

"아니, 그러니까 기바 고기 요린데요."

"그렇겠군. 이런 고기는 처음 먹었네."

보랏빛 눈동자가 나를 본다.

날카롭게 찌를 듯한 눈초리로.

"이거 엄청나게 맛있지 않은가."

"아, 그런가요? 고맙습니다……."

"이것이 기바 고기로군."

"네……."

"이렇게 맛있는 고기를 먹은 건 정말 처음이네."

"저기! 손님! 얼굴이 무섭습니다!"

"음? 어라? 거짓말! 미안하네!"

카뮤아 요슈는 느닷없이 커다란 손바닥으로 길쭉한 얼굴을 양옆에서 감쌌다.

"이런, 안 돼! 놀란 나머지 속 얼굴이 튀어나오다니! 겉과 속둘 다 내 본성이니 오해하지 말게!"

오해라니, 이해조차 하고 싶지 않은 심정이다.

함께 식사를 했더니 서로에 대한 이해를 깊게 해줄 뿐만 아니라 수상함도 배로 늘어났다.

"참으로 맛있었어! 감동했네! 이런 맛있는 고기를 자네들 일족끼리 독점해온 건가? 거참 비겁하군!"

속 얼굴인지 뭔지가 지워졌어도 수상함은 줄지 않았다.

곁눈질로 보니 아이 파는 후우 하고 숨을 내쉬고 있었다.

그 손끝이 발치에 놓인 칼자루에서 멀어지는 것을 보고 나는 움찔한다.

역시 그 정도로 불길함을 발산했던 것이다, 이 남자는.

"이렇게 맛있는 것도 모르고 제노스의 백성들은 숲가의 백성을《기바 먹는 인종》이라고 부르다니. 이리도 어리석을 수가! 혹시 자네들은 그들에게 앙갚음하는 셈치고 이 맛있는 고기를 독점하는 건가?"

"아뇨. 그렇지 않아요" 하고 응해주며 나는 드디어 두 입째 숟가락질을 할 수 있었다.

그러자 책상다리로 앉아 있던 내 무릎 끝을 아이 파가 주먹으로 쿡 찌른다.

"아스타. 냄새를 맡았더니 나도 배가 좀 고파졌어."

"뭐? 어쩔 수 없네. 이럴 줄 알고 만들기 전에 먹겠느냐고 물어본 건데."

말하면서 나는 고기 조각과 아리아를 한 숟가락 떴다.

"자. 아."

정수리를 얻어맞았다.

나를 때리더니 아이 파는 나무 접시를 빼앗아 두 숟가락만 떠먹고는 되돌려준다.

너무합니다, 가장.

"흐음. 감탄했네! 한데 이건 역시 아스타의 훌륭한 솜씨 덕분에 맛이 있을 터. 소금 간도 절묘한 데다 과실주의 풍미도 끝내줬네. 아스타, 자네는 유명한 요리사 밑에서 수행이라도 한 몸인가?"

"아뇨. 우리 집이 작은 음식점을 했거든요."

"어느 나라에서? 내가 아는 모든 나라와는 전혀 다른 방식으로 요리한 것 같은데."

이야기가 거기로 도달하다니.

뭐, 상대가 누구든 내 태도는 변함없다.

"말하자면 길어지지만요. 나는 일본이라는 섬나라에서 태어났어요. 암스호른이라는 대륙의 이름조차 몰랐는데, 어느 날 정신을 차리고 보니 모르가 산기슭의 숲 속에 쓰러져 있었어요."

"……암스호른을 모른다고?"

카뮤아 요슈의 눈이 또다시 멍하니 휘둥그레진다.

하긴, 어쩔 수 없는 일이다. 나 역시 일본을 모르는 이국인이 일본에 있다면 마찬가지로 깜짝 놀랄 것이다.

"그건 무슨 뜻인가? 자네의 생김새로 보아 동쪽과 서쪽의 혼혈이라고 짐작했네만."

"아, 동쪽과 서쪽의 혼혈은 드물지 않은가 봐요?"

"드물긴 하지만 우호국이거든. 어느 나라의 백성으로 살아갈 것인지 처음에 잘 정해두면 별로 박해당할 일도 없지── 아니, 그런 것도 모른다고 할 셈인가? 아스타."

"죄송해요. 몰랐어요."

요즘에는 너무 바빠서 아이 파의 암스호른 세계사 강의도 걸핏하면 휴강이다. 저녁 식사를 마치고 시답잖은 세상 이야기를 하는 사이 내가 꿈나라에 빠지기 때문이다.

그보다는── 아이 파 자신도 숲가의 마을이라는 특수하고 폐쇄적인 공간에 몸을 두고 있기 때문에 그리 다양한 지식은 갖고 있지 않다. 바깥 세계에 관한 이야기는 아이 파가 부모님이나 지바 할머니로부터 전해들은 이야기를 그대로 해주고 있을 뿐이다.

"흐음. 그래서 아스타는 이국인이면서 숲가의 백성으로 살아가기로 결단한 거군. 서쪽 백성에게 숲가의 백성은 재앙의 상징이며, 남쪽 백성에게는 신을 버리고 배신한 일족인 데다, 북쪽 백성과는 처음부터 불구대천의 사이였고── 그러니 아스타는 동쪽 왕국 출신이리라 짐작했네만."

"내 고향은 극동의 섬나라라고 불렸거든요. 혹시 동쪽 백성은 나처럼 생긴 사람이 많은가요?"

"아니? 흑발에 검은 눈이 많은 것은 확실하지만, 그 대신 피부까지 검은 사람이 많지. 역참 마을에서도 많이 봤을 텐데? 그들이 바로 동쪽 왕국 시무의 백성이네."

그렇구나. 역시 내 상식을 적용하는 건 무의미한 것 같다.

"흠, 나 스스로도 어찌된 영문인지 전혀 모르겠어요. 머리를 부딪쳐서 이상한 망상이나 믿는 미치광이라고 생각해도 좋아요."

"알겠네. 그리 하지."

허억, 나는 뒤로 넘어갈 뻔했다.

"아니, 미치광이라는 생각은 하지 않네. 으음, 그건 그렇고 꽤 놀랍군. 설마 기바 고기가 이리도 맛있을 줄이야……기바 고기는 냄새나고 질겨서 먹을 만한 게 못된다는 풍설이 제노스에 만연하거든."

"그건 분명 올바른 조리 과정을 거치지 않은 고기를 먹은 누군가가 퍼뜨린 풍설이겠죠. 기바 고기가 얼마나 맛있는데요."

"맞아! 뼈저리게 깨달았지! 나도 말이네, 여행객도 아니면서 아리아와 포이탄을 주식으로 삼다니 숲가의 백성은 분명 음식에 대한 관심이 적은 청빈한 일족이리라 멋대로 믿어버린 부분이 있어. 확인도 없이 믿는다는 건 무서운 일이군. 청빈은커녕 이 정도라면 미식의 일족이라 주장해도 주제넘는다는 소리를 들을 일도 없겠어. 으음, 충격인데."

"아, 잠깐만요. 나는 이국 태생이니 그 부분은 고려해주세요. 음식에 대한 관심이 적은 청빈한 일족이라는 인상은 맞는다고 생각하거든요."

"그런가? 한데 이 기바 고기의 훌륭한 맛 때문이라도 청빈이라는 호칭에는 해당되지 않는 것 같군. 이토록 맛있는 고기가 있으니 그 밖에는 싼값의 아리아와 포이탄만 먹으면 된다고 생각하는 면도 있는 걸까. 으음, 흥미롭군!"

이걸 어쩌면 좋을까.

아직 이 수상쩍은 양반에게 모든 것을 밝힐 마음은 들지 않지만, 그렇다고 제노스의 후작인가 뭔가 하는 높은 분과 관련 있는 이 인물에게 잘못된 정보를 전달하는 것도 위험한 기분이 든다.

"카뮤아 요슈, 미안하지만 잠깐 생각할 시간을 주겠어요?"

"음? 무슨 일인가?"

"나는 이국 태생이라 아직 숲가의 금기와 관습을 완전히 분간하지 못하거든요. 솔직히 말해 당신에게 숲가의 속사정을 어디까지 이야기하면 좋을지 나로서는 판단이 서지 않아요. 그 부분을 가장과 둘이서 의논하려고요."

"아아, 좋고말고! 아까부터 내 수다에 상대해주고 있는 사람은 아스타뿐이니 말이야. 자네까지 입을 닫아버리면 나 혼자 떠들게 되겠지! ……자네만 괜찮다면 나는 몇 시간쯤 자리를 비우려 하는데. ……실은 아직 일의 사전 조사도 마치지 못했거든. 더 남쪽으로 가보려 하네."

"남쪽…… 루의 촌락이 있는 방향이네요."

"오늘은 그 근처에는 가지 않을 작정이네. 환영받지 못할 테고 숲가의 백성과의 접촉은 좀 더 신중히 해야 한다는 걸 배웠거든."

그렇다면 다루무 루가 이 사람에게 칼을 겨눈 것은 헛수고는 아니었다는 뜻인가.

아니 그보다는 칼이 자신을 향하기 전에 깨달았으면 하는 생각도 든다.

"그런데 남쪽으로 내려가려면 루의 촌락 앞을 지날 수밖에 없는 지형이에요. 숲가의 마을은 세로로 길게 외길로 뻗어 있거든요."

"괜찮아. 몸을 숨기는 거라면 자신 있네. 어제도 감쪽같이 숨어 있었거든."

"……네?"

"어제 연회는 숲 그늘에 숨어서 몰래 구경했네. 슨가의 젊은 이가 나타난 순간에는 간담이 서늘했지만 험악한 사태까지 가지 않고 끝나 다행이었지?"

카뮤아 요슈는 그렇게 말하더니 뻔뻔스럽게 커다란 입으로 헤벌쭉 웃는 것이었다.

3

"저기, 진짜 어떻게 생각해? 저 아저씨 말이야."

나는 포이탄을 보글보글 졸이면서 아이 파에게 말을 건넨다.

"왠지 대화를 하면 할수록 종잡을 수 없는 사람 같거든. 더 이상은 관여하지 않는 편이 현명할까?"

"……몰라" 하고 답하는 아이 파의 목소리도 다소 기운이 없다.

"돌의 도시의 주민과 인연을 맺을 생각은 원래 없었지만, 저 남자가 딱히 도리에 어긋나는 발언을 한 것도 아니지. 다만 태도가 몹시 불성실할 뿐이다."

"그러게 말이야. 저 아저씨를 믿을 수만 있다면 얼마나 편할까. ……의견은 맞지 않지만 엄청나게 성실해 보이는 지자 루와는 정반대의 인간성을 가졌나 봐. 두 사람 다 항상 웃는 얼굴로 보이는데 말이야."

"게다가 저 남자는── 기바 고기를 먹었어."

아이 파는 어두운 눈빛으로 중얼거린다.

"돌의 도시의 주민이 저런 행동을 할 줄은 몰랐어. 그 점이 가장 놀라웠지."

"그렇구나. 나는 숲가의 태생도 아니고 역참 마을도 딱 한 번 가봤지만, 그 건은 저 아저씨의 말을 듣고 과연 납득이 갔어."

"……무슨 소리지?"

"어? 그러니까, 기바와 기바를 사냥하는 숲가의 백성을 재앙의 상징으로 여기는 사람은 제노스에서 태어난 사람뿐이라는 이야기 말이야. 실제로 논밭을 습격당했던 제노스의 사람이었다면 여러 오해와 착각이 생겨날 여지도 있었겠지만, 타지에서 온 사람 입장에서는 두려움이니 뭐니 그런 게 어디 있겠어? 심지어 기바가 재앙의 상징으로 여겨졌던 건 벌써 수십 년도 훨씬 전의 이야기잖아."

"…………."

"역참 마을에서 장사하는 사람의 대부분은 제노스 현지인이니까, 숲가의 백성은 자신들을 두려워하는 사람하고만 접촉해왔다는 이야기지. 저 아저씨처럼 숲가의 백성의 박력이나 약간 폐쇄적인 기질을 아무렇지도 않게 여기는 타국 사람이 더 많았더라면 이렇게까지 오해가 확산되지는 않았을지도 몰라."

"……아스타, 네 이야기는 어려워."

급기야 아이 파가 약한 소리를 하고 말았다.

그 아이 파가.

"역시 넌 제노스는 아닐지언정 돌의 도시에서 태어났어. 네 말은 카뮤아 요슈라는 남자와 같은 정도로 이해하기 어려워."

"그래. 내가 나고 자란 곳은 네 말대로 숲가보다는 역참 마을과 비슷한 특색을 지닌 나라였어. 하지만 이해하기 어렵다고 해서 이해하려는 노력을 게을리하는 건——."

"누가 노력을 게을리한다는 거지?"

그 가냘프게 울리는 목소리에 깜짝 놀라 나는 뒤돌아본다.

아궁이 근처 벽에 기대어 앉아 있던 아이 파는 내 예상보다 훨씬 침통한 표정으로 눈을 내리뜨고 있었다.

"이해하기 어려운 이야기이긴 하지만 이해하려고 노력하고 있어. 그 이해가 늦다는 이유로 날 비난할 셈인가……?"

"아, 아니, 아니야! 미안! 내가 잘못했어! 부탁이니 울지 마!"

"누가 운다고! 대체 나를 뭐라고 생각하는 거야!"

마치 내가 할 법한 말을 쏟아내며 아이 파는 발그레한 얼굴을 했다.

울 것 같은 얼굴보다는 그 편이 만 배는 더 좋다.

"아무튼 지금 이야기의 범위를 정해놓자. 저 아저씨한테 무얼 어디까지 털어놔야 할지. 알려지면 안 되는 건 없는지. 아저씨가 알아야 하는 건 뭔지. 그 부분을 빈틈없이 정해놔야 할 것 같아."

"알겠어" 하고 답하면서 아이 파는 천천히 일어서더니 포이탄을 졸이는 내 뒤로 돌아서 다가왔다.

뭐야, 왜 이래 하고 생각하는 사이 아이 파의 두 손이 내 양쪽 어깨에 놓이더니, "아스타, 넌 어떻게 생각해?" 하는 속삭임이 귓속 깊이 전해졌다.

내 키가 좀 더 크기에 분명 발돋움을 하고 있을 것이다. 양쪽 어깨 외에는 닿지 않았지만 등 전체에 아이 파의 체온이 어렴풋이 느껴진다.

"자, 잠깐! 아까 아저씨를 내보냈는데 왜 비밀 이야기 모드인 거야?"

"그 남자가 정말 이 집을 나갔는지 어떻게 알지? 벽 밖에서 몰래 엿듣고 있으면 어쩔 거야?"

그렇다고 앞으로 몇 시간을 이런 밀착 상태로 보내려는 걸까.

"자, 잠깐만! 포이탄이 다 졸여졌나 봐. 이것부터 처리해야겠어."

체온이 쓱 멀어진다.

정말이지 비나 루보다 더 심장에 나쁘다.

나는 흐물흐물하게 녹은 포이탄을 고무나무잎처럼 생긴 배(船)로 옮기며 이마의 땀을 슬쩍 닦았다.

여섯 개, 3인분의 포이탄이다.

카뮤아 요슈는 해지기 전에는 돌아올 테니 저녁 식사를 같이하게 해달라고 부탁했다.

"재워달라고는 하지 않겠네! 숲가의 백성의 식생활에 갑자기 흥미가 솟구치는군! 대가가 필요하다면 제값을 지불하지!"

무척이나 고급스러운 과실주를 선물해준 손님에게 대가를 요구할 생각은 없다. 아이 파가 복잡한 표정을 지으면서도 승낙의 대답을 했기 때문에 나는 이렇게 3인분의 식사를 마련하기에 이르렀다.

"자. 밀담을 나누기 전에 메뉴를 정해야지."

타고 남은 포이탄 찌꺼기를 나무 주걱으로 긁어내며 나는 뒤로 물러난 아이 파를 돌아본다.

"저녁은 뭐가 좋을까?"

"햄버그."

빠르다!

"아" 하는 표정을 짓더니 아이 파는 "⋯⋯⋯⋯햄버그" 하고 다시 말했다.

아니, 뜸 들여서 다시 말해봤자.

"그래? 곰곰이 생각해보니까 메뉴를 정하는 데도 신중해야 할 것 같아."

쓰윽 하고 옆쪽에서 다가온 아이 파가 내 목덜미에 손을 얹어 머리 높이를 자신과 비슷한 높이로 조절하고 나서 "무슨 뜻이지?" 하고 귓속말을 했다.

이 녀석, 진심인가.

"아니, 그 아저씨가 말이야, 햄버그가 숲가의 기본 요리인 줄 착각하면 안 되지 않을까? 그렇다고 자잘한 설명을 하기에는 루나 루티무와의 관계까지 밝혀야 하고. 그 부분의 정보도 얼마나 공개하는지, 그런 이야기를 사전에 정해놓는 게 좋을 것 같아."

어쩔 수 없이 나도 아이 파에게 귓속말을 할 수밖에 없지만, 아무리 숨을 죽여도 향기의 미립자가 콧속으로 숨어들어올 만큼 초 지근거리에 있다. 간식을 먹은 직후인데도 아이 파의 향기 때문에 새로운 식욕까지 부채질을 당한다.

그런 내 심정도 모른 채 아이 파는 또다시 내 귓가에 입술을 가까이 댄다.

"······왜지?"

"저기! 왜냐고 묻기만 할 거면 귓속말하지 않아도 될 것 같은데?!"

"듣고 보니 그렇군" 하고 답하며 또다시 귀를 기울인다.

역시 나도 귓속말을 해야만 하는 걸까.

"음, 그러니까. 그 아저씨는 제노스의 영토와도 관련이 있는 신분이잖아? 그런 상대한테 잘못된 정보를 주입하는 건 오해의 소지를 일으킬 테고, 그렇다고 슨가를 좋게 보지 않는 그 양반한테 루나 루티무의 속사정을 너무 많이 밝히면 또 안 될 것 같지 않아?"

"……한데 그 남자는 이미 돈다 루와 만났고, 우리가 연회에 관여했다는 것까지 알고 있는데?"

속삭이는 소리.

이제는 왠지 오른쪽 귓불이 녹을 것만 같다.

"그렇지. 중요한 건…… 돈다 루가 기회만 되면 슨가를 때려눕히고 싶어 하는 것처럼 보인다는 걸 그 아저씨한테 숨기느냐 밝히느냐 하는 부분이겠지."

이 질문에는 곰곰이 생각할 시간이 필요했다.

체력을 적잖이 소모해버린 나는 바닥에 앉아서 차례를 기다리는 아리아를 손끝으로 찔러본다.

"한데 역시——."

"히익!"

"뭐지? 놀래지 마, 바보."

"노, 놀란 건 나라고, 바보야! 갑자기 뒤에서 속삭이면 어떻게 해!"

"……그 정도는 기척으로 알아차려야지."

"공교롭게도 나는 사냥꾼만큼 우수한 지각 능력이 없단 말이야! 제발 접근하려거든 내 눈에 보이는 범위 내에서 해줘!"

"성가신 사내로군……."

불만스레 말하며 아이 파는 내 눈앞에 탈싹 주저앉았다.

그러고는 내 아래턱을 붙잡더니 옆으로 홱 돌리고 나서 얼굴을 가까이 댄다.

"한데 역시 그 남자가 먼저 돈다 루와 접촉할 가능성이 있는 이상, 섣불리 숨겨봤자 소용없는 일일 테지. ……물론 적극적으로 가르쳐줄 의리도 없지만."

알겠다. 도망칠 곳은 어디에도 없다는 것을.

필시 신인지 뭔지가 내 이성과 인간성에 시련을 내리고 있는 것이다.

참으로 난감한 이야기다.

"알겠어. 요점을 정리하자. 아이 파, 네가 카뮤아 요슈라는 남자한테 전달해서는 안 된다고 생각하는 사항은 뭐야?"

아이 파는 다시 생각에 잠겼다.

내 코앞 10센티미터, 조금만 움직이면 무릎이 부딪힐 것 같은 거리다.

가슴이 도무지 진정되질 않는다.

이윽고 아이 파는 고개를 들고, 당황해서 옆을 향한 내 귀에 마지막 말을 불어넣었다.

"……특별히 없어."

"없다니!"

반사적으로 그 머리를 후려칠 뻔했다.

아이 파는 토라진 듯 입술을 삐죽거린다. 이렇게나 가까이서.

"밀담인지 뭔지를 꺼낸 건 바로 너잖아. 네 나름의 생각이 있는 거 아닌가? 있으면 말해봐."

그러고는 흥 하고 고개를 돌린다.

뭘까. 벌써 어제의 중대사만큼 피로가 쌓인 기분이다.

"그러니까 말이야. 아이 파, 너는 슨가를 숲가의 수치라고 생각하지만 그걸 도시 사람이 처단하는 건 참을 수 없다 이거지? 그럼 예를 들어—— 그 아저씨가 도드 슨한테 죄를 덮어씌워서 처형까지 몰아넣으면 아저씨는 숲가의 백성의 원수 같은 존재가 되는 거야?"

아이 파는 의아하다는 듯 눈썹을 찌푸렸다.

그러더니 귓속말이 아닌 평소 목소리로 대답한다.

"슨가 사람이 도시의 법이나 규율에 따라 심판을 받는다면 그건 규율을 어긴 측의 죄다. 그런 이야기라면 원수도 아무것도 아니지. ……한데 도시 사람이 숲가의 규율을 지킨다는 명목을 내세우는 건 우리에게 모욕이며, 심지어 그 수단으로 숲가의 사람을 미끼 삼으려 든다면 그건 악랄한 모략으로 받아들이겠지."

흠. 해석하기 어렵긴 하지만, 도시의 법을 어겼다면 도시의 사람이 심판하면 되고 숲가의 규율을 어겼다면 숲가의 사람이 심판하면 된다는 뜻이리라.

"으음…… 실제로 슨가는 규율을 마구 깨고 있는데? 지금 상황은 슨가를 심판할 사람이 숲가에 없다는 거고?"

"무슨 소리지? 나는 한 번도 슨가의 포악한 짓을 못 본 체하지 않았어."

"그건 나도 알지. 대단하다고 생각해. ……그런데 숲가의 모두가 아이 파처럼 행동할 수 있는 건 아니잖아. 어제도 그래, 돈다 루나 단 루티무가 움직이기 전까지는 다들 화난 표정으로 슨가의 횡포를 견디고 있었잖아."

"가장의 허락도 없이 슨가에 적의를 표할 수는 없어. 나는 나 자신이 가장이기 때문에 자유로이 행동했던 거다."

"그럼 좀 껄끄러운 질문인데…… 루가와는 상관없는 작은 씨족 사람들은 슨가의 포악한 짓을 계속 참고만 있는 거야?"

아이 파는 잠시 입술을 깨물더니 내 얼굴을 치뜬 눈으로 쏘아본 뒤 말했다.

"아무리 족장 집안이라 해도 드러내놓고 포악하게 군다면 모든 백성이 루가를 의지할 수밖에 없어. 그런 사태가 되지 않도록 그 머저리들 나름대로 있지도 않은 자제심을 발휘하고 있을 터."

"드러내놓고 나쁜 짓을 못하니까 숨어서 살금살금 악행을 저지르는구나."

"…………"

"아이 파, 넌 강해. 디가 슨이나 도드 슨의 악행을 벌할 수 있었어. 하지만 너처럼 강하지 못한 사람들이 뒤에서 눈물을 머금고 있다면—— 역시 난 용서하지 못할 것 같아."

"……내게는 눈앞의 포악한 짓을 멈추게 할 힘밖에 없어."

아이 파가 또다시 내 멱살을 쥐었다.

거친 몸짓이 아니라 굳이 말하자면 좀 매달리는 느낌으로.

"내가 감당할 수 있는 건 나 하나뿐이다. 그래서…….".

그래서 혼자 살아온 걸까.

그래서 내 존재가 부담이 되었던 걸까.

나는 고개를 끄덕이고 가슴팍의 아이 파의 손에 손을 포갠다.

"널 탓하는 것처럼 들렸다면 미안해. 그런 잔인무도한 짓을 용서할 사람은 아무도 없겠지. 그러니 루와 루티무의 사람들도 그렇게 분노했던 거고. ……그런데 슨가의 힘이 그렇게 강력해? 루와 동등하다는 건 백 명에 가까운 친족이 있다는 얘긴데 그 친족이 전원 슨가의 말을 따르고 있는 거야?"

"몰라. 나도 어느 집이 슨가의 친족인지 다 구별하지도 못하거든."

"아, 그렇구나. ……그런데 설마 친족 전원이 타락해버린 건 아니겠지?"

"그 역시 나로서는 알 도리가 없어. ……한데 슨가의 친족 백여 명 전원이 기바 사냥의 임무를 다하지 않았더라면 숲은 진작 기바로 넘쳐났겠지."

"그렇겠네. 5백 명 중의 백 명이 타락했다면 아무래도——."

말하는 도중 나는 불길한 말을 떠올리고 말았다.

"……그러고 보니 얼마 전에 루도 루가 "기바의 수가 너무 많아"라고 말하더라. 평소에는 떼 지어 다니지 않는 기바가 세 마리나 덤벼들어서, 그래서 신 루의 아버지가 다리를 공격당한 거래. 그러고는 파가 쪽 숲은 요즘 어떠냐고 묻더라고……."

내 멱살을 쥔 채 아이 파는 잠시 심각한 표정을 지었다.

"그 이야기는 널 만난 다음 날 이미 했을 텐데, 아스타."

"어?"

"숲가의 백성이 매일 기바를 사냥하고 있는데 왜 기바가 멸종하지 않느냐고 네가 물었지. 그때 기바는 줄기는커녕 해마다 늘고 있다고 내가 대답해줬을 텐데."

"…………."

"기바의 수는 확실히 늘고 있어. 지금이 포획 시기인 건 맞지만, 약간 비정상적일 만큼 많아. ……솔직히 말하면 이번 포획기에는 기바를 끌어들이는 열매가 필요 없을 정도로 수많은 기바가 숲에 넘쳐나고 있어."

"어? 그럼 아이 파는 『제물 사냥』을 하지 않고 있다는 이야기야?"

"요 며칠은 하지 않았어. 그런데도 이틀에 한 마리는 잡혔지."

"그래? 어라, 이상하네. 그럼 이 달콤한 냄새는 기바를 끌어들이는 열매의 향기가 아니었다는 소린가?"

순식간에 아이 파의 얼굴이 새빨갛게 물들더니 멱살을 쥔 손에 힘을 주었다.

"기바를 끌어들이는 열매의 냄새는 머리에 배면 잘 빠지지 않는다고! 그리고 내 냄새가 어쩌고 하는 헛소리는 집어치우라고 전부터 말했을 텐데, 아스타?"

"아니, 어디까지나 칭찬으로 한 말인데……."

"성가시군! ……어쨌든 기바의 수는 해마다 늘고 있다."

"알겠어. 그런데 루도 루는 그렇게까지 딱 잘라 말하지는 않던데. 그냥 너무 많다는 정도였어."

"……루의 촌락은 내 집보다 더 남쪽에 있어. 슨의 촌락은 내 집보다 더 북쪽에 있지."

아직 볼에 홍조가 남아 있는 아이 파의 눈동자에 격정의 불이 비쳤다.

"그래서 뭐가 어떻다는 건 아니지만, 가령 슨가가 사냥꾼의 일을 계속 내팽개친다면 그 영향은 북쪽에서 더 뚜렷하게 나오겠군."

"……그래서 아이 파가 느끼기에는 해마다 기바의 수가 늘고 있다는 거구나."

어쩌면—— 내가 생각하던 것보다 사태가 더 절박하다는 뜻 아닐까.

내 보잘것없는 정의감이나 도덕심은 차치하더라도, 어쩌면 슨가의 타락을 간과하는 것만으로 숲가의 백성의 존재 의의가 붕괴될 수도 있다—— 이건가?

"……아이 파. 이 이야기는 어쩌면 우리가 감당할 수 있는 수준이 아닐지도 몰라. 카뮤아라는 아저씨는 우리가 아닌 루나 루티무의 사람들과 친분을 쌓아야 하는 게 아닐까?"

"무의미할 텐데."

"어? 왜?"

"돈다 루의 기질을 생각해봐. 만약 슨가의 타락이 일선을 넘는다면 돈다 루는 가차 없이 칼을 들 작정이다. 돌의 도시의 힘 따위 필요 없이, 자신들의 손으로 숲가에 질서를 되돌려놓기 위해. ──그 마음을 나도 모르는 건 아니야."

아이 파는 그녀답지 않게 한숨을 푹 쉬었다.

"그 마음을 알기 때문에 나는 그 분쟁의 불씨가 되기 싫었던 거다. 루의 친족과 슨의 친족이 총출동하여 싸우게 되면 수많은 사냥꾼을 잃고 숲가의 질서는 완전히 붕괴될 테니."

"그럼에도 돌의 도시의 힘은 빌리기 싫다는 거구나……."

나도 한숨을 쉴 수밖에 없었다.

그런 절박한 상황에서 나와 아이 파는 제노스의 최고 권력자와 관련된 돌의 도시의 주민과 다시 만나버린 것이다.

가족이라고는 고작 두 명밖에 없는 파가에 신인지 악마인지 모를 작자는 도대체 어떤 역할을 부여하려는 걸까.

아무튼 연약한 아궁이 당번으로서는 주인님과 손님을 위해 고기를 저미는 일밖에는 할 수 있는 게 없었다.

4

"이거 참, 늦어서 미안하군."

손님이 홀연히 돌아온 것은 마침 해가 서쪽 숲에 닿을 무렵이었다.

41

"불과 5백 명의 백성밖에 없는 마을인데도 참으로 광대하군. 오늘로 두 번째 방문인데 아직도 전모를 파악하지 못했네."

"전모를 파악해야 하나요?"

"그럼, 뭐, 워낙 규모가 큰일이잖나."

몇 시간이 지났어도 카뮤아 요슈의 수상함은 여전했다.

"그건 그렇고 좋은 냄새로군! 도중에 육포도 씹지 않고 배를 곯린 보람이 있네! 아아, 네네, 칼을 맡기겠습니다."

"이쪽으로 오세요. 마침 준비가 다 되었어요."

특별히 우리도 생활 리듬을 깰 생각은 없었기에 카뮤아 요슈가 늦게 돌아오면 먼저 먹을 작정이었다.

그런데 참으로 절묘한 타이밍에 그가 돌아왔지만, 설마 정말로 내내 밖에 서서 엿듣고 있던 건 아니겠지 하는 걱정이 든다.

대화를 엿들은 점이 곤란하다기보다는 아이 파의 무자각한 스킨십에 갖은 고뇌를 겪던 광경을 보였다고 생각하면 끔찍하기 때문이다.

"우와, 엄청나군! 고기가 어떻게 이런 둥근 모양을 하고 있는 건가?"

"고기를 곱게 다진 다음 둥글게 빚어줬거든요."

"흠. 왜 그런 수고를?"

"맛있으니까요."

이곳 세계에 햄버그와 유사한 요리는 존재하지 않는 걸까.

하긴, 이 양반이 모를 뿐일지도 모른다.

"일단 먹자고요. 우리도 배가 많이 고프거든요."

"암! 먹고말고."

저녁 메뉴에 대해서는 이런저런 생각을 거두고 파가의 기본 요리를 대접하기로 했다.

기바 고기 햄버그, 아리아와 티노볶음, 구운 포이탄, 이렇게 세 종류다.

빨리 새 쇠 냄비를 장만해서 여기에 수프를 곁들이고 싶다.

"으음? 이건 후와노인가? 숲가의 백성은 포이탄을 주식으로 삼는다고 들었네만."

"포이탄이에요. 후와노가 뭐예요?"

"얼마 전 탈라가 먹던 고기만두피라네. 서쪽에서는 그걸 고기나 채소와 함께 먹는 것이 주류인데—— 어? 이게 포이탄이란 말인가? 어째서? 어떻게?"

숲가 이외에서도 포이탄을 이렇게 먹는 방법은 발견되지 않은 걸까.

호기심을 자극받아 나는 몸을 쑥 내민다.

"저기, 참고로 도시에서는 포이탄을 어떻게 먹나요?"

"도시에서는 포이탄을 먹는 사람이 없네. 포이탄은 여행의 비상식량이지. 후와노처럼 보존하기 어렵지도 않고, 먹고 싶을 때는 물에 끓이면 곧바로 먹을 수 있으니. 게다가 값도 저렴해서 긴 여행에는 안성맞춤인 식재료야. ……단, 맛있기는커녕 아무 맛도 나지 않는 점이 유일한 문제점이네만."

"참 안타까운 문제점이네요" 하고 맞장구를 치고 있자, 아이파가 티셔츠 자락을 쭉쭉 잡아당겼다. 허기짐이 한계에 달한 모양이다.

"어서 드세요. 가능하면 속 얼굴은 집어넣은 상태로요."

"선처하겠네! ……감사히 먹겠습니다."

"잘 먹겠습니다."

"…………."

삼인 삼색의 인사를 마치고 각자 나무 접시를 든다.

어제는 산더미처럼 많은 햄버그를 구웠지만 직접 먹는 것은 오랜만이다. 구우면 구울수록 불 조절 솜씨가 느는 것 같아 살짝 기쁘다.

크기도 5백 그램에 가까운 빅 사이즈다. 과실주 소스를 뿌린 패티를 베어 먹자 뜨끈한 육즙이 흘러나와 입 안을 부드럽게 자극해준다.

그다음에는 씹을수록 고기와 기름의 풍미가 가득 퍼져서—— 아아, 역시 기바 고기는 햄버그에도 잘 맞는구나 하고 실감하게 된다.

잘 구워진 겉면과 부드러운 속살의 조화가 절묘하다. 일단 이 햄버그를 맛보면 미니 사이즈의 햄버그로는 성에 차지 않을 것이다.

곁들여 먹는, 양파 같은 아리아와 양배추 같은 티노도 고기와 잘 어울린다. 티노는 아리아와 포이탄만큼 오래 가지 못하는 채소인 것 같으니 이렇게 종종 써버려야겠다.

그럼——.

손님은 어떠시려나, 하고 시선을 들어보니 다행히 사신 같은 얼굴은 아니었다.

이번에는 얼굴 근육이 이완되어 울상이 되어 있다.

그리 관여하고 싶은 느낌은 아니었지만 일단 의리로라도 "어때요?" 하고 물어본다.

"맛있군" 하고 이 또한 울먹이는 목소리의 답변이 돌아왔다.

"이성을 잃지 않도록 노력하고 있네만. 어떠려나. 괜찮으려나."

"괜찮은 기준은 잘 모르겠지만 아무튼 무섭지는 않아요."

"그렇군. 다행이야." 카뮤아 요슈는 포이탄을 한 입 먹는다.

그 순간, 쿵 하고 표정이 내려앉아 나는 으아악 하고 소리칠 뻔했다.

"무섭단 말이에요! 왜 그래요? 웃기려고 일부러 그러는 거예요?"

"그럴 생각은 없네. 나를 놀라게 한 것이 잘못이지."

그러니 이 자리에서 널 죽이겠다, 라는 말이 이어질 법한 엄숙한 목소리다.

이 아저씨, 정말 괜찮은 걸까.

아이 파는 더 이상 카뮤아 요슈의 다양한 표정을 상대해줄 마음이 없어졌는지, 볼이 메도록 부지런히 햄버그를 먹고 있다.

숲가의 백성도 아닌 사람이 기바 고기를 먹는다. 그 점 때문에 아직 마음이 편치 않을 터인데, 그런 기색이라고는 요만큼도 보이지 않는다. ──아니, 혹시 정말 햄버그에 정신이 팔려 있는 것뿐인가.

햄버그를 먹고 있을 때는 스테이크나 수프를 먹을 때에 비해, 당장에 혼이라도 빼앗길 듯 행복해 보이는 아이 파다. 내손으로 메뉴를 잘 조절하지 않으면 정말이지 매일 햄버그만 굽게 될까 봐 무섭다.

하지만 은근히 행복하구나── 그런 느낌이 든다.

루나 루티무의 여자들도 이런 행복을 맛보고 있을까.

생각건대, 루 본가의 남자들은 루도 루를 제외하고는 당최 붙임성이 없다. 그래도 가족이라면 그 무뚝뚝한 남자들의 속내를 헤아릴 수 있지 않을까.

그러면 좋겠다고 나는 생각한다.

"이야, 맛있었네! 맛있고도 신기한 맛이었어! 아스타, 자네는 대체 정체가 뭔가?"

다 먹은 후 그제야 평소의 표연한 모습을 되찾은 카뮤아 요슈가 그렇게 말했다.

"이런 신기한 음식은 처음 먹었네! 고기를 저민 다음 둥글게 빚었다고? 대관절 어떻게 그리 유쾌하게 먹는 방법을 생각해낼 수 있는 건가?"

"글쎄요. 내가 살던 나라에서는 일반적으로 유통된 방법이거든요."

수백 년도 훨씬 전에 몽골 부근에서 질긴 말고기를 먹기 쉽게 하기 위해 고기를 저민 것이 시초라는 이야기를 들은 것 같지만, 어렴풋한 기억이며 이곳 세계에서 유용한 정보도 아니라는 생각이 든다.

"으음. 정말 맛있군. 충격이네. 이토록 맛있는 음식을 먹은 건 태어나서 처음일지도 몰라."

"과찬입니다. 당신은 돌의 도시의 후작님과 저녁을 함께 먹지 않았나요?"

"그건 귀족의 음식이지. 희귀하고 재미있지만 솔직히 난 좋고 나쁨을 알지 못한다네. ……한데 자네가 해준 음식은 맛있군."

팔짱을 끼고 암, 그렇고말고, 하고 고개를 끄덕이는 《북쪽의 회오리바람》 카뮤아 요슈였다.

약간 과장된 느낌은 부정할 수 없지만 기분이 나쁘지는 않다.

"한데 맛있는 요리란 맛으로만 정해지는 게 아니라고 생각하네, 아스타."

"네? 아, 네."

"냄새나고 질기다던 기바 고기가 이렇게 부드럽고 맛있다니. 게다가 흙탕물 같은 포이탄이 후와노 같은 모양으로 변했네. 그밖에 재료는 아리아와 티노밖에 쓰지 않았는데도 이런 맛을 내다니── 그런 다양한 정보가 이 요리의 맛을 향상시키는 요인이라 생각하네."

"네에."

"만일 이 음식이 성에서 나온 음식이라면, 과연 희귀한 요리도 다 있군요, 필시 값비싸겠지요, 하고 놀라움이 반감되었겠지? 돈을 들이면 맛있는 요리를 만드는 건 당연하네. 한데 이 요리는 기바 고기, 저렴하고 맛이 좋지 않기로 유명한 아리아와 포이탄으로 만들어졌지. 나는 그 점에 충격을 받았네!"

"아, 아리아도 그런 취급을 받나요?"

"응? 아니, 아리아는 도시에서도 자주 먹기는 하네만. 아무튼 저렴하면서 영양가가 높아 후와노와 나란히 주식이라 할 수 있을 정도일걸. 그 대신 성 밑 마을에서는 그리 흔하지 않은 식재료라네. 이런 저렴한 채소를 쓰면 궁상스럽다는 인식이 있지. 따라서 역참 마을이나 농촌에서 주식으로 삼고 있네."

"흠. 귀족은 거의 입에 대지 않는 서민의 음식으로 인식되어 있군요."

"그렇지. 한데—— 어떨까나. 그런 놀라움과 충격을 제외하고서라도 이 음식은 충분히 맛있네. 이만한 실력을 지닌 까닭에 아스타는 대규모 연회의 요리 당번을 맡게 되었군?"

뜻밖에 이야기가 중요한 방향으로 흘러갔다.

이 불가사의한 남자의 요리론은 적잖이 흥미로웠지만, 지금은 세상 이야기나 즐기고 있을 때가 아니다.

"저, 아까는 기회를 놓쳐서 못 물어봤는데요, 어제는 왜 연회를 엿본 건가요? 솔직히 말해 악취미잖아요."

"미안, 미안. 호기심을 억누를 수가 있어야지. 일전에 루의 촌락에서 만났을 때 그 광장은 상당한 규모의 연회를 앞두고 있는 듯한 준비가 갖추어져 있지 않았던가? 게다가 아스타가 이틀 후까지 일이 있다고 말했으니 그날 연회가 있는 게 아닐까 싶어 몰래 숨어들었네."

"범죄 행위는 아닐지도 모르겠지만요. 그런데 도대체 어디 숨어 있었던 거예요?"

"광장 앞에 서 있는 관목 덤불 속이지. 아무래도 광장 안으로 발을 들여서는 안 되겠다고 생각했지. ……그랬더니 나보다 더 넉살 좋게 난입한 무뢰한이 나타났지 뭔가."

"……도드 슨이 끼어 있었으니 그들이 슨가의 남자라는 걸 알아차린 거군요."

"그렇지. 심지어 대화 소리까지 들렸다네. 그래서 아스타가 연회의 요리 당번이라는 것도 알게 되었고."

나는 속으로 숨을 참는다.

그렇다면── 단 루티무와 돈다 루의 호통 소리까지 확실히 들렸을 터이다.

이런 상황이라면 새삼스레 숨길 수 있는 정보는 거의 없을지도 모른다.

"그건 그렇고, 그때 아이 파는 참으로 아름다웠어! 지금 차림새도 불만은 없지만, 역시 연회가 아닌 이상 그런 복장을 두를 일은 없나?"

내가 대답할 필요 있나? 하는 듯 아이 파는 고개를 살짝 갸우뚱할 뿐이었다.

아이 파 쪽은 이 남자를 어떻게 상대해야 할지 어지간히 적응된 모양이다.

분명히 속으로는 맛있어, 맛있고말고 하면서 기바 고기를 치켜세우는 이 남자에게 의심과 당혹감을 한껏 품고 있을 테지만 겉으로는 냉정함 그 자체다.

한편 나로 말할 것 같으면── 여전히 더듬거리는 상태다.

아무리 꽉 잡으려 해도 미꾸라지처럼 쏙쏙 빠져나간다. 이 남자의 내면을 살피려면 상당한 시간이 걸릴 것 같았다.

그런데──.

"그럼 난 이만 실례하겠네" 하고 카뮤아 요슈가 일어나기에, 나는 앉은 채로 뒤로 넘어갈 뻔했다.

"가, 간다고요?"

"응. 식사를 하고 나면 냉큼 잠자리에 드는 것이 숲가의 예법이라지 않았나? 나는 밤이 늦도록 자지 않는 사람이네만, 그때까지 상대해달라고 할 수는 없지."

"카뮤아 요슈, 당신은…… 도대체 무엇 때문에 이런 곳까지 찾아온 건가요?"

"자네들과 친분을 쌓기 위해서지. 처음에 말하지 않았나?"

안 되겠다.

역시 나는 이 아저씨와 상대가 되지 않는다.

슨가의 타락에 제동을 걸기 위해, 나아가서는 나와 아이 파의 안전을 위해 이 남자의 힘과 지위를 빌리거나 이용할 수는 없을까 고심했지만 이렇게까지 무슨 생각을 하는지 모르는 상태에서는── 제어 불능에 불과하다.

이 남자의 존재는 깨끗이 잊어버리는 편이 좋을지도 모른다.

"아, 마지막으로 하나만 더. 아스타에게 의논이랄지 제안할 게 있네만."

"네에, 뭔데요?" 하고 나는 건성으로 대답했다.

어차피 쓸데없는 이야기이리라. 너무 얼토당토않은 이야기라면, 그것을 계기로 연을 끊어야겠다── 정도로 생각하고 있었건만, 이 남자의 엉뚱한 태도는 내 상상을 훨씬 능가했다.

"자네, 역참 마을에 가게를 열어보지 않겠나?"

마지막 순간까지 이 남자는 망발을 선사해주었다.

제2장 ★★★ 결단의 날

1

카뮤아 요슈와 대면한 이튿날. 우리는 아침 일찍 루티무의 촌락으로 찾아갔다.

사실대로 말하자면 나와 아이 파만으로는 그 엉뚱한 아저씨를 감당하기가 벅찼기 때문이다.

루의 촌락보다 더 남쪽으로 내려가자 다섯 채의 커다란 가옥이 밀집된 동네가 보인다. 축하연을 앞두고 이것저것 상의하기 위해 몇 차례 드나들었던 그곳은 루티무의 촌락이었다.

그중에서도 유달리 큰 본가를 방문하자 다행히 가즈란 루티무는 이미 일어난 상태였다.

"아니, 아이 파와 아스타 아닙니까? 무슨 일로 오셨나요?"

가즈란 루티무는 웃는 얼굴로 우리를 맞이해주었다.

가장 단 루티무는 아직 한밤중인 모양인지만 전혀 상관없다. 우리가 원하는 것은 숲가의 백성답게 성실하고 순박한 기질을 가졌으며, 유연하고 혁신적인 사고방식을 겸비한 가즈란 루티무의 의견이었기 때문이다.

"죄송해요, 염치없이 이런 시기에 찾아와서."

"문제없습니다. 혼례식 앞뒤로 사흘씩은 남편과 아내 모두 일을 쉬는 것이 루티무의 관습이거든요. 마침 이 시기에 아스타 일행을 손님으로 모시게 되어 기쁠 따름입니다."

가즈란 루티무는 온화하게 미소 지었다.

하지만 신혼 생활 이틀째인 신랑을 방문하는 것은 역시 그만한 죄책감이 따랐다.

그럼에도 우리는 머릿속이 완전히 혼란스러웠기 때문에 냉정한 제삼자의 의견을 구하지 않고서는 도저히 견딜 수가 없었다.

"실은 어제, 약속대로 카뮤아 요슈라는 인물이 파가를 다녀갔거든요. 그런데 이야기가 터무니없는 방향으로 흘러가버렸어요."

루가에 못지않은 널찍한 거실로 안내받자마자 나는 그렇게 말문을 열었다.

어젯밤 카뮤아 요슈가 건넨 엉뚱한 제안에 관해 말이다.

◇

"내가 왜 역참 마을에 가게를 열어야 하는데요?!"

나도 모르게 이성을 잃고 반문해보아도 카뮤아 요슈의 의뭉스러운 표정에는 변화가 없었다.

"그야 물론 숲가의 백성이 더 많은 힘과 풍요로움을 손에 넣기 위해서라네."

나는 한숨을 내쉰 다음 거의 무의식적으로 머리털을 쥐어뜯는다.

"내가 가게를 여는 것하고, 숲가의 백성이 힘과 풍요로움을 손에 넣는 게 무슨 상관인데요? 무슨 논리인지 하나도 모르겠어요."

"어째서인가? 아스타 역시 이국 태생이긴 해도 마을의 어엿한 일원이지 않은가? 자네의 풍요로움은 곧 숲가의 풍요로움으로 직결되는 것 아닌가?"

"그렇지 않아요. 내가 아무리 동전을 벌어들인들 그건 파가의 부(富)일 뿐이라고요. 그리고 파가에는 나와 아이 파 외에는 가족도 친족도 없으니, 그 재산이 다른 집으로 환원되지도 않는단 말이에요."

"음? 그건 무슨 뜻이지?"

나는 숲가의 백성이 혈연관계에 의해 연대를 맺는 일족이라는 것을 설명했다.

그리고 어차피 다 알고 있겠지만, 숲가에는 '상업'이라는 것이 사실상 존재하지 않으니 혈족도 아닌 사람 사이에 재산이 오가는 것은 거의 말도 안 된다고.

하지만 카뮤아 요슈의 미소는 사라질 줄 모른다.

"지금으로서는 승복할 수 없군. 그렇다면 가족이 아닌 사람이 행복하든 불행하든 아무래도 상관없다는 말인가? 자네들에게 가족 이외의 사람은 대수롭지 않은 존재다, 요컨대 그런 뜻인가?"

"그건 너무 극단적이잖아요. 우리한테도 친구나 지인쯤은 있다고요. 우리가 풍요로워진다 해도 그들의 생활에는 상관없는 일 아닌가요?"

"자네들이 부를 독점한다면 그렇게 되겠지. 어딘가의 족장 집안 사람들처럼 말이네."

이쯤 되자 아이 파는 완전히 사냥꾼의 눈빛으로 변하기 시작했다.

그도 그럴 것이다. 나 또한 분노의 감정은 아니더라도 영 수상쩍음에 폭발할 것만 같다.

"흐음. 나는 세상 이야기의 연장으로 불현듯 뇌리를 스친 생각을 제시했을 뿐인데, 자네들은 몹시 지나친 거부 반응을 보이는군."

"……그야 당연하죠. 세상 이야기의 연장 치고는 너무 뜬금없는 소리잖아요."

"그런가. 순간적으로 번뜩인 것치고는 제법 묘안이라고 생각했네만. 역참 마을에 가게를 차리는 것도 그리 어려운 이야기도 아니고 말이야."

끝까지 태평스럽게 말하며 카뮤아 요슈는 다시 자리에 앉아 수염이 제멋대로 난 아래턱을 쓰다듬었다.

"알겠네. 순서대로 설명하지. 내가 우선 생각한 것은 기바 고기의 가치에 대해서라네."

"……고기의 가치요?"

"자네들은 기바의 뿔과 엄니와 털가죽을 팔아 먹고살지. 그렇다면 왜 고기를 팔지 않느냐 하는 점이네."

"기바 고기는 도시에서는 아무도 안 먹잖아요. 숲가의 백성은
《기바 먹는 인종》이라며 사람들이 두려워하기까지 하고요."

"두려워하는 건 제노스의 백성뿐이네. 여행객이나 외부에서
이주해온 사람들은 덩달아 그 인상에 동조하게 된 것에 불과해."

"아니, 그러니까──."

"그럼 묻겠네만, 숲가의 백성을 《기바 먹는 인종》이라며 사람
들이 두려워하는 것은 옳은 일인가? 기쁜 일인가? 자랑스러운
일인가? 만약 그렇다면 역참 마을 사람에게 기바 고기의 훌륭한
맛을 알리고 싶지 않다는 것도 이해는 가네. 내 제안은 잊어버
리면 돼. ……한데 그렇지 않다면, 고기를 팔지 않을 이유를 도
무지 모르겠군."

기바 고기가 그런 대상이 된 것은 불과 한 달 사이의 일이다──
──라는 반론은 이때 의미가 없었으리라.

분명히 엄니와 뿔은 팔면서 고기를 팔면 안 된다는 법은 없다
고 생각한다.

"그래서 나한테 푸줏간이라도 개업하라는 건가요? 그런 장사
가 정말 성립한다고 생각해요?"

"난데없이 팔아도 팔리지 않을 테지. 먼저 이 고기의 훌륭함
을 알릴 필요가 있네. 그래서 아스타에게 가게를 차리라고 제안
한 거고. ……푸줏간이 아니라 음식점 말이야."

"…………"

"음식점이 성공하면 기바 고기는 상품으로서 성립되네. 자네의 맛있는 요리가 역참 마을에 널리 알려지면, 기바 고기가 냄새 나고 맛없다는 잘못된 정보를 고쳐 쓸 수 있지 않겠나? 그래서 기바 고기가 동전과 교환 가능한 상품으로까지 올라가면 자네의 성공도 숲가에 환원될 터."

카뮤아 요슈는 한결같이 즐겁다는 표정이다.

정말 세상 이야기라도 즐기는 듯한 표정이다.

"기바의 엄니와 뿔은 한 마리당 겨우 백동화 한 닢 정도밖에 안 되지. 털가죽도 비슷하고. 목숨 걸어 사냥하는 보수로는 너무 부당한 액수라네. ……나는 말이야, 그 점이 예전부터 마음에 들지 않더군."

"하지만—— 숲가의 백성은 그렇게 80년 동안이나 숲가의 생활을 이어왔어요. 그걸 이제와 무너뜨리는 짓을 저지르는 건——."

"아스타. 실례이네만, 자네 혹시 숲가의 백성으로 받아들여진 지 얼마 되지 않은 것 아닌가? 역참 마을의 지인 모두에게 물어보았네만, 지금껏 숲가의 복장을 두른 이국인은 한 명도 보지 못했다고 하더군."

"……그렇다면 어쩔 건데요?"

"자네는 어쩌면 나보다 더 숲가의 생활을 잘 알지 못할 가능성을 시사했을 뿐이네."

빙그레 웃으며 카뮤아 요슈는 그렇게 말했다.

"아이 파의 목에는 사냥꾼의 긍지가 수북이 매달려 있지. 루가는 많은 친족을 지닌 규모 있는 씨족이네. 그리고 포상금을 가로채고 있는 슨가는 말할 것도 없고. ……자, 아스타는 그 외의 씨족과 교류한 적이 있나?"

없다.

그런데 이 남자가 그걸 어떻게 알아차린 걸까?

"답은 간단하지. 숲가의 백성의 일반적인 생활을 알고 있다면 풍요로움을 부정하는 말이 튀어나올 리 없다는 걸 내가 알고 있기 때문이네."

"일반적인── 생활이요? 하지만 숲가의 백성도 아닌 당신이 그걸 알 수 있는 방법은──."

"없지. 그러니 이건 억측에 불과하네. 혹시 틀렸다면 부디 아이 파가 부정해줬으면 해."

아이 파는 대답이 없다.

다만── 그 타오르는 눈동자에는 분노 외의 격정도 깃들어 있는 듯 내게는 느껴졌다.

"많은 숲가의 백성이 아리아와 포이탄밖에 먹으려 하지 않는 것은 그만한 재산밖에 없기 때문이지. 아이 파처럼 비축분을 지닌 자는 극히 일부이며, 대부분의 백성은 가난에 허덕이고 있네. 청빈이 아니라 정말로 가난한 거야. 따라서 아리아와 포이탄조차 구입하지 못한 채 기바 고기만 먹고 요절하는 사람도 적지 않다── 나는 이렇게 추측하네. 여태껏 역참 마을에서 수확한 정보와 실제로 숲가를 찾아가 확인한 정보를 종합하여 나는 그런 결론에 도달했지. 아이 파, 내가 잘못 인식하고 있나?"

"……힘이 있는 씨족은 풍요로운 생활을 하고, 힘이 없는 씨족은 가난한 생활을 하지. 그건 당연한 일이다."

"그 말은 즉 먹을 것이 고기밖에 없어서 요절하는 사람도, 그 중에는 고기조차 얻지 못한 채 아사하는 사람도 숲가에는 존재한다고 해석해도 되겠나?"

"……그렇게 되지 않도록 강하게 살아야 한다고 나는 배웠다."

"그렇게 될 위험이 있기 때문에 그리 배우고 컸다는 말이군."

뭘까.

다른 집과 거의 교류하지 않는 아이 파보다 숲가의 백성도 아닌 카뮤아 요슈 쪽이 숲가의 사정을 더 훤히 알고 있다── 그런 착각까지 들었다.

"외부에 있어야 더 잘 보이는 풍경도 있는 법."

카뮤아 요슈는 여전히 미소를 띠고 있지만 표정에 변화가 있었다.

축 처진 눈매를 슬며시 가늘게 뜨고 여유롭게 웃고 있다. 그 보랏빛 눈동자에 어린 것은 티 없이 맑고 늙은 철학가다운 눈빛으로── 몹시도 수상쩍은 남자인데 마치 지바 할머니처럼 명철한 눈빛으로 변해 있었다.

"숲가의 백성은 청렴한 일족이네. ……기바는 너무 굶주리면 숲을 뛰쳐나와 제노스의 논밭을 침범해버리지. 그 때문에 숲가의 백성은 기바가 굶지 않도록 모르가 숲의 은혜를 수확하는 것도 금지되어 있지 않은가? 그 반면 약정을 지키느라 정작 자신들이 굶어 죽는 경우가 있다니, 속된 나로서는 이해할 수 없는 일이었네. 심지어 목숨 걸고 기바를 사냥해도 그 대가는 백동화 한두 닢이지. 그런 생활을 나는 절대로 옳다고 생각하지 않네. 숲가의 백성은 더 풍요로운 생활을 해야 해."

"하지만…… 분에 넘치는 부는 사람을 타락시키잖아요. 그야말로 슨가의 사람처럼……."

"그건 자신의 힘이나 살아갈 의지와는 무관한 길에서 얻은 부였기에 그렇지 않았을까. 적어도 나는 아이 파와 돈다 루가 타락할 인물로는 보이지 않네. 가령 아이 파의 목에 기바 백 마리 분의 엄니와 뿔이 걸렸다 한들 그녀가 사냥꾼의 일을 내팽개칠까?"

내팽개치지 않을 것이다── 아이 파라면.

돈다 루 역시 그러지 않을 것이다.

특히 루가의 사람들은 매일 대량의 기바를 사냥하며 대단치 않은 채소를 사 모으거나 소소한 장식품을 딸들에게 사줄 뿐 그 외에 부를 낭비하는 기색이 없다. 사냥을 게을리하는 기색도 없다. 한결같이 기바를 사냥하고 자신의 긍지를 가슴에 내걸고 있다.

그리고 나는 신 루를 떠올렸다.

혼자 몸으로 다섯 명이나 되는 가족을 부양해야 하는 그 소년을.

물론 친족에게 의지하면 굶어 죽을 일은 없으리라. 그러나 그는 위험한 『제물 사냥』에 손을 대면서까지 가족을 지킬 생각이다.

만약 그가 루의 친족이 아닌, 파가처럼 혈육이 몇 안 되는 씨족에서 태어났다면── 다섯 명이나 되는 가족을 부양하기 위해 이틀에 한 마리 이상의 기바를 잡지 못하면 인원수만큼의 아리아와 포이탄을 얻을 수 없다.

"어떤가. 숲가의 백성은 더 풍요로워져야 한다는 내 의견은 자네들에게 엉뚱하기만 한가?"

"……그래도 내 눈에는 숲가의 백성이 불행한 삶을 사는 것처럼 보이지는 않아요."

물가에서 발견한 이름 모를 여자와 소인원으로 숲을 향하는 용감한 남자들. 교류는 없더라도 밖을 돌아다니면 그런 사람들을 볼 기회는 적지 않다. 그들은 모두 루가의 사람들만큼은 아니지만 밝고 강하면서도 맑은 눈빛을 지니고 있었다.

아무리 가난해도 아무리 역참 마을에서 차별받더라도 나는 그들이 불행한 인간이라고는 도저히 생각되지 않았다.

"그 점은 나도 동의하네. 숲가의 백성은 정말 긍지 높은 일족이라고 생각하지. ……그렇기 때문에 나는 그들이 풍요로운 삶을 살았으면 좋겠네."

그렇게 말한 뒤 카뮤아 요슈는 그 신기한 눈빛을 눈꺼풀 뒤로 감추었다.

그다음 눈을 떴을 때는 이미 얼굴에는 아까 그 의뭉스러운 미소가 되살아나 있었다.

"하지만 뭐, 나도 이 자리에서 문득 떠오른 생각을 말했을 뿐이네. 판단은 자네들에게 맡기지. 숲가의 앞날을 정하는 건 숲가에 사는 자네들 몫이다. 자네들이 옳다고 생각하는 길을 힘차게 나아가주게."

"……정말 그 생각이 이 자리에서 문득 떠올랐다고 주장할 작정인가요?"

정체 모를 걱정에 휩싸여 나는 카무아 요슈의 초연한 얼굴을 쏘아보고 말았다.

"당신 혹시 어제 연회에서 내가 요리사라는 걸 알고── 처음부터 내 요리 솜씨를 확인할 목적으로 저녁밥을 조른 거 아니에요?"

"과대평가하는군. 난 그렇게까지 기지가 있는 사람이 아니야. ……다만 연회에서 행복한 듯 발그레한 얼굴로 기바 고기를 먹는 사람들의 모습을 보고, 그렇게 맛있는 고기라면 발톱이나 엄니와 함께 팔아버리면 될 텐데, 하는 발상을 얻은 것은 부정하지 않겠네."

전혀 부끄러워하는 기색도 없이 카무아 요슈는 그렇게 말했다.

나는 혼란스럽다.

아마 아이 파도 혼란스러울 것이다.

이 남자는── 도대체 뭐지?

"그리고 자네의 요리를 대접받고 이 맛이라면 역참 마을에서 싸울 수 있다고 확신한 것 또한 사실이네. 한데 내 심정이 지금 무슨 소용인가? 중요한 건 숲가의 백성에게 옳은 길은 어느 쪽이냐 하는 것 아닌가?"

긴 망토를 나부끼며 카뮤아 요슈는 가볍게 일어선다.

"어차피 어떤 길을 택할지는 자네들의 자유지. 좀 더 자세한 이야기가 듣고 싶으면 언제든 찾아오게. 다음 달 15일까지 《키뮤스의 꼬리정》이라는 여관에 묵고 있으니. 또 예비 조사차 숲가를 방문할 때에는 나도 이쪽에 들르도록 하지. ——자네들이 날 받아준다면 말이야."

◇

가즈란 루티무는 줄곧 차분한 표정으로 도중에 괜히 끼어들거나 질문도 하지 않고 우리 이야기를 그저 조용히 마지막까지 들어주었다.

마침내 그의 입에서 흘러나온 것은—— "참으로 놀라운 이야기입니다" 라는 말이었다.

"여태껏 그런 식으로 숲가에 관여하려 든 도시의 인간은 없었을 겁니다. 정말 놀라운 이야기로군요."

아마 민 루티무는 자리를 비웠기에 거실에는 우리 세 명밖에 없다.

나는 절로 몸을 쑥 내밀며 "어떻게 생각해요?" 하고 물었다.

"그 카뮤아 요슈라는 남자의 말을 우리는 어떻게 받아들여야 좋을까요?"

"어떻게 받아들일지는 당신에게 달렸습니다. 단 내가 어떻게 받아들일지가 궁금하다면——."

그런 말도 안 되는 이야기가 어디 있습니까? ……하고 말해주었다면 나와 아이 파 모두 편해졌을지도 모른다.

하지만 현실은 비정했다.

"——참으로 이치에 맞는 이야기라는 생각이 들었습니다."

가즈란 루티무는 단호히 말해주었다.

"그런가요……."

"네. 기바 고기를 동전과 교환해서는 안 된다는 법은 없으며, 그렇게 하기 위해서는 역참 마을 사람에게 기바 고기의 맛을 알려야겠지요. 그리고 숲가의 백성은 더 풍요로운 생활을 손에 넣어야 한다는 이야기에 관해서도—— 나는 완전히 동의합니다."

가즈란 루티무의 눈동자에 망설임은 없었다.

카뮤아 요슈가 만약 이런 눈빛을 지닌 사람이었다면 나는 두말없이 그의 제안에 달려들었을지도 모른다.

하지만 말해 봐야 소용없는 일이다. 개인의 천성뿐만 아니라 가즈란 루티무는 숲가의 백성이고 카뮤아 요슈는 돌의 도시의 주민이기 때문이다.

"남아도는 부는 인간을 타락시킬지도 모른다는—— 내 생각은 역시 숲가의 백성에 대한 모욕인가요?"

"아니오. 슨가의 타락을 알고 있는 사람이라면 우선 그렇게 생각하는 것이 자연스럽습니다. 하지만 햄버그와 똑같은 이야기가 아닐까요?"

"해, 햄버그요?"

"네. 스스로 자제할 마음이 없으면 그 맛에 빠져 이와 턱을 약하게 할지도 모르지요. 약이 과하면 독이 됩니다. 햄버그도 남아도는 부도 내게는 같은 존재로 느껴집니다."

가즈란 루티무가 조용히 미소 짓는다.

"예를 들어 80년 전에 이 숲가로 이주했을 당시 백성들의 대부분은 가난에 허덕였을 터입니다. 제대로 된 무기도 없이, 기바의 습성도 모른 채로 숲의 수확을 금지당하고── 많은 사람들이 기바와 싸우다가 굶주림 때문에 죽어갔다고 지자 루가 이야기해주었습니다."

"……네."

"그런데 선인들은 긍지를 품고 숲에 살다가 이윽고 기바를 사냥하는 기술을 습득했습니다. 기바의 엄니와 뿔로 강철을 사고, 냄비를 사고, 식량을 사고, 천을 산 끝에 지금 같은 생활을 이룩하는 데 성공한 겁니다. 루가와 루티무가의 경우, 아리아와 포이탄, 그리고 일상 용품만으로는 다 쓸 수 없을 만큼의 부를 얻어, 다양한 식량과 여자들의 장신구를 소유할 수 있도록 허락받았지요. 지자 루처럼 옛날의 고단한 삶을 아는 분이 이런 생활을 행복하다고 느낀다면── 풍요로움은 곧 타락으로 향하는 길이라는 결말은 나지 않을 겁니다."

"네"라고밖에 대답할 수 없었다.

내 마음은 가즈란 루티무의 말을 들을수록 명료해진다.

옆에서 조용히 그의 말을 듣고 있는 아이 파는 어떨까.

"……어디까지나 예로 드는 이야기입니다만……."

가즈란 루티무가 깊이 생각에 잠긴 목소리를 낸다.

"아스타가 역참 마을에서 성공을 거두어 기바 고기도 동전으로 교환할 수 있게 된다면—— 그 고기를 팔 수 있는 사람은 지금으로서는 아스타에게 피 빼기와 해체 기술을 습득한 루의 친족뿐입니다."

"네."

"그 부가 지금의 슨가를 능가하리만치 방대해진다면, 역시 기바 사냥이야말로 풍요로운 생활을 향한 옳은 길이라는 것을 보여주는 셈이 되지 않을까요?"

나는 몹시 놀랐다.

가즈란 루티무는 훗 미소 짓는다.

"그 카뮈아 요슈라는 인물의 의도는 모르겠습니다. 다만 그 인물은 슨가의 위세를 실추시키기 위해 벼르고 있다는 이야기였지요. 내가 만약 그라면 어떻게 생각할까—— 고기를 파는 행위는 슨가에 무엇을 초래할까 생각해봤습니다. 단 그 생각에 도달하려면 피 빼기와 해체 기술을 배운 것은 루의 친족뿐이라는 진실을 사전에 알고 있어야 합니다만."

그 정도는 이미 그 남자도 알아냈을지도 모른다.

그보다도 나는 가즈란 루티무가 그런 생각에 도달했다는 사실이 훨씬 놀랍고 충격적이었다.

"당신은……당신은 굉장한 사람이군요, 가즈란 루티무. 난 미처 거기까지는 생각하지 못했어요."

"굉장하지 않습니다. 내가 할 수 있는 것은 두루두루 생각하는 것과 기바를 사냥하는 것뿐입니다."

그러더니 가즈란 루티무는 올곧은 시선으로 나를 쳐다보았다.

"그런데 나는 그 카뮤아 요슈라는 인물을 직접 알지는 못합니다. 만난 적도 없는 사람을 신뢰할 수는 없지요. 내가 신뢰할 수 있는 사람은 당신들뿐입니다. 아스타와 아이 파. ……당신들은 이 제안을 어떻게 받아들이고 있나요?"

그에 대답한 사람은 아이 파였다.

강하고 격렬한 빛이 깃든 눈동자가 가즈란 루티무의 성실해 보이는 얼굴을 응시한다.

"나는 가즈란 루티무처럼 큰 이상은 말하지 못한다. 어떤 미래가 찾아오든 슨가의 사람들이 쉽게 뜻을 되찾을 거라 생각하지도 않지."

"네."

"다만── 만약 나와 아스타가 결단함으로 인해 숲가에 은혜를 조금이라도 가져올 수 있다면…… 그보다 더 자랑스러운 일은 없다고 생각한다."

"……그렇군요" 하고 가즈란 루티무는 웃었다.

그러고 나서 나를 돌아본다.

"나도 아이 파와 같은 의견이지만, 그래도 역시 카뮤아 요슈는 너무 수수께끼 같은 사람이에요. 그의 이야기에 함정은 없는지 그 점을 확실히 확인할 때까지는 제안에 얼렁뚱땅 응해서는 안 된다고 생각해요."

"그렇지요. 지당한 말입니다."

가즈란 루티무는 고개를 크게 끄덕였다.

"아이 파. 아스타. 두 사람이 생각하는 옳은 길을 발견하고 루티무의 힘이 필요해지면 또 언제든 이 집을 방문해주십시오. 당신들은 친족은 아니지만 신뢰할 수 있는 벗이기에 루티무가는 언제든 환영할 겁니다."

"네. 고맙습니다. 정말—— 감사합니다."

나는 거의 무의식적으로 오른손을 내밀어 황급히 손을 거두었다.

"죄송해요. 내가 살던 나라에서는 우의를 표할 때 서로의 손을 맞잡는 풍습이 있거든요. 이 숲가에는 그런 풍습은 없겠죠?"

"손을 맞잡는 건가요?"

의아하다는 듯 고개를 갸웃거리며 가즈란 루티무가 오른손을 내민다.

그 사냥꾼의 커다랗고 강인한 손을 나는 혼신의 힘으로 꼭 쥐었다.

비슷한 정도의 힘이 확 돌아온다.

"아스타. 당신의 힘은 내가 생각한 것보다 훨씬 강대할지도 모릅니다. 하지만 나는 당신의 존재를 약으로 삼고 싶군요."

그 말을 끝으로 우리는 루티무가를 뒤로했다.

2

우리는 그길로 역참 마을로 향하려 했다.

이런 엉뚱한 이야기를 미룰 수도 없기에 오늘은 새 쇠 냄비를 사러 가는 김에 카뮤아 요슈를 찾아가기로 아침부터 정한 것이다.

기바 스무 마리분의 목걸이는 평소 채소를 담는 자루에 넣어 아이 파가 겨드랑이에 끼고 있다.

가즈란 루티무가 역참 마을까지 가는 지름길을 알려주어 용감한 발걸음──이라고 할 만큼 힘찬 발걸음은 아니지만, 어쨌든 우리는 역참 마을로 향했다.

"……그런데 생각하면 할수록 정말 엉뚱한 이야기야."

가는 길에 나는 아이 파에게 말을 건넸다.

"게다가 아이 파와 가즈란 루티무 같은 숲가의 토박이가 긍정적으로 생각한다는 것도 놀랍고. 역시 숲가의 백성은 더 풍요로운 삶을 살아야 한다는 생각이 강해서인가."

"물론 그렇지. 나도 가난의 고통을 뼈저리게 겪어봤으니."

내 쪽은 보지 않은 채 아이 파는 낮은 소리로 응한다.

"전에도 말했을 텐데? 아버지 기루가 발을 다쳐서 사냥 일을 제대로 못 하게 되었을 때, 파가는 한 번 멸망할 뻔했어. 우리는 가족 외에는 친족이 없기 때문에 아무에게도 의지할 수가 없었지. 내가 놓은 변변찮은 덫에 새끼 기바가 걸리지 않았더라면—— 우리는 굶어죽었을 거야."

"아…… 그랬었지."

"가족을 곤경에 몰아넣은 아버지가 얼마나 고통스러워했는지 나는 눈앞에서 직접 봤어. 인간이 그런 고통을 겪는 것은 분명히 옳지 않다고 생각한다."

"……응."

"가령 이 이야기를 제안한 사람이 돌의 도시의 주민일지라도 우리가 스스로의 힘과 의지로 부를 손에 넣는다면, 가령 돈다루 같은 기질의 인간이라도 이의를 제기할 순 없지. 오히려 이건 돌의 도시를 상대로 한 싸움이기도 해."

거기서 아이 파는 처음으로 내 쪽을 흘끗 보았다.

심각한 목소리와는 달리 아이 파의 눈동자는 매우 시원하고 맑았다.

"……그리고 네가 내 곁에 있어준다면 결코 불리한 싸움이 아니라는 생각도 들어."

"뭐야, 왜 치켜세우고 그래? 그래 봤자 아무것도 안 나오는데?"

심장이 으스러질 것 같은 자랑스러움을 느끼면서도 그것을 드러내지 않기 위해 나는 쾌활한 표정을 지어 보인다.

"그럼 일단 카뮤아 요슈라는 아저씨를 어떻게든 해야 할 텐데. 그 아저씨가 무슨 음모라도 꾸미는 거면 큰일이야. 우선 역참 마을에서 가게를 연다는 게 어떤 건지 그 부분을 제대로 따져 묻고, 그리고 아저씨가 무슨 속셈인지 최대한 파헤쳐보자."

"……그래." 약간 엄격한 표정을 하고 아이 파는 다시 정면을 향했다.

도시의 인간에게 기바 고기의 가치를 알리다니, 정말 터무니없는 싸움이다.

그러나 아이 파와 가즈란 루티무가 그 싸움에서 중요한 의의를 찾아냈다면—— 나 역시 이의는 없었다.

그러니 우선 카뮤아 요슈라는 정체모를 남자와 대치해야 한다.

그 남자가 숲가의 백성에게 약이 될지 독이 될지 똑똑히 지켜보는 것이 이 싸움의 첫걸음이다.

◇

그리하여 다시 역참 마을이다.

해는 벌써 중천을 지났다. 지난번 왔을 때보다는 늦게 도착했지만, 그만큼 역참 마을은 더 많은 사람들로 북적이고 있었다.

10미터는 되어 보이는 돌로 포장된 널찍한 가도(街道)와, 그 좌우로 나란히 늘어선 커다란 건물. 다양한 옷차림, 다양한 머리와 피부색을 지닌 사람들. 짐을 끄는 거대한 공조 토토스. 사람들의 훈기. 사람들의 떠들썩함. 사람들의 열기.

머리가 어지러울 정도로 혼잡한 역참 마을에서 나는 "자" 하고 아이 파를 뒤돌아본다.

"우선 성가신 일부터 해치워야겠다. 쇠 냄비를 들고 여관에 쳐들어갈 수는 없으니까."

그런데 카뮤아 요슈의 단골 여관인 《키뮤스의 꼬리정》은 어느 건물일까.

자세히 살펴보니 이 근처에 있는 대부분의 건물에는 화려한 간판이 걸려 있는데, 거기에는 상형문자 같은 소용돌이무늬가 그려져 있었다.

아이 파에게 물어도 "내가 어떻게 읽어?" 하고 답할 뿐이다.

그렇다면 주변에 오가는 사람들에게 물어볼 수밖에 없다.

그리하여── 나는 역참 마을 사람들을 새삼 관찰해보았다.

역시 아이 파에게 수상쩍은 눈빛을 보내는 자들은 대부분 황갈색 피부를 지닌 사람들이었다.

하지만 거의 같은 비율로 있는 상아색 피부의 사람들과 인상은 크게 다르지 않다.

그리고 그에 비하면 수가 적은 흰 피부와 검은 피부의 사람들은 확실히 아이 파를 두려워하거나 경멸하는 것 같지는 않았지만── 그렇다고 우호적인 것도 아니다. 무관심하기도 하고 호기심의 눈으로 보는 등 저마다 달랐다.

일단 자신과 비슷하게 생긴 상대에게 물어보는 것이 무난하다는 생각에 나는 상아색 피부를 지닌 젊은이에게 말을 걸기로 했다.

"저, 실례합니다. 좀 물어볼 게 있는데요. 《키뮤스의 꼬리정》
이라는 여관이 어디 있는지 아시나요?"

짧은 갈색 머리의 젊은이는 깜짝 놀란 모습으로 멈춰 서더니
수상하다는 듯 나와 아이 파의 모습을 번갈아 본다.

공포심은—— 그리 엿보이지 않는다.

멸시하는 마음도 노골적으로는 느껴지지 않는다.

그저 영 달갑지 않은 모양인지 무척 곤혹스러운 표정까지 짓
는다.

"……《키뮤스의 꼬리정》은 저 붉은 지붕 건물이에요."

"아, 그래요? 고맙습니다."

젊은이는 허둥지둥 가버린다.

자신은 숲가의 백성과는 관계없다! 하고 온몸으로 주장하는
듯한 모습이다.

뭐, 그러려니 하고 나는 머리를 긁적인다.

"좋아, 가자."

건물은 대체로 목조로, 언뜻 본 느낌은 통나무와 판자가 다 드
러나 있지만 지붕과 벽의 일부가 붉은색이나 녹색의 도료로 칠
해진 것도 그리 드물지는 않았다.

장식인지 방부제인지, 아니면 그 두 가지 역할을 다 하는지 물
론 나로서는 판별할 수가 없었다.

어쨌든 첫 번째 목적지에 무사히 도착했다.

여관은 다른 많은 건물과 마찬가지로 커다란 2층짜리 건물이다. 간판에는 역시 소용돌이무늬가 그려져 있고, 그 일부는 새의 날개처럼 보였다.

그러고 보니 '키뮤스'는 카뮤아 요슈가 내가 먹은 고기만두를 그렇게 불렀던 것 같은데.

닭 가슴살처럼 담백한 고기였으니 어쩌면 조류의 이름일지도 모른다.

"……아이 파, 괜찮아?"

"뭐가?"

"아니, 역참 마을의 건물에 들어가는 건 처음이구나 싶어서."

아이 파는 말없이 어깨를 으쓱했다.

숲보다 위험한 곳이 있을 것 같아? 하고 말하는 듯한 몸짓이다.

내가 보기에는 사냥꾼에게 있어 진정한 위협이란 기바의 뿔이 아닌 인간의 창과 칼인 것처럼 느껴지지만, 뭐, 여기서 그냥 돌아가면 아무것도 해결되지 않는다.

미닫이문이 아닌 금속제 경첩이 달린 문이다. 문고리나 문손잡이 같은 것은 보이지 않기에 나는 양쪽 여닫이문처럼 생긴 덧문에 손을 대고 천천히 밀며 열었다.

"어서오……" 하는 목소리가 중간에 얼어붙는다.

허리 높이의 접수대에 앉은 아저씨가 깜짝 놀란 눈으로 우리를 쳐다봤다.

황갈색 피부를 지닌 통통한 아저씨다.

앉아 있어서 잘 모르지만 그리 몸집이 커 보이지는 않는다.

머리에는 통모자를 쓰고 있고 연한 먹빛의 천 옷에, 같은 색 천으로 된 앞치마를 걸치고 있다. 밖에서도 흔히 볼 수 있는 말쑥한 옷차림이다.

"……식사하러 오셨나?"

설마 숙박은 아니겠지, 하고 그 큼직한 눈알이 위협해온다.

두려움보다는 멸시하는 마음이 더 강한 눈빛이었다.

"아뇨, 여기 숙박 중인 카뮤아 요슈라는 사람을 찾아왔는데요."

"카뮤아를?" 하고 경계심만을 눈썹 언저리에 남긴 채 아저씨가 다시 눈을 동그랗게 뜬다.

그러더니, "그 미치광이가……" 하고 입 속에서 투덜거리며 안쪽을 향해 두꺼운 목을 돌렸다.

"카뮤아! 손님이다! 들여보내도 되겠는가?!"

실내 안쪽은 식당인 모양이었다.

해가 중천을 지난 지금은 끼니때가 아닌지 사람이 별로 없다. 통나무와 판자로 만들어진 가로로 긴 테이블 세 개가 나란히 자리를 차지하고 있고 역시 통나무로 만들어진 의자도 보인다. 스키장의 오두막 같은 느낌으로 분위기는 나쁘지 않다.

다만── 그곳에 앉아 있는 사내들의 외관이 그리 바람직하지 않았다.

머리와 피부색은 제각각인데 모두 힘깨나 쓸 만한 무섭게 생긴 사람들만 모여 있고, 다섯 명 중 세 명 정도가 가죽으로 된 가슴 가리개를 두르거나 토시 같은 것을 끼고 있다. 허리에는 모두 칼이나 손도끼, 곤봉 등을 차고 있으며──그들은 만취한 상태였다.

자신의 생활에 피해가 없다면야 남이 대낮부터 술을 마시든 전혀 상관없지만, 이쪽을 돌아본 사내들의 눈초리는 꺼림칙했다.

호기심의 눈.

경멸의 눈.

의심의 눈.

그리고──호색의 눈.

아이 파를 두려워하는 기색은 보이지 않는다.

그 대신 더러운 것이라도 보는 듯한 눈초리를 한 녀석과 디가슴처럼 히죽히죽 웃는 녀석이 있다.

정말 꺼림칙하다.

"어이, 카뮤아, 안에 있지? 자고 있나?!"

아저씨는 더 큰 소리로 부른다.

그러자, "네에" 하는 귀여운 목소리가 돌아왔다.

긴 테이블이 있는 식당보다 더 안쪽에서 황갈색 머리의 소년이 털레털레 뛰어온다.

열 살쯤 된 영리해 보이는 갈색 눈동자의 작은 남자아이였다.

"잘 오셨습니다! 파가의 아이 파와 아스타 맞으시죠? 저는 카뮤아 요슈의 제자인 레이토라고 합니다. 이쪽으로 오세요."

제자?

도대체 무슨 제자일까.

황갈색 머리를 조금 길게 기른, 정말이지 상냥해 보이는 얼굴의 소년이다.

민소매 조끼에 원통형 바지. 허리에는 작은 헝겊 자루와 폭이 좁은 단검을 차고 있고 발에는 가죽 단화를 신고 있다. 제법 깔끔한 차림새를 하고 있으며, 내가 가족이라면 저런 수상쩍은 아저씨와 어울리지 말라고 주의를 주고 싶을 만한 용모다.

하지만 나는 가족이 아니라 손님이기에 이 소년의 안내를 받아 카뮤아 요슈가 있는 곳으로 갈 수밖에 없었다.

"어이, 손님이면 주문 좀 받아줘."

아저씨가 불러 세운다.

"아, 그렇군요. 뭐 드시겠어요?"

소년이 우리를 돌아본다.

"응? 아니, 이런 가게는 처음이라 잘 모르겠는데——" 하고 말한 뒤, 나는 소년의 귓가에 대고 덧붙여 말했다.

"게다가 지금은 가진 동전이 없어."

"그런가요? 알겠습니다."

소년은 생긋 웃고는 아저씨 쪽을 향했다.

"그럼 조조차 두 잔 부탁드립니다. 요금은 숙박료에 추가해주세요. 늘 앉던 자리에 있을게요."

"알겠다" 하고 아저씨는 오른손을 흔든다.

오른쪽에 있는 2층 계단을 바라보며 소년, 나, 아이 파 순으로 실내 안쪽으로 들어갔다.

술잔을 주고받는 사내들의 눈이 그것을 좇는다.

다행히 그 녀석들이 진을 치고 앉아 있는 테이블 옆을 지나갈 때도 괜히 참견하는 일은 없었다.

막다른 벽에는 문 없는 입구가 있는데 그곳을 지나갔더니 다시 똑같은 크기의 객석이 나타났다. 아까 그곳보다 테이블 크기가 작아지고 수가 두 배쯤 늘었을 뿐, 만듦새는 거의 비슷하다.

가장 구석진 자리에 낯익은 금갈색 머리가 보였다.

카뮤아 요슈다.

그러나 카뮤아 요슈는 정신없이 자고 있었다.

통나무 의자에 앉아 몸을 젖혀 뒤에 있는 벽에 기대고, 껑충한 두 다리를 예의 없이 테이블 위에 올려놓고 그는 편안히 숨소리를 내면서 자고 있었다.

달리 손님은 보이지 않는다.

"카뮤아, 손님이에요! 기다리시던 숲가에서 오신 손님이에요. 자, 어서 일어나세요!"

그 옆자리에 앉으며 소년이 주인의 코앞에서 손뼉을 짝짝 쳤다.

카뮤아 요슈는 "음냐" 하고 불만스러운 소리를 낸다.

미안하지만 1나노그램도 귀엽지 않다.

"으으음, 뭐야. 더 잘 거야…… 어라? 아이 파? 아스타? 뭐야, 바로 와주었군!"

처진 눈을 동그랗게 뜨고 길쭉한 얼굴에 즐겁다는 듯 미소를 띤다.

"이것 참, 민망한 모습은 보이고 말았군. 자, 어서 앉게나! 레이토, 차, 차 좀 내와."

"벌써 주문했어요. 이제 그만 발을 내리세요."

"아, 미안, 미안."

가죽 장화를 신은 발이 내려가고 소년이 재빨리 행주로 테이블을 깨끗이 닦는다.

"자, 앉으세요."

"고마워."

나도 앉았지만 아이 파는 얼핏 망설이는 기색을 보였다.

그러고 보니 나는 숲가에서 '의자' 같은 것을 본 적이 없다.

그럼에도 아이 파는 당당하게 망토 자락을 걷고 멋지게 착석하는 데 성공했다.

"이야, 하루밖에 안 지났는데 벌써 와주다니 꿈에도 생각 못 했네. 정말 기쁘군, 아이 파와 아스타."

그렇게 말한 직후 "흐아암" 하고 하품을 한다.

"미안, 미안하군. 오늘은 아침까지 일하느라 잠이 쪼끔 부족했거든."

"네. 어제 그 후에 무슨 일이라도 들어왔던 거예요?"

"음? 아니, 밤새도록 숲가를 탐색했거든."

"……기즈한테 발이라도 물리면 어쩌려고요?"

"기바나 사냥꾼에 비하면 기즈 같은 건 귀엽지."

참고로 기즈란 족제비 크기의 큰 쥐를 말한다. 야행성이고 생김새는 꽤 귀엽지만, 문토처럼 썩은 고기를 뒤지고 다니는 습성이 있고 물리면 살점이 썩어 떨어져나간다고 한다.

"이렇게 일부러 와주었다는 것은 내 제안을 긍정적으로 생각해주었다는 건가?"

"긍정적으로 생각하기 위한 재료가 필요해서 왔다고 생각하면 돼요. 뭐, 물건도 살 겸해서 왔지만요."

눈에는 눈, 경솔한 말에는 경솔한 말이다.

언제까지나 이 남자의 페이스에 놀아날 수는 없다.

"여기, 조조차 왔네."

그때 아까 그 아저씨가 나타났다.

노란 차가 담긴 도기 잔이 나와 아이 파 앞에 놓인다.

잿빛 색조의 넘실넘실 파도치는 무늬가 새겨져 있다. 원통형 잔에 손잡이가 달려 있어, 머그잔이나 조끼(주로 맥주를 담아 마시는 손잡이가 달린 컵)라고 부르고 싶게끔 생겼다.

"이런, 주인장이 직접 가져다주시다니 수고하십니다."

"딸이 무섭다며 나오지 않으려 하니 어쩔 수 없잖아."

아저씨가 나와 아이 파를 힐끗 노려본다.

역시 키는 그리 크지 않지만 적당히 살집이 있어 힘은 세 보인다.

"주문을 받으면 손님은 손님이지만. 소동을 일으키면 자네도

쫓아내겠다, 카뮤아."

"내가 언제 소동을 일으킨 적이 있습니까? 걱정은 붙들어 매십시오."

"……아무래도 좋지만 여기는 일단 식당이다. 잘 거면 자기 방에서 자도록. 자리 차지할 거면 주문이라도 해."

"아, 지당하신 말씀이군요. 그럼 나와 레이토에게도 조조차를 한 잔씩―― 그리고 키뮤스 고기 소금절이라도 주시겠어요? 1인분이면 충분하지만."

"네 명이나 있는데 1인분이라니" 하고 내뱉고 아저씨는 물러간다.

손님을 상대로 하는 장사에서 있을 수 없는 이 태도는 숲가의 백성에 대한 반감에서 오는 걸까, 아니면 카뮤아 요슈에 대한 거침없는 편안함에서 오는 걸까…… 뭐, 아마도 양쪽 다일 것이다.

내가 그런 생각을 하는 사이, 아이 파는 동물처럼 찻잔에 코를 바싹 대고 냄새를 맡고 있었다.

"……이건 뭐지?"

"조조차라고 했으니 그 말린 뱀 덩어리 같은 과실의 서글픈 말로가 아닐까."

한방약 같은 이 향기도 맡은 기억이 있다. 어쩌면 원래 냄비에 마구 넣는 식재료가 아닐지도 모른다.

"숲가의 백성은 차를 마시는 습관이 없는가? 이문화 교류의 일환이라고 생각하고, 괜찮다면 마셔보게나."

"……카뮤아 요슈, 당신이 사준 것을 먹을 이유는 없다."

"이거 서운한데. 나는 어젯밤 실컷 얻어먹지 않았는가? 그 답례네."

"그건 당신이 가져온 과실주에 대한 대가다. 당신과 나 사이에 진 빚도, 받을 빚도 없다."

"……아스타, 어쩌면 좋은가?"

카뮤아 요슈가 이쪽으로 몸을 돌린다.

나는 "흐음" 하고 생각에 잠겼다.

"아이 파. 그럼 다시 대가를 지불하면 되지 않을까? 가진 동전이 없으니 뭔가 상응하는 물품으로."

아이 파는 고개를 갸웃거리고 이윽고 망토 안쪽에서 손바닥에 올라갈 만한 크기의 고무나무잎처럼 생긴 잎의 꾸러미를 꺼냈다.

"기바 육포다. 이거라도 좋다면."

"기바 육포! 참으로 흥미롭군! 레이토, 기바 육포다!"

"우와아. 나중에 저한테도 나눠주셔야 해요?"

그런 두 사람의 대화를 아이 파는 물끄러미 쳐다보고 있다.

아무튼 이 일로 기바 고기를 기피하지 않는 두 번째 사람을 확인할 수 있었다는 이야기다. 물론 카뮤아 요슈의 일행이니 그리 참고가 되지는 않지만, 기억해둘 필요는 있을 것이다.

참고로 조조차는 마셔보니 향기가 강한 대신 맛은 부드러워서 마시기 불편한 느낌은 아니었다.

의자에 앉아 차를 홀짝인다. 내 입장에서는 살짝 향수를 불러일으키는 행위다.

"자…… 그럼 본제에 들어가볼까."

테이블 위에 팔꿈치를 괴고 길쭉한 얼굴로 빙긋이 웃으며 카뮤아 요슈는 그렇게 말했다.

3

"역참 마을에 가게를 내는 건 그리 어려운 일이 아니네. 새 건물을 지으려면 까다로운 절차가 필요하지만, 노점 구역에서 물건을 파는 것뿐이니 약간의 자릿세를 내기만 하면 누구나 참여할 수 있지."

"약간의 자릿세요?"

"그래. 열흘에 겨우 백동화 한 닢이지. 양심적인 가격이지? ……뭐, 그래도 대략 기바 한 마리분의 뿔과 엄니에 해당되지만."

"기바 한 마리분, 백동화 한 닢…… 잠깐만요. 그 흰 동전은 붉은 동전 몇 닢만큼의 가치가 있나요?"

내 질문에 눈을 휘둥그레 뜬 사람은 카뮤아 요슈 옆에 오도카니 앉아 있는 소년 레이토였다.

하긴, 어쩔 수 없다. 백 엔 동전은 십 엔 동전 몇 개만큼인가

85

요? 하고 묻는 것이나 다름없으니.

"적(赤) 열 닢이 백(白) 한 닢이네. 요컨대 그때 탈라가 먹었던 키뮤스 고기만두 열 개를 팔면 본전은 건지지. 노점 구역에 가게가 늘수록 역참 마을도 번영하는 셈이니 자릿세라고 해봤자 성의 표시 같은 거라네."

"잠깐만요, 음, 그러니까…… 기바 한 마리로 10일분의 아리아와 포이탄을 살 수 있으니까…… 어? 그렇구나. 그럼 우리도 대충 적동화 한 닢으로 한 끼의 식사를 만들어온 셈이구나."

"노점의 간식으로 하기에 어제 먹은 양은 많겠군. 그 절반도 좀 많을 정도이니 가격은 적 두 닢 정도가 타당할 터. 너무 싸게 팔면 오히려 다른 가게의 반감을 사게 되거든."

"그럼 재료비도 어제 메뉴대로라면 적 한 닢의 약 절반으로 해결되네요. 그렇다는 건 단순 계산했을 때 한 개를 팔면 적 한 닢 반의 이익이 생기니까―― 열흘 동안 7개를 팔기만 해도 필요 경비를 조달할 수 있다는 소리네요."

"그렇지. 한데 포장마차가 필요하다면 그 대여료도 백동화 한 닢이 필요하네."

그런데도 열흘 동안 14개 팔기만 하면 본전은 건질 수 있다니. 이렇게 속편한 장사도 다 있구나.

……단, 오가는 사람들이 기바 고기를 먹을 용기가 있을 때의 이야기지만.

"보통은 채소보다 고기를 더 비싸게 받거든. 그리고 채소도 아리아나 포이탄보다 고급스러운 것을 쓰지. 고기만두 가게 아주머니가 이익을 내려면, 하루에 10개나 20개는 팔아치워야 하는데 이렇게 번영한 마을이라면 그다지 어려운 양도 아니네."

카뮤아 요슈가 유쾌하게 웃는다.

"어떤가? 내가 아스타에게 가게를 열라고 권한 이유를 알아주겠나? 자네의 솜씨와 기바 고기의 힘이 있다면 그리 쉽게 실패하는 이야기도 아닐 것 같지 않나?"

"그래서 가게가 번창하면 역참 마을의 백성에게 기바 고기의 가치를 인정시킬 수도 있고, 더 나아가서는 숲가의 백성에 대한 편견도 완화시킬 수 있다는 거네요? 과연, 정말 장점만 갖춘 장사로군요."

나는 카뮤아 요슈를 흉내 내어 테이블에 팔꿈치를 괴고 몸을 앞으로 내민다.

"그럼—— 카뮤아 요슈, 당신은 어떤 이익을 얻는 건가요?"

"음? 내가 이익을 얻지 않으면 납득하기 어려운가? 그럼, 그렇군—— 자릿세와 재료비를 뺀 순이익 중에서 그 1할을 사례 명목으로 받을까나."

"돈이 문제가 아니에요. 우리는 당신의 목적이 궁금한 거예요."

"그러니까 내 일방적인 동료 의식을 충족하기 위함이네! 숲가의 백성이 두려움의 상징이 되어버린 것과 사냥꾼의 의무에 대한 대가가 너무 낮은 것. 최종적으로 그 두 가지를 해소할 수만 있다면 나는 진심으로 만족할 거야."

그러고는 신기한 색조의 눈동자를 아이 파에게 향한다.

"혹시 어젯밤부터 내가 보인 언행이 숲가의 백성에게 동정을 베푸는 것처럼 느껴질지도 모르겠지만, 그럴 마음은 없네, 아이파. 나는 정말 숲가의 백성이 좋아. 그런데도 동포가 아닌 나로서는 내가 생각해낸 묘안을 자네들에게 제시하는 것밖에 할 수 없지. 그 심정만은 알아주었으면 좋겠네만."

"……당신에게 동정받는 기분은 들지 않는다. 한데 놀림당하는 기분은 들지."

"그거 잘됐군! ──이 아닌가? 어라라?"

"남들한테 신용받지 못하는 건 늘 있는 일이잖아요. 마음 쓸 필요 없어요, 카뮤아."

소년이 생글생글 웃으며 잔인한 소리를 한다.

하지만 그 말을 들은 본인도 "하긴 그렇군" 하고 웃음으로 답하는 것을 보고 더 이상 아무도 끼어들려 하지 않았다.

"흐음…… 과연……."

"아직도 고민하는 건가? 몇 번이나 말했듯이 숲가의 백성이나 기바에 대해 무조건 공포심을 품고 있는 사람은 제노스의 토착민뿐이고, 게다가 기바의 위협이 미증유의 재앙이 아니라 흔히 있는 해로운 짐승의 피해쯤으로 여기게 된 지 오래인 까닭에 그 공포심에도 사실 핵(核)이 없네. 그리고 현재 가장 두려워하는 대상은 기바가 아니라 숲가의 백성 그 자체지."

다시 카뮤아 요슈의 눈이 아이 파에게서 내 쪽으로 돌아온다.

"이렇게 말하긴 뭣하지만, 숲가의 백성이 노점을 내더라도 그리 쉽게 접근하는 사람은 없을지도 모르겠네. 한데 아스타의 풍모는 아무리 봐도 도시의 주민, 마을의 인간으로 보이지. 그런 아스타가 기바 고기 요리를 팔면 사람들은 당황하면서도 흥미를 가질 테고. 또 남쪽이나 동쪽 사람이라면 크게 주저하지 않고 기바 요리를 시도할 게 틀림없어. 그렇게 되면 맛은 확실하니 언젠가 입소문을 타고 제노스의 토착민에게까지 파급되리라고 생각하네."

"네에……."

"더 솔직히 말하자면 이 정도 일로 숲가의 백성에 대한 편견이 없어질 거라고는 나도 생각하지 않아."

카뮤아 요슈는 눈을 가늘게 뜨고 웃었다.

그렇게 웃을 때만 이 남자는 언뜻 지바 할머니처럼 투명한 표정이 된다.

"짐승 같은 눈빛으로 일반인에게는 있을 수 없는 힘을 지닌, 고고하고 폐쇄적인 숲가의 백성을 사람들은 두려워하고 있지. 그것은 80년의 세월 동안 길러진 공포심이고 실제로 숲가의 백성은 그런 일족이기도 하니 오해가 아닌 부분도 많을 터. 그건 그대로 나는 별로 상관없다고 생각하네. 나는 딱히 숲가의 백성과 마을 사람들이 웃으며 손을 맞잡는 모습을 보고 싶은 건 아니거든."

"그건—— 무슨 뜻이에요?"

"숲가의 사냥꾼은 고고해도 상관없지. 오히려 사냥꾼에게 마을의 안녕은 어울리지 않아. 타락한 사냥꾼을 나는 보고 싶지 않네. ……그러나 사냥꾼이 미천한 존재로 멸시당하고 있는 상황이 나는 화가 나. 숲가의 사냥꾼이 두려움을 받는다면, 흉한 존재가 아닌 성스러운 존재로 두려움을 받길 바라네."

"…………."

"그러니 우선 《기바 먹는 인종》이라는 그릇된 관념부터 깨부수고 싶어. 기바로부터 제노스의 논밭을 지키고 더 나아가서는 제노스 번영의 일익을 담당하고 있는 것은 누구인가, 그 점을 다시 한 번 단단히 일러주고 싶네."

"……당신이 늘 그런 표정으로 말하는 사람이라면 나도 주저 없이 당신을 믿을 수 있을 거예요."

그럼에도 신중하게 나는 그렇게 말했다.

"근본적인 부분에서는 당신은 거짓말을 하고 있지 않다고 생각해요. 다만, 나는 역시 당신이 그렇게까지 숲가의 백성을 깊이 생각하는 이유가 와 닿지 않거든요. ……그, 도중에 신앙하는 신을 바꾼다는 게 이 대륙 사람들한테 그렇게 중대한 일인가요?"

내 말에 다시 레이토가 놀란 표정을 지었다.

그러나 카뮤아 요슈의 투명한 눈빛은 조금도 변하지 않는다.

"중대하다고 생각하네. 한데 뭐, 그건 경험한 사람밖에 이해하지 못하는 감각일 거야."

"그런가요? ……그런데 숲가의 백성이 남쪽 숲을 버리고 모르가 숲으로 이주한 건 벌써 80년 전의 옛날이야기예요. 지금 숲가의 백성은 당신의 심정 같은 건 이해하지 못하는 거 아닌가요?"

"물론 그렇겠지. 그래서 내가 품은 숲가의 백성에 대한 동료 의식은 영원히 일방통행일 수밖에 없어. ……어쨌든 80년이니까. 아무래도 80세가 넘은 숲가의 백성은 존재하지 않겠지?"

아마 숲가에서도 지바 할머니 한 명밖에 없을 것이다.

하지만 이 남자를 완전히 신용할 수 없는 지금은 그 이름을 입 밖에 낼 수 없다.

그리하여 나는 "글쎄요" 하고 일단 얼버무린다.

"……아스타, 자네는 이 대륙의 출신이 아니라고 주장했으니, 당연히 사대신 중 그 누구에게도 믿음을 받치지 않았다는 말이로군?"

"네에, 뭐, 그렇지요. 일단 숲가의 가족이니 형식적으로는 서쪽 신의 백성에 속하겠지만요."

"그래, 그런 의미에서라도 자네의 존재는 숲가에 어울릴 테지. 숲가의 백성은 남쪽 신 자갈에서 서쪽 신 셀바로 섬기는 신을 바꾸었지만, 실제로 그들은 처음부터 신을 섬기지 않았어. ──그들이 섬기고 있던 건 신이 아닌 숲이네. 숲이야말로 그들에게 절대적인 존재일 터. 내가 매료된 건 그 청렴하고 장렬한 삶의 태도였을지도 모르겠군."

그러고 나서 카뮤아 요슈는 신기한 빛을 내뿜는 눈동자를 눈꺼풀 뒤에 감춰버렸다.

무어라 할 수 없는 정적이 감돌고—— 그리고 제삼자에 의해 정적은 깨졌다.

"자, 조조차와 키뮤스 고기 소금절이를 갖고 왔네."

큰 나무 접시가 달그락 소리를 내며 테이블에 놓인다.

아까 주문한 음식을 아저씨가 가져온 것이었다.

그대로 몸을 홱 돌려 가버리는 아저씨를 보는 카뮤아 요슈의 얼굴에는 이미 평소의 표연한 미소가 되살아나 있었다.

"아스타, 괜찮다면 맛 좀 보게나. 역참 마을에서는 어떤 요리를 먹고 있는지. 요리사를 생업으로 한다면 자네한테도 흥미 있는 일일 테지?"

"……키뮤스 고기만두라면 나도 노점에서 먹었어요."

"그렇군. 한데 이건 고기만두와는 또 다른 맛이 날 텐데?"

나는 카뮤아 요슈의 얼굴에서 테이블 위로 시선을 옮겼다.

크고 납작한 접시에 담긴 그것은 고기와 채소 조림인 모양이었다.

수분은 거의 없고 뽀얀 고기와 몇 가지 채소에 투명하고 걸쭉한 페이스트(갈거나 개어서 풀처럼 만든 식품)가 듬뿍 뿌려져 있다.

눈으로 확인할 수 있는 건 아리아와 프라의 자투리와 너무 익어서 뭉크러진 찻치 조각이었다.

냄새는 리로와 비슷한 향초의 청량한 향기가 났다.

그리고 접시 한구석에는 만두피처럼 흰 생지가 몇 장 포개어져 있다. 여기에 싸서 먹으라는 뜻일 것이다.

모양도 냄새도 그리 나쁜 느낌은 아니다.

"자, 먹어보게. 식욕이 없다면 한 입이라도 좋아. 훌륭한 육포에 비해 조조차는 한없이 부족하니 부디 먹어주게나."

그야 물론 단순히 호기심만으로도 먹어보고 싶기는 하다.

나는 아이 파에게 눈으로 확인하고 나서 작은 생지와 나무 숟가락을 집어 들었다.

조림의 양과 생지의 장수를 계산하여, 이렇게 하면 되나, 하고 나무 숟가락으로 두 장만큼의 건더기를 뜬다.

그것을 작은 크레이프(밀가루에 달걀, 설탕, 우유, 버터를 섞어 얇게 구운 것. 아주 얇은 핫케이크처럼 생김)처럼 말아서 한 입 베어 먹자——.

뭐, 하여간 짰다.

풍미는 거의 향초의 향이다.

흐물흐물해진 아리아, 살짝 데친 찻치, 쓴맛이 있는 프라—— 그리고 닭 가슴살처럼 담백한 키뮤스 고기.

나쁜 조합은 아니다.

뭐랄까, 참으로 소박한 맛이다.

보존하기 위해 소금에 절인 고기를 채소와 함께 끓였을 것이다. 좀 더 푹 끓였으면 찻치의 식감이 좋아졌을 것 같다는 정도로, 이렇다 할 문제점은 보이지 않는다.

단—— 돈을 내면서까지 먹고 싶은가 하면, 살짝 고개를 갸우뚱할 정도다.

"일단 그건 이 여관에서 가장 인기 있는 음식이네. 짜서 술에도 잘 맞고. 가격은 적동화 세 닢이었나. 낮 동안은 다들 간편한 한 끼를 원해서 밖에서 해결하지만, 밤에는 이 가게도 손님들로 꽤 북적이지. 다들 그 나름대로 만족스러운 얼굴로 그걸 먹고 있다네."

카뮤아 요슈가 체셔 고양이처럼 냉소적으로 웃는다.

"역참 마을의 요리란 그런 가정 요리의 연장 같은 것이 주류를 이루지. 실제로 여관의 안주인과 딸이 요리하고 있고, 요리사를 생업으로 삼는 인간은 이 제노스에서는 돌담 안의 성 밑 마을에만 존재하네."

"……그렇군요."

"어떤가? 아스타, 자네는 이 소금절이 고기의 조림이나 고기만두에 대항할 만한 요리를 만들 수 있겠나?"

"부추기는 건가요? 아무리 그래도 그런 도발에 넘어갈 만큼 멍청하지는 않다고요."

이제 슬슬 일어날 때가 됐나 싶어 나는 그 키뮤스의 소금절이 고기인지 뭔지를 한 장만큼만 다 먹고 나서 조조차를 마저 마셨다.

그러고 나서 아이 파에게 "더 물어볼 것 없어?" 하고 귓속말을 해봤지만, 역시 말없이 고개를 가로저을 뿐이다.

"아무튼 가장과 의논할게요. 그리고 숲가의 친구에게도 의논해서 문제가 없다면—— 그때 처음으로 긍정적으로 생각할게요."

"신중하군! 그게 바로 아스타의 장점이겠지."

나를 신중히 만든 사람은 당신이야, 하고 나는 어깨를 으쓱해

보인다.

"카뮤아. 만약 역참 마을에 노점을 낼 결심이 서면 그때 또 당신에게 상담하면 되나요?"

"물론. 혹은 나를 건너뛰고 직접 협상해도 좋네. 노점 구역을 관할하는 책임자 중 한 명이 이 여관의 주인장, 밀라노 마스거든. 어쨌든 이 《키뮤스의 꼬리정》을 찾아오면 문제없지."

"고맙습니다. 아직 어떻게 될지 모르지만, 당신의 이야기 덕분에 엄청나게 여러 가지에 대해 생각할 수 있었어요. 만약 가게를 내지 않는다는 결론이 날지도 모르지만, 그래도 난 당신과 대화를 해서 다행이라고 생각해요."

"그렇게 말해주다니 고맙군. ⋯⋯이제 가는 건가? 그럼 레이토, 뒷일을 부탁하네. 나는 소금절이 고기를 먹어치우고 나서 한숨 더 자야겠어."

"네. 그럼 가시지요, 아스타와 아이 파."

생글생글 웃는 소년의 얼굴을 나는 멍하니 쳐다봤다.

"가다니, 어딜? 우리는 이제 물건 사고 집에 가려고 하는데."

"시간을 많이 빼앗지 않겠습니다. 탈라라는 여자아이와 그 부모님이 당신들에게 감사의 말을 전하고 싶다고 해요. 탈라의 부모님도 노점 구역에서 가게를 하고 있거든요, 그쪽으로 안내해 드릴게요."

탈라는 내가 역참 마을에 처음 왔을 때 만난 여자아이의 이름일 터였다.

술을 마시고 날뛰던 도드 슨의 난투극에 휘말린 그녀를 일단 나와 아이 파가 구해낸 셈이 되었다.

그런데 벌써 열흘 가까이 지난 일이다. 이제 와서 부모님에게 감사의 말을 듣다니 낯간지럽기만 하다.

"웬만하면 만나주게나. 탈라는 착한 아이라네. 앞으로 몇 년 지나면 분명히 훌륭한 미인으로 자랄 테니, 지금 인연을 맺어놔서 손해 볼 것은 없지."

이런 어이없는 소리를 하는 사람은 물론 소년이 아니라 주인 쪽이다.

무슨 히카루 겐지(무라사키 시키부가 11세기 초에 쓴 일본 최고의 고전 작품 《겐지이야기》의 주인공. 훌륭한 용모와 자질을 갖춘 히카루 겐지는 여러 신분과 성격을 가진 여성들과 다채로운 사랑을 나눈다)도 아니고, 나는 쓴웃음을 지으며 일단 아이 파 쪽을 곁눈질로 살펴보니…… 희한하게도 그 눈동자는 참으로 싸늘하게 나를 쏘아보고 있었다.

나 참, 이 녀석은 날 뭐라고 생각하는 걸까.

"그럼 실례하겠습니다."

"그래, 또 만날 날이 기대되는군."

결국 우리 말고는 손님이 오지 않은 안쪽 식당을 나와 출구로 향한다.

저쪽 식당에서는 아까 그 사내들이 여전히 술을 마셔대고 있었다.

그중 한 명이 아까보다 취한 눈으로 우리를 본다.

"어이, 거기 흑발의 애송이! 자네, 무슨 수로《기바 먹는 인종》의 여자를 손에 넣었지? 우리한테도 그 수법 좀 알려주지 않겠나?"

이런, 이번에는 그냥 지나치게 해주지 않을 모양이다.

참으로 바람직하지 않은 경향이다. 나에 대한 모욕이라면 몰라도, 아이 파의 존재를 싸잡아 모욕한다면——— 이성의 끈을 놓아버릴 수도 있다.

"아마 기바 사냥보다 남자 사냥이 동전을 더 쉽게 벌 수 있다는 걸 깨달은 모양이군! 어이,《기바 먹는 인종》, 뭐하면 동전 두 닢으로 네 하룻밤을 사줄까?"

나는 사내들 쪽으로 방향을 틀었다.

그러나 동시에 일어난 두 가지 현상에 의해 내 분노의 목소리는 목구멍 중간쯤에서 멈추게 되었다.

내 뒤에서 걷고 있던 아이 파가 내 팔을 잡고, 내 앞에서 걷고 있던 소년 레이토가 "그만하세요" 하고 조용히 말한 것이다.

"이분들은 제 주인님의 손님입니다. 손님에 대한 무례는 주인님에 대한 무례로 간주하겠습니다만, 그래도 괜찮겠습니까?"

아직 변성기를 겪지 않은 보이소프라노의 목소리에 감정다운 감정은 완전히 빠져 있었다.

소년은 사내들 쪽을 보고 있었기 때문에 나는 그 표정을 확인할 수 없었지만, 그 대신 사내들의 표정은 볼 수 있었다.

야비한 수작을 걸었던 두 사람이 술병을 들어 올린 채 경직되어 있다.

그 얼굴은—— 숲에서 맹수와 맞닥뜨린 사람처럼 눈을 휘둥그레 뜨고 얼어붙은 표정을 짓고 있었다.

"뭐야, 왜 그래?" 나머지 녀석이 동료의 어깨를 흔든다.

그것을 곁눈질하고는 소년 레이토는 나를 보고 빙그레 웃었다.

"실례했습니다. 그럼 가시지요."

그 주인에 그 제자라는 걸까.

한숨을 내쉬며 걸음을 내딛는데, 아이 파가 "어이" 하고 등을 쿡 찔렀다.

"전에도 말했지만 몸을 지킬 힘도 없는 주제에 흥분하지 마. 넌 가끔 너무 단순할 때가 있어."

"……아이 파도 햄버그가 관련되면 단순해지면서."

"그게 지금 무슨 상관이지?"

아이 파에게 등을 쿡쿡 찔려가면서 나는 《키뮤스의 꼬리정》을 뒤로 했다.

4

밖으로 나오니 아직 해는 높이 떠 있고 길거리도 사람들로 북적거렸다.

"물건은 어떤 걸 사실 건가요?"

"응, 쇠 냄비를 사려고. 노점 구역인지 뭔지 아무튼 거기에서 팔걸."

"쇠 냄비라. 큰 것으로 사시나요?"

"뭐, 적당히 크면 좋지. 이 정도 크긴데."

직경은 60센티미터, 깊이는 30센티미터, 동그란 공을 반으로 쪼갠 것 같은 모양을 나는 허공에 그려본다.

"그건 꽤 무거울 것 같은데요. 그럼 먼저 탈라네 가게로 안내해도 될까요? 노점 구역의 끝자락쯤에 있거든요."

"아, 그래, 저기 아이 파, 그래도 괜찮을까?"

"멋대로 해" 하고 대답하는 아이 파의 얼굴에는 특별한 표정은 보이지 않았다.

하지만 다소 피로가 묻어난 듯한 느낌은 든다.

조금 걱정이 되었기에 나는 작은 소리로 아이 파에게 "어땠어?" 하고 물어보았다.

"딱히 내가 받은 인상에 변함은 없어. 그 남자가 우리를 속이려는 것 같지는 않지만, 뭐랄까── 정체 모를 남자라는 인상은 지울 수 없군."

"그렇구나." 나는 납득한다.

확실히 나도 카뮤아 요슈에게 속고 있다는 기분은 들지 않는다.

그 남자는 정말 숲가의 백성을 깊이 생각해서 마음을 써주는 걸까.

반대로 이것은 그 생각과 마음이 너무 깊어서 생기는 위화감일지도 몰랐다.

'게다가 문제는 그 아저씨 하나만이 아니지.'

소년 레이토의 안내로 돌의 가도를 걸어가며 나는 고민한다.

'정말 이 마을에서 기바 고기 음식점이라는 장사가 성립될까?'

걸음을 하나 내딛었을 뿐인데 아이 파에게 집중되는 시선. 모든 시선들이 명백히 마이너스의 감정을 드러낸 것은 아니지만, 숲가의 백성이 마을의 외지인이라는 사실에는 변함이 없다.

처음에는 제노스의 토착민이 아닌, 여행객이나 그런 사람들을 대상으로 삼으면 된다고 카뮤아 요슈는 속편하게 말했지만. 정말 그렇게 간단한 이야기일까.

단순히 장사에서 실패하는 것뿐이라면 잃는 것은 동전뿐이다. 그러나 우리의 경솔한 행동 때문에 숲가와 역참 마을 사이에 더 깊은 골이 생겨버린다면 정말 큰일이다.

카뮤아 요슈 본인이 우리를 속일 생각은 없더라도 내가 현실을 잘못 볼 가능성에 대해서도 미리 검증해야 할 것이다.

'가능하면 이 역참 마을에서 중립의 입장을 취하는 사람들한테도 의견을 구하고 싶은데.'

그런 고민을 하는 사이 어느덧 노점 구역에 도착했다.

낯익은 아주머니가 노점에서 아이들에게 고기만두를 만들어 주고 있다.

그러고 보니 지금처럼 해가 중천을 막 지났을 시간대는 간식으로 출출함을 달래는 시간인 모양이다. 관심을 갖고 관찰해보니 여기저기 들어서 있는 간식 노점마다 사람들도 북적이고 있었다.

갈색 고기와 녹색 채소를 흰 생지에 끼운 것을 걸어가면서 뜯어먹는 젊은이가 있다.

길섶에서 닭 다리 같은 것을 안주 삼아 술을 들이켜는 남자들도 있다.

왠지 떠들썩한 소리가 들린다 싶어 그쪽을 들여다보니, 제법 널찍하게 지붕이 쳐진 야외 식당 같은 공간이 있는데, 통나무 의자에 앉은 사람들이 담소를 나누며 나무 그릇에서 전골을 떠먹고 있었다.

"……뭘 그리 총총거리며 돌아다니는 거지?"

"음, 좀. 시장조사하는 거지 뭐."

아직 이 이야기는 어떻게 될지 모른다.

하지만 자신들의 의지로 이야기를 유리한 위치까지 끌고 가려면, 최대한 많은 정보를 수집해두어야 할 것이다.

게다가── 숲가에서 그런 일을 할 만한 존재는 아마도 나 혼자이기 때문이다.

'카뮤아도 숲가에 나 같은 인간이 없었다면, 역참 마을에서 가게를 내라는 엉뚱한 아이디어는 짜내지 못했겠지.'

만약 루가의 여자들이라면 약간의 수련을 쌓는 것만으로 아까먹은 소금절이 고기와 같은 수준의 요리를 만들어낼 수 있을 것이다.

하지만 숲가의 백성은 '장사'가 가능할 것 같지는 않다. 엄니와 뿔을 동전으로 교환하고 그것을 다시 식량으로 교환한다. 형식적으로는 그것도 어엿한 장사지만, 숲가의 백성 중에 그것을 장사라고 인식하는 자는 없을 것이다.

그리고 사냥 수확물을 전문 업자에게 팔아넘기는 행위와 불특정 다수의 손님을 상대로 장사하는 행위는 근본적으로 다르다.

'물론 그런 부분에서 내 존재가 도움이 된다면 얼마든지 힘을 쓰겠지만.'

아이 파와 가즈란 루티무가 옳다고 생각하는 길이라면 나도 주저 없이 돌진할 수 있다.

그러니 나는 그들이 잘못된 판단을 내리지 않도록 그들에게는 잘 보이지 않는 광경을 보고, 그들에게는 잘 들리지 않는 소리를 듣고, 그것들을 그들에게 정확히 전달해야 한다고 생각했다.

"아, 저 가게예요. 다행이다. 탈라도 있어요."

레이토의 말에 "응?" 하고 고개를 들어보니, 노점 구역도 벌써 끝자락에 접어들고 있었다.

그 앞은 관목 사이로 난 큰길이 끝없이 뻗어 있고, 왼쪽 저 멀리 성 밑 마을의 돌담이 보인다.

그러고 보니 지난번에도 이 부근까지 걸어왔었지, 하고 생각하고 있는데—— "앗!" 하는 소녀의 목소리가 왼편에서 들려왔다.

"아스타 오빠! 레이토, 정말 데려와주었구나!"

탈라다.

오늘도 원통형 원피스 같은 오렌지색 옷을 입고 한 노점 지붕 아래에서 우리에게 손을 흔들고 있다.

한 노점.

그곳은 땅바닥에 깔아놓은 큼직한 천 위에 채소를 늘어놓고 앙상한 골조 지붕을 세웠을 뿐인 참으로 간소한 채소 가게이며——그리고 지난번 나와 아이 파가 아리아와 포이탄을 구입한 가게이기도 했다.

소녀의 곁에는 큰 몸집에 배가 조금 나온 아저씨가 굳은 미소를 짓고 우리를 기다리고 있다.

나는 아이 파와 눈짓을 교환하고 나서 레이토와 함께 걸어갔다.

"아스타 오빠, 오랜만이야! 그때는 정말 고마웠어!"

"아니, 고맙다는 소리를 들을 만한 일은 하지 않았어. 그다음에는 네가 우릴 도와줬잖아."

"아니야! 오빠가 없었다면 탈라는 고기만두하고 같이 짓밟혔을 거야! 그러니 고마워!"

탈라는 짙은 갈색 머리를 어깨까지 늘어뜨리고 같은 색의 눈동자를 초롱초롱 빛내는 여덟 살쯤 된 활기찬 여자아이다.

그 옆에서 기다리는 아저씨도 확실히 탈라와 비슷한 색깔의 머리와 수염을 길렀으며, 두 사람 모두 피부는 황갈색이다.

역참 마을에서는 흔히 보이는 머리 색과 피부색, 눈동자 색의 조화였기 때문에 두 사람이 닮았다는 생각은 전혀 못했다.

사실 루가의 사람들은 머리와 눈동자 색이 완전히 달랐기 때문에 이곳 세계에서는 그런 색채가 어디까지 유전되는 걸까, 하고 생각했을 정도라 더더욱 신경 쓰지 않았다.

어찌 됐건 이중으로 재회를 하게 되었다.

아저씨는 일어나서 머리에 둘러쓰고 있던 흰 천을 벗더니 흰 머리가 섞인 덥수룩한 머리를 나와 아이 파를 향해 숙였다.

"저, 저, 저기, 지난번에는 우리 집 아이를 살려주셨다고……저, 정말 고맙습니다. 꼬, 꼬, 꼭 감사의 말을 전하고 싶어서, 그, 이런 곳까지 와주시고……."

보동보동한 얼굴이 식은땀으로 흠뻑 젖었다.

하지만── 저렇게나 숲가의 백성을 두려워하면서도 감사의 말을 전해야겠다고 생각해준 것이다.

"아니에요. 우리도 하마터면 위병에게 끌려갈 뻔했는데 탈라가 증언해준 것도 있고 해서 문초를 당하지 않고 끝날 수 있었어요. 이쪽이야말로 따님에게 큰 신세를 졌습니다."

"아, 아, 아니, 당치도 않습니다……."

아까 그 여관 아저씨보다 훨씬 큰 체격에 얼굴도 호방해 보인다. 아리아를 직접 재배한다고 했으니 반농반상, 즉 농사를 지으면서 장사도 함께 하고 사는 모양이다.

이런 토박이 제노스의 현지인이야말로 숲가의 백성을 가장 두려워하고 있는지도 모르지만── 이런 모습을 계속 딸에게 보이는 것은 차마 보고 있을 수가 없었다.

탈라도 아까부터 이상하다는 듯 멍하니 있다.

"……당신의 딸이 위험한 상황에 처하게 된 것은……."

그런데 느닷없이 아이 파가 입을 열었다.

"히익!" 하고 아저씨가 탈라의 어깨를 잡고 뒷걸음질 친다.

탈라도 다소 불안한 듯 아이 파를 쳐다봤다.

"……내가 분별없이 취객을 때려눕힌 것도 원인이다. 바로 곁에 탈라가 있다는 걸 알고 있었지만, 칼을 뽑아든 위험한 자를 한시라도 빨리 제압해야 한다는 생각에 후려갈기고 말았지. 아스타가 달려 나오지 않았더라면 탈라는 남자 밑에 깔려 부상을 당했을지도 모른다."

그리고 아이 파는 조용히 머리를 숙였다.

"내 배려가 부족했다. 그 점에 대해서는 사죄하고 싶다."

"아, 아, 아니, 그……."

"아저씨. 그렇게 경계하지 않아도 돼요. 이쪽 분들은 그런 난폭한 분들이 아니거든요. 아까도 취객에게 추잡한 말을 들었는데도 제가 먼저 피가 거꾸로 솟았을 정도라니까요."

생글생글한 얼굴의 소년이 중재하듯 말했다.

피가 거꾸로 솟았다니── 그렇게는 보이지 않았는데.

"그리고 어쩌면 이쪽의 아스타라는 분은 이 부근에 노점을 낼지도 몰라요. 그렇게 되면 이웃이니 이 기회에 뭔가 마음에 걸리는 게 있다면 푸는 것이 좋을 것 같아요."

"앗! 아스타 오빠가 가게를 낸다고?!"

아저씨가 아니라 탈라 쪽이 과민하게 반응했다.

"아니, 아직 정해진 건 아닌데…… 만약 가게를 낸다면 이 부근이 될 것 같아."

"네. 저쪽 길은 이미 꽉 찼거든요. 신참인 셈이니 우선 이 북쪽 끝에서 개시하게 될 겁니다."

"흐음. 아저씨도 신참인가요?"

"어? 아, 아니, 나는 벌써 20년 전부터 이곳에 자리 잡았지. 번화한 중앙에 가려면 관리인들에게 성의 표시를 해야 하니까 나는 얌전히 물러나 있을 뿐이야."

아저씨는 연신 눈을 희번덕거리고 있었지만, 열심히 마음을 다잡으려고 노력하는 모습으로 보였다.

역시 천성은 그리 나쁜 사람은 아닌 것이다.

"아직 진짜로 가게를 낼지는 잘 모르지만 만약 내기로 결정되면 잘 부탁합니다. 그때는 여기에서 식재를 구입할게요."

"무, 무슨 가게를 열지?"

그렇다. 카뮤아 요슈와 무관한 제노스의 주민으로부터 의견을 들을 수 있는 귀중한 기회일지도 모른다.

알고 보면 그 기회조차도 카뮤아 요슈가 미리 준비해둔 것일지도 모르지만── 이렇게까지 생각하는 건 의심이 지나친 걸까?

아무튼 시장조사다.

"실은 말이에요. 기바 고기 요리를 팔려고 생각 중이에요.

······아저씨는 어떻게 생각하세요?"

아저씨는 멍하니 눈을 동그랗게 떴다.

"그, 그런 건······ 안 팔릴 텐데?"

흠.

상당히 놀라고 있다기보다는 어이없어하는 표정이지만, 혐오감은 느껴지지 않는다.

어쨌든 상점가 한가운데에서 '타란툴라(대형 독거미) 음식점을 열 겁니다' 하는 행위까지는 아닌 모양이다.

"주변 사람들이 기분 나쁘게 생각하지 않을까요? 내 가게 근처에서 그런 거 팔지 마! 하고 생각하지 않을까요?"

"벼, 별로 그런 건 우리가 정할 일이 아닌데. ······다만······."

"다만?"

"내, 냄새나는 건 곤란하지."

"특별히 냄새나지는 않아요. 기바 고기가 냄새난다는 건 실제로 먹었을 때에 느껴지는 풍미를 뜻하는 것일 테고, 게다가 제대로 조리된 기바 고기는 먹어도 누린내가 나지 않아요."

"기바라면 밭을 망치는 나쁜 동물이지? 그런 게 맛있다고?"

탈라는 어쩐지 흥미진진한 모양이었다.

'나쁘다'고 느끼는 건 인간의 사정이지 기바한테는 죄가 없어······ 이런 설법은 이 시점에서 소용없을 것이다.

"글쎄. 나한테는 엄청나게 맛있는데 이것만은 개인의 취향이니까. 특유의 풍미가 강한 건 사실이니 싫어하는 사람은 싫어할지도 모르겠네."

"흐음. 굉장하네. 탈라도 먹어보고 싶다."

"무, 무슨 바보 같은, 너……" 하고 말하다가 아저씨가 다시 눈을 이리저리 굴린다.

"죄송해요. 새삼스럽긴 하지만 자기소개를 하지 않았네요. 나는 숲가의 촌락인 파가에서 신세지고 있는 아스타라는 사람이고 이쪽은 파가의 가장 아이 파입니다. 괜찮으시다면 아저씨 성함도 알려주시겠어요?"

"……나, 나는 돌라다."

탈라와 돌라. 외우기 쉬운 듯하면서도 아닌 것 같은, 하지만 그 풍모에는 어울리는 이름처럼 느껴졌다.

"돌라 아저씨. 우린 아직 가게를 낼지 고민하고 있어요. 전혀 팔리지 않아서 큰 적자를 보는 것도 곤란하고, 무엇보다 역참 마을 사람들을 혼란스럽게 하면 정말 죄송하잖아요. 그래서 괜찮으시다면 아저씨의 솔직한 의견을 들려주셨으면 해요. 그런 가게를 내면 곤란하다든가, 그런 요리는 아무도 먹지 않을 것이라든가. 그런 의견도 참고해서 가게를 낼지 정하고 싶거든요."

"가, 가게를 내서 곤란할 것은 없지. 이상한 냄새만 나지 않는다면 괜찮은데. ……아, 그리고…… 다툼이 생기면 곤란한 정도……."

말꼬리가 웅얼거리며 사라진다.

그래도 제대로 대답해주고 있다.

분명 평소에는 개방적이고 호방한 성격일 것이다. '아리아가 썩었다'고 말했을 때 화내던 모습만 봐도 짐작할 수 있다.

"다툼이라. 제가 가게를 내면 트집을 잡을 마을 사람도 있을까요?"

"수…… 숲가의 백성에게 트집이라니……."

웅얼웅얼.

"글쎄 어떨까요. 실제로 아까 여관에서 트집을 잡혔던 터라 그쪽 방면도 걱정되거든요."

"그, 그런가? 나로서는 상상도 못하겠는데."

아저씨는 숲가의 백성을 무척 두려워하고 있다.

아까 그 녀석들에게서는 경멸의 감정밖에 보이지 않았다.

같은 환경에 있어도 역시 사람의 마음은 제각각이라는 건가.

그리고── 탈라는 '먹어보고 싶다'고 말해주었다.

아까부터 아이 파 쪽을 힐끔거리며 보고 있는데, 이 무서워 보이는 언니는 실은 어떤 사람일까, 하고 탐색하는 눈치다.

"그럼 요리는 어떨까요? 기바 고기 따위는 죽어도 먹기 싫어, 하고 생각할까요?"

"도, 돈을 내면서까지 먹고 싶은 생각은 들지 않는데. 아무튼 기바 고기는 냄새나고 질기다고 알려졌으니. 일부러 그걸 확인하고 싶은 생각은 없어."

"무료라면 드셔주실 건가요?"

"꼬, 꼭 먹어달라고 한다면……."

"징그럽다, 더럽다, 이런 생각은 들지 않고요?"

"벼, 별로 기바는 문토나 기즈처럼 썩은 고기를 뒤지는 것도 아니잖아. 기바는 우리의 밭을 노리는 미운 동물이지. 그뿐이야."

그리고 아저씨는 결심했다는 듯 아이 파를 봤다.

"나, 나는 그러니까, 몸을 날려 기바를 퇴치해주는 당신들에게 감사와 존경의 마음도 품고 있어. 그렇지만 당신들은⋯⋯ 다, 당신들은⋯⋯ 흉악한 기바를 먹고 흉악한 힘을 손에 넣었지. 그렇게 생각하는 노인은 많지, 게다가⋯⋯."

아저씨의 눈에 공포와는 다른 감정의 빛이 엿보였다.

이건 혹시—— 분노의 감정이 아닐까?

"⋯⋯게다가, 실제로 숲가의 백성은 극악무도한 짓도 저지르고 있지."

아이 파는 말없이 아저씨를 본다.

아저씨의 황갈색 얼굴은 핏기가 가시고 오들오들 떨기 시작했다.

"노, 농작물을 빼앗고 여행객을 습격하는 것도 모자라 역참마을의 여자를 납치했어⋯⋯ 숲가의 백성 모두가 그렇지는 않겠지만, 그런 패거리가 있는 것도 사실이야. 실제로 당신이 길바닥에서 때려눕혔다는 녀석도 그런 무리 아닌가? 그런 녀석이 있는 한⋯⋯."

당신들과는 서로를 이해하고 인정하는 사이가 될 수 없다.

그런 말이라도 덧붙이려 했는지는 몰라도 뒷부분은 말하지 않았다.

아이 파는 천천히 고개를 가로젓는다.

"나는 나 자신에게 부끄럽지 않다. ……내가 할 수 있는 말은 그뿐이다."

부정은 하지 않는 건가.

농작물을 빼앗고 여행객을 습격하고 마을의 여자를 납치한다 —— 그 녀석들이 그런 짓까지 하고 있었다니.

나는 이제 분노를 넘어서 정신이 아찔해질 것만 같았다.

같은 숲가의 백성인데 어째서 그렇게까지 격차가 생겨버렸을까.

아이 파와 가즈란 루티무 같은 사람도 있는데 그 녀석들은—— 족장 집안인 슨가의 인간은 왜 그렇게까지 타락하게 된 걸까.

정말, 진지하게, 진심으로 이해할 수 없다.

"역참 마을의 사람이든 숲가의 사람이든 결국 다양한 사람이 있다는 거네요."

소년의 말에 나는 깜짝 놀라 돌아보았다.

레이토는 이 지경이 되어서도 여전히 생글생글 웃고 있었던 것이다.

역시 이 소년은 카뮤아 요슈의 제자라고 다시금 인식하게 되었다.

"그럼. 전 이만 카뮤아의 곁으로 돌아가야 하거든요, 두 사람은 어떻게 하실 건가요?"

"아, 우리도 가야지. 더 이상 장사를 방해하면 안 되니까. ……돌라 아저씨, 오늘 감사했습니다."

"아니……."

"그럼 실례하겠습니다. 아스타와 아이 파. 저도 기바 요리에 기대 많이 하고 있으니 부디 힘내세요!"

결국── 최종적으로 내 마음은 천 갈래 만 갈래로 흐트러질 뿐이었다.

5

그로부터 약 한 시간 후, 우리는 다시 루티무가 앞에 서 있었다.

무식하게 큰 쇠 냄비를 둘이서 받쳐 들면서.

"오, 무슨 일이냐, 아이 파와 아스타! 그런 쇠 냄비를 들고! 혹시 내 집에 요리를 해주러 온 건가?!"

"단 루티무! 벌써 숲에서 돌아오신 거예요?"

아직 해는 중천을 지난 지 세 시간 정도밖에 지나지 않았다. 그러나 루티무의 가장은 이미 망토도 칼도 몸에 지니고 있지 않은 가벼운 차림새로 우리를 마중해주었다.

"이상하게도 요즘 기바 놈들이 넘쳐나서 말이야. 오늘분의 뿔과 엄니는 수확했고, 분가의 젊은이들이 약간 부상을 입는 바람에 일찌감치 돌아왔지! 그런데 오늘은 무얼 요리해줄 건가?"

"아뇨, 우리는 가즈란 루티무에게 할 이야기가 있어서 왔거든요……."

"뭐야, 그런가?" 하고 가장님은 둥글고 **빵빵**한 어깨를 축 늘어뜨리고 말았다.

대머리에 갈색 턱수염을 길렀으며 북통배가 **빵빵**하게 부풀어 올라 있다. 아라비아의 마신 혹은 일본의 호테이 신(복을 가져다준다고 알려진 일본의 일곱 신인 칠복신 중 관용과 부귀영화를 대표하는 신이며, 뚱뚱한 몸집에 배가 불룩 튀어 나왔고 큰 자루를 짊어지고 있다)을 방불케 하는 루티무 본가의 가장 단 루티무는 오늘도 기골이 장대하고 튼튼해 보였다.

"마침 집에 계시니 단 루티무도 같이 이야기를 들어주시면 좋을 것 같아요. 실은 상담드릴 게 있거든요."

"그야 뭐, 자네들 상담이야 기꺼이 응할 수는 있는데……."

어린아이처럼 입술을 삐죽거린다.

우리 가장의 십팔번을 빼앗지 말라고 하고 싶은 마음이 굴뚝 같다.

"아, 아스타와 아이 파. 역시 오셨군요. 카뮤아 요슈와의 대화는 어땠습니까?"

그의 뒤에서 외모가 닮지 않은 아드님도 나타난다.

나는 황급히 그쪽으로 인사를 꾸벅했다.

"하루에 몇 번이나 찾아오고 죄송해요. 그런데 아마 민 루티무는요——?"

"다른 여자들과 함께 루가에 갔습니다. 하루라도 빨리 요리 기술을 습득해 맛있는 요리를 만들고 싶다더군요. 그 덕분에 나는 외톨이 신세가 되었지만요."

"아, 그건……."

"그러니 마음 쓸 것 없습니다. 어서 들어오십시오. ……가장, 문제될 것 없지요?"

"응……."

응이라니.

유아화(幼兒化)가 멈추지 않는 루티무의 가장님이시다.

이러저러해서 나와 아이 파는 칼을 맡기는 김에 쇠 냄비까지 맡기고 다시 루티무의 손님이 되었다.

"——대략 그런 느낌이에요."

이번 이야기도 길었다.

가즈란 루티무는 "흐음" 하고 팔짱을 낀다.

"그럼 역시 카뮤아 요슈에 대한 인상은 변함없다는 거군요. 단 그 언동의 이면에는 숲가에 대한 강한 애착—— 혹은 집착밖에 느껴지지 않고 아스타 일행을 속이는 것 같지는 않다는 말이군요."

"네. 그리고 이왕 간 김에 역참 마을의 상황도 꼼꼼히 조사해 봤어요. 그 결과, 확실히 가게를 내도 큰 문제는 생기지 않겠고 나름대로 성공시키는 것도 가능하다고는 생각해요. ……결국 기바 고기 자체에 상품 가치를 부여할 수 있는지 여부는 해보지 않고서는 모르지만요."

우리는 레이토와 돌라 아저씨와 헤어진 후 여러 노점에 들러 더 자세히 시장조사를 감행했다.

그 결과 모든 가게마다 간식의 가격은 적동화 한 닢에서 세 닢으로 정해져 있고 하루 판매량은 20개에서 50개, 벌이는 해가 중천에 떴을 무렵 전후로 집중된다는 정보를 얻을 수 있었다.

이 정도면 해볼 만하다── 나는 그렇게 생각한다.

가즈란 루티무는 다시 "흠" 하고 말했다.

"그렇다면 나는 아무런 문제도 없다고 생각합니다만…… 가장은 어떻게 생각하십니까?"

"어떻게도 생각하지 않아. 왜 돌의 도시의 주민이 숲가의 앞날이니 뭐니 지껄이는 거냐? 돌의 도시의 주민은 부지런히 돌을 옮겨서 땅끝까지 길이나 닦아나가면 된다. ……그보다 아스타."

단 루티무가 뾰로통한 얼굴로 눈만 위로 떠서 나를 본다.

이 또한 우리 가장을 연상케 하는 조르기 표정이다.

"자네는 도시 녀석들에게는 음식을 해줄 생각은 하면서 나한테는 만들어주지 않을 셈이냐?"

"아뇨, 그러니까 그 건에 대해 의견을 듣고 싶어서…… 나 같은 입장의 인간이 멋대로 역참 마을에서 가게를 열어도 문제가 없나요?"

"알 게 뭐야. 그걸 정하는 사람은 파가의 가장이 아니더냐? 왜 내 의견을 궁금해 하지?"

"네에. 물론 그렇긴 한데요, 가게를 낸다는 행위 자체가 숲가의 동포의 반감을 사지는 않을지 그걸 확인해두고 싶었거든요. ……그리고 도시와 뭔가를 할 때는 전부 슨가가 도맡아서 관리하고 있는 거죠? 거길 통하지 않고 멋대로 해도 될지 그것도 의문이고요."

"……슨가라고?"

단 루티무의 부리부리한 눈이 번뜩인다.

"그런 바보들은 내버려두면 돼! 그놈들이 시비를 걸어온다면 그때야말로 우리 루티무가 본때를 보여주겠다! 그러고 보니 자네, 슨가에 칼을 겨눌 셈이었나?"

"그렇게 기쁜 표정은 하지 마세요! 그런 소란의 불씨가 되고 싶지 않아서 이렇게 상담하는 거라고요!"

"뭐야, 재미없게."

단 루티무는 다시 무기력 모드에 돌입해버린다.

가즈란 루티무는 아무 일도 없었다는 듯이 "그 점에 관해서는 걱정 없습니다" 하고 말했다.

"슨가에서 관리하고 있는 것은 어디까지나 제노스 성과의 일뿐입니다. 그 돌담 안에서 가게를 연다는 이야기라면 슨가를 통해야 하지만, 역참 마을이라면 문제없을 겁니다."

"그렇군요. ……그런데 정말 이런 엉뚱한 이야기가 숲가의 금

기나 관습에 어긋나지는 않을까요?"

"그 역시 문제없습니다. 오히려 우리는 모르가 산의 은혜를 수확하는 것도, 스스로 밭을 일구는 것도 금지된 채, 오로지 기바 사냥에 전념한다는 약정 하에 이 숲가에 살도록 허락받은 몸이니까요. 반대로 말하면 우리는 기바를 파는 것밖에 돌의 도시에서 허락받지 못했다는 이야기입니다."

"과연……."

"그리고 아스타. 직접 관계된 것은 아니지만 지금 루티무는 약간 곤란한 상황에 처해 있습니다."

"네? 무슨 일인가요?"

"고기가── 줄지 않습니다."

가즈란 루티무의 용감스러운 얼굴에 떠오른 미소는 웬일로 쓴 웃음이었다.

"루의 촌락은 그 연회로 대량의 고기를 소비할 수 있었지만, 이쪽은 그런 기회도 없었습니다. 하루에 약 두 마리씩 피 빼기와 해체를 실행했더니, 벌써 분가의 저장실까지 고기로 가득 찰 지경에 이르렀습니다. 이러면 내일부터는 모든 고기를 숲에 놔두고 와도 상관없을 정도입니다."

"아아…… 그야 물론 그렇겠네요."

파가 역시 아이 파가 잡은 기바 고기가 남아돌고 있다. 피코 잎에 절여도 보름이나 길어야 20일 정도밖에 보존할 수 없기 때문에 결국 대량의 훈제 고기로 만들었지만 그 역시 전혀 줄어들

기미가 보이지 않는 것이 현 상황이다.

"이 고기를 동전으로 교환할 수만 있다면 확실히 생활은 풍요로워질 겁니다. 게다가—— 고기를 제대로 가공하면 맛있다는 것을 뻔히 알면서도 문토의 먹이로 줘버리는 것도 아까운 노릇입니다. 피 빼기에 실패한 기바의 썩은 고기만 해도 문토는 충분히 배를 채울 수 있을 테니까요."

"내일부터도 피 빼기는 당연히 해야 한다! 고기는 남아도 갈비에는 한계가 있으니!"

몸을 축 늘어뜨린 채 가장이 크게 외친다.

그의 아들은 여전히 희미하게 쓴웃음을 짓고 고개를 끄덕였다.

"……그렇다면 내일부터는 갈비 말고는 전부 숲에 버려야겠군요. 피 빼기를 하고 내장을 적출해서 제대로 가공된 다리며 어깨며 등 부위의 고기를."

"우와아, 정말 아까운데요!"

"네. 하지만 그걸 다른 집 사람에게 나눠줄 수도 없습니다. 그런 짓을 했다가는 그야말로 힘없는 씨족은 엄니와 뿔을 포기하고 고기만 먹게 될지도 모르니까요."

가즈란 루티무가 잠시 표정을 가다듬고 몸을 앞으로 내민다.

"아스타. 우리는 당신에게 배운 기술을 앞으로 민이나 레이 같은 다른 친족에게도 전수해나갈 생각입니다. 더욱이 결국에는 숲가의 백성 모두가 이 지식을 얻어야 한다고 생각합니다."

"네? 슨가도 포함해서요?"

"물론입니다. 그래서 그들이 기바 사냥에 힘쓰게 되면 그것이 최고의 결과일 테니까요."

그랬다. 아무래도 아직 완전하게 숲가의 일원이 되지 못한 나로서는 슨가를 '용서할 수 없는 적'으로밖에 인식하지 못하고 있었다.

"한데 지금 상황에서 그렇게 하는 것은 위험합니다. 슨가처럼 힘 있는 씨족이라면 모를까, 슨가에도 루가에도 속하지 않은 작은 씨족 사람들에게는 아직 이 지식을 나눠서는 안 됩니다."

"네? 왜요?"

"고기가 너무 맛있기 때문입니다. 그동안 몸통 고기 따위는 먹을 만한 게 못 된다며 내버려왔던 작은 가문의 백성들이 이 몸통 고기의 맛을 알아버린다면── 기바가 좀처럼 잡히지 않는다면 엄니와 뿔은 포기하고 고기만 먹으면 된다는 식으로 자신의 나약함에 패배해버릴 위험이 있습니다."

그런 일이 일어날 가능성이 있을까?

누린내 나는 몸통 고기를 먹지 않기 위해 온힘을 다해 많은 기바를 사냥하려 하는 사람들이 있다 치고. 그 절박한 마음을 '맛있는 고기'의 존재가 끊어버리는 결과를── 초래할 수 있을까?

그럴지도 모른다.

가즈란 루티무가 그렇게 말한 이상 그 가능성은 적어도 제로는 아닐 것이다.

그리고 사냥꾼이 아닌 내가 사람들의 나약함을 탓할 수도, 탓해서도 안 된다.

"내 생각에는 그야말로 지식의 독이 아닐까 싶습니다."

"지식의 독이라——."

"네. 강한 약을 과하게 사용하면 독이 되지요. 아스타의 힘이 독이 될 가능성이 있다면 바로 이런 경우라고 생각합니다."

그 말에 내 심장이 요동친다.

내 힘이 독으로——.

"그래서 아직은 이 지식을 친족이 아닌 작은 가문에는 밝혀서는 안 된다고 생각합니다. 하지만 기바 고기를 역참 마을에서 동전으로 교환할 수 있게 되면, 그 사람들도 고기를 팔아서 아리아와 포이탄을 얻을 수 있습니다. 그렇게 올바른 식사를 하고 올바른 생활에 몸을 두면 사냥꾼으로서의 힘을 키우는 결과가 되겠지요."

"네……."

"그렇게 되면 아스타의 힘은 두루두루 약이 될 수 있습니다."

가즈란 루티무는 힘차게 웃었다.

"그러니 만약 아스타와 아이 파가 자신의 길을 찾아내고 역참 마을에 가게를 내기로 결단한다면 나는 누구보다도 그 성공을 바랄 겁니다. 그리고 성공을 위한 협력을 아끼지 않을 겁니다. ——벗으로서."

"고맙……습니다. 오늘 밤새도록 생각해서 결론을 낼 거예요. 결론이 나면 먼저 당신에게 알려줄게요, 가즈란 루티무."

이런 훌륭한 사람에게 벗이라고 불릴 자격이 나한테 있을까.

자격이 없다면 그 자격을 얻기 위해 노력하고 싶다.

'그건 그렇고 가즈란 루티무의 존재가 내 마음속에서 이렇게 커지다니—— 처음 만난 그날 밤에는 상상도 못했던 일인데.'

이 역시 모든 것은 사람의 인연. 아이 파와의 만남이 리미 루와의 만남을 가져오고, 또 루가의 일족은 물론 가즈란 루티무와 단 루티무와의 만남까지 가져왔다.

그리고 카뮤아 요슈 역시——.

그 남자의 존재를 약으로 할지 독으로 할지, 일단 나와 아이 파의 결단에 달려 있다.

나머지는 아이 파와 의논해야겠다고 결심이 섰다.

"정말 고맙습니다. 당신한테 상담하길 다행이에요, 가즈란 루티무."

"그렇게 말씀해주시다니 자랑스럽습니다, 아스타. ……벌써 가시려고요?"

"네. 하루에 몇 번이나 찾아와서 죄송했어요."

"뭐야, 정말 가버리는 거냐!" 하고 단 루티무가 우렁차게 외친다.

"해지기 전까지 얼마 남지도 않았을 텐데? 파가는 멀지 않았나? 차라리 여기 루티무가에서 밤을 새면 되지 않겠냐!"

"아뇨, 아무래도 그렇게까지는……" 하고 말하면서 나도 어렴풋이 정신을 가다듬었다.

여기에서 집까지는 한 시간도 더 걸린다. 아직 해 질 녘까지 시간은 있지만 포이탄을 햇볕에 말릴 시간은 없을지도 모른다.

그리고 참마 같은 기고를 쓰거나 시간을 들여서 스튜라도 끓이지 않는 한, 나는 아직 액상 포이탄을 먹기 쉽게 조리하는 방법을 모른다.

"아스타. 루티무의 여자들은 아직 루가에서 돌아오지 않았습니다. 그리고 여자들은 어제부터 루가에 다니기 시작했기 때문에 그리 중요한 기술은 아직 습득하지 못했지요. ……만약 괜찮으시다면 오늘 밤 아궁이 당번을 맡아주시지 않겠습니까?"

나와 아버지 중 어느 쪽의 안색을 보고 눈치챘는지 가즈란 루티무까지 그런 말을 꺼냈다.

"……그럼 잠시 가장과 의논 좀 할게요."

나는 최대한 엄숙한 표정을 짓고 다시 아이 파의 귓가에 입을 가까이하는 결과가 되었다.

"아이 파. 오늘은 이대로 집에 가면 오랜만에 순수 포이탄 국물을 먹어야 할지도 몰라."

아이 파 또한 엄격한 표정을 지은 채 한 번 끄덕이더니 내 귀에 입을 가까이 가져온다.

"싫어."

그리하여 우리는 경사스럽게도 루티무가의 아궁이 당번을 맡게 되었다.

6

뜻밖에도 루티무 본가는 그리 대가족이 아니었다.

본가에 살고 있는 사람은 단 루티무, 가즈란 루티무, 아마 민 루티무의 세 명을 제외하면, 선대 가장 라 루티무, 막내 누이동생 모른 루티무, 이렇게 두 명밖에 없었다.

그렇다고 단 루티무가 자복(子福)이 없다는 이야기는 아니다. 가즈란 루티무와 모른 루티무 외에도 아들 한 명과 딸 두 명이 있었는데 모두 짝을 이루어 본가를 나간 후였다.

차남은 바로 옆집에서 아내와 두 명의 아이와 함께 살고, 딸들은 각각 분가와 레이가(家)에 시집간 모양이다. 아마 민 루티무가 시집오기 전에는 식구가 겨우 네 명밖에 없었다는 것이다.

그리고 루티무의 촌락은 전체적으로 여자 일손이 부족하기 때문에, 아궁이 당번을 비롯한 일상적인 집안일은 본가와 분가의 구분 없이 협력해서 소화한다고 한다.

"루티무의 가족 25명 중 여자는 11명이거든요. 보통은 조금이라도 여자의 수가 더 많은 법입니다만."

"그만큼 루티무의 남자들이 끈질기다는 뜻 아니냐! 그리고 루의 본가는 시집 장가가 너무 늦어! 자식이 일곱이나 있는데 여태 장가든 녀석이 장남 하나라니 어쩔 셈인지!"

루티무가의 식탁은 떠들썩했다.

뭐, 주로 떠드는 사람은 가장님이었지만.

선대 가장 라 루티무는 그 혼례식 때 일족을 이끌던 키 크고 마른 노인으로, 그가 루티무의 최고 장로라고 한다. 연령은 70세가 조금 못 되는 것으로 보인다. 대머리에 흰 수염을 길게 늘어뜨렸고 매처럼 날카로운 눈빛을 지니고 있다. ──이 인물이 일찍이 지바 할머니의 딸을 아내로 맞아들인 인물이라는 것이다.

막내 누이동생 모른 루티무는 처음 보는데 나이는 열다섯 살. 약간 둥그스름한 체격에 애교 있게 생겼으며, 뭐, 말하긴 좀 그렇지만 약간 아버지를 닮은 것 같다. 열다섯 살인데 장래에 좋은 어머니가 될 만한 풍격이 다분하다.

최고 장로는 과묵했지만 다른 사람들은 싹싹해서 대하기가 편하고, 가장은 요란스럽다. 루가처럼 긴장된 분위기가 아닌 참으로 화목한 저녁 식사였다.

"오늘은 포이탄 굽는 법을 배우고 왔지만 집에서는 구울 시간이 없었거든요. 정말 큰 도움이 되었어요. 아스타, 아이 파, 고맙습니다."

아침결에도 인사만은 나눈 아마 민 루티무가 여느 때의 온화한 느낌으로 웃어준다.

원래 시원하고 청초한 인상의 아마 민 루티무였지만, 혼례를 올리더니 왠지 부드러움이 한껏 풍부해진 느낌이 든다. 더더욱 또래 같지가 않다.

게다가 그녀는 머리 위로 묶었던 흑갈색의 머리를 목덜미 길이로 싹둑 잘라버렸다. 숲가에서는 보기 드문 대담한 쇼트헤어다.

그리고 살찌지도 마르지도 않은 건강한 몸을 감싸고 있는 옷도 기혼의 증표인 한 장짜리 커다란 천이다.

"야아, 맛있었다! 갈비는 언제 먹어도 맛있지만 역시 이 구운 포이탄은 특별하군! 이 맛을 한번 보면 그냥 끓이기만 한 포이탄 국물은 이제 목구멍으로 넘어가지가 않아!"

물론 그렇기 때문이야말로 나와 아이 파도 루티무의 아궁이 당번을 맡기에 이르렀다.

어쨌든 갈비와 넓적다리 스테이크, 구운 포이탄, 아리아와 프라를 곁들인 기바 수프로 이루어진 저녁 식사를 무사히 마칠 수 있었다.

그 후에는 잠시 세상 돌아가는 이야기를 한 다음, 가족들은 각각 자신의 방으로 들어갔다.

"아이 파, 아스타, 빈방은 두 군데쯤 있는데 한방으로 안내해 드리면 될까요?"

"네. 의논할 게 많거든요."

자연스럽게 대답해버린 나이지만, 그 방으로 안내를 받아보니 뭔가 마음에 걸렸다.

살림살이 하나 없는 다다미 여섯 장 크기의 네모난 방.

발밑에는 역시 털가죽이 깔려 있지만, 방 안쪽에 깔려 있는 천으로 된 이불이 그 위화감의 정체였을까.

"아, 침구가 하나 더 필요하겠네요. 가져올게요."

안내를 해준 모른 루티무가 그렇게 말하자, 아이 파는 "별로 상관없다" 하고 응했다.

"평소부터 침구는 사용하지 않으니 이것으로 문제없다."

"그런가요? 그럼 실례하겠습니다."

생긋 웃고 모른 루티무는 사라진다.

우리에게 주어진 방은 오른쪽 가장 안쪽에 있는 방인데, 침실 하나를 끼고 바로 앞이 신혼부부의 방이다.

"아——…… 왠지 이상한 느낌인데?"

"뭐가?" 하고 아이 파는 냉큼 방에 들어가 거실에서 빌려온 촛대를 창가에 두었다.

그러고는 이불 위에 앉는다.

이불은 창가에 깔려 있기 때문에 지극히 자연스러운 행동이다.

나는 손을 뒤로 돌려 방문을 닫고 아이 파의 정면, 털가죽이 깔린 바닥에 자리 잡았다.

방.

이부자리.

남의 집.

뭘까. 아이 파와의 거리감은 평상시와 똑같을 터인데 묘하게 심장박동이 빨라진다.

일단 '평정심'이라는 단어를 손바닥에 써서 삼켜두었다.

"뭐 하는 거지?"

아이 파가 수상하게 쳐다보았지만 그렇다고 알려줄 수는 없다.

"글쎄, 이틀에 걸쳐서 여러 정보를 모았는데 최종적으로 아이 파는 어떻게 생각해?"

아이 파는 잠시 깊이 생각하는 표정으로 긴 머리를 풀기 시작한다.

금갈색 머리를 어깨와 가슴 위까지 스르륵 늘어뜨린 후 아이 파는 말했다.

"나는…… 문제없다고 생각해."

"그렇구나."

"그래. 만약 실패한다 해도 잃는 건 동전뿐이다. 그 정도 손실은 내가 기바를 사냥해서 보충하면 돼. ──다행히 지금은 질리도록 기바를 잡을 수 있는 시기이기도 하고."

"흠."

"유일하게 마음에 걸리는 건 그 말을 꺼낸 사람이 카뮤아 요슈, 그 남자라는 점 하나야."

"역시 그 아저씨는 신용할 수 없다는 거구나."

"신용할 수 없다기보다는── 이해할 수가 없어. 생각도 마음도 읽을 수가 없지. 대화하면 할수록 머리가 혼란스러워져."

그리고 아이 파는 다소 불안한 눈빛으로 몸을 앞으로 내밀었다. 반사적으로 몸을 뒤로 뺄 뻔한 나는 아슬아슬하게 버텼다.

딱히 아이 파가 부자연스러울 정도로 접근해 온 것은 아니다. 여기서 내가 몸을 뒤로 빼면 아이 파는 수상하게 생각하거나 불쾌한 기분이 들 것이다. 나였다면 아마도 상처받는다.

그런데 아직도 가슴속이 진정되질 않는다.

"그 남자는 자처해서 기바 고기를 먹었어. 그런 도시의 주민은 처음 봤지. 나는 몹시 놀라면서도 동시에 이 일로 이 남자에 대한 의심도 다소 누그러질 줄 알았지만── 내 안의 의심은 누그러지기는커녕 커지기만 했어."

"그렇구나. 그런 감각은 역시 난 잘 모르겠어. 그래도 뭐, 이해 못하겠다는 건 잘 알겠어. 신용하지 못하는 게 아니라 이해하지 못한다는 건, 확실히 딱 맞는 표현일지도 몰라."

"아스타, 너도 그렇게 생각하나?"

"그래. 그렇게 생각해."

"그렇군. ……다행이다."

아이 파는 안심했다는 듯 숨을 내쉬었다.

평소에는 좀처럼 드러내지 않는 표정이다.

"네가 그렇게 생각하지 않는다고 했다면, 나는 너도 잘 이해하지 못했을지도 몰라. ……그러니 다행이다."

"그, 그렇구나. 하지만 뭐, 돌라 아저씨와 가즈란 루티무의 이야기를 듣고 보니 가게를 연다는 행위 자체에 큰 문제는 없을 것 같아. 카뮤아 요슈가 어떤 심정이든 우리는 우리가 하고 싶은 대로 하면 돼…… 아, 그래도 되는 건가?"

"그건 처음부터 그렇게 정해져 있었어. 우리가 무얼 하든 모든 책임을 지는 건 우리니까."

"흠. 그런데 내가 가게를 여는 것 때문에 아이 파한테 폐를 끼치는 건, 내가 싫은데?"

그러자 한없이 온화했던 아이 파의 얼굴에 어렴풋이 언짢은 빛이 떠올랐다.

그 편이 아이 파답기는 하지만. 내가 무슨 실언이라도 한 걸까.

"아스타. 넌 내가 사냥한 기바 고기와 이 엄니와 뿔로 얻은 식량으로 만든 요리를 파는 것 아니었나?"

"그렇지, 이번만큼은 나도 출자할 생각이지만. 물론 아이 파의 힘없이는 안 되는 이야기야."

"그렇다면 왜 너와 내 입장을 나눠서 생각하지?"

화가 났다기보다는 답답해하는 표정으로 보이기도 했다.

그 파란 눈동자도 어느 감정을 드러내야 할지 망설이듯 일렁이고 있다.

"혼례식 아궁이 당번은 네가 가즈란 루티무 일행과 개인으로 맺은 약정이었지. 한데 이번 이야기는 파가의 가족으로 나서볼 생각이 아니었던가? 넌 이번에도 혼자 모든 걸 짊어질 작정인가? 그렇다면 왜—— 파가의 가족의 이름을 내걸었지?"

"미, 미안. 남 이야기하는 것처럼 들렸나? 난 이국 태생이라 가족을 대하는 방식이 분명 숲가의 백성과는 좀 어긋났을 거야. 아이 파의 존재를 가볍게 여길 마음은 전혀 없어."

조금 전까지의 쑥스러움은 벗어 던지고 나도 무심결에 몸을 앞으로 내밀었다.

30센티미터쯤 되는 공간을 사이에 두고 아이 파가 가만히 내 눈동자를 살피듯 들여다본다.

"……네 기쁨은 나의 기쁨이다."

"그래."

"네 괴로움은 나의 괴로움이다."

"응."

"그렇지 않다면 무엇을 위한 가족이겠어?"

그렇게 말하고 아이 파는 눈을 쓱 피했다.

평소처럼 마음 편한 느낌이었다면 여기서 입술이라도 삐죽거렸을 테지만——그 벚꽃색 입술은 조용히 말을 자아낼 뿐이었다.

"그걸 서로 나눌 수 없다면 가족의 의미가 없어. 넌 대체 무엇 때문에 루티무가로 옮기지 않고 파가에 남은 거지?"

"그야 너하고 같이 있고 싶으니까 그랬지. ……미안해. 가족한테 폐를 끼치기 싫다는 건 내 고향에서는 비교적 당연한 감각이거든. 그게 아이 파를 기분 나쁘게 할 줄은 몰랐어."

어떻게든 그 슬픈 표정을 누그러뜨리고 싶어서 나는 아이 파의 손을 잡아버렸다.

부드럽지는 않지만 매끄러움을 잃지 않은 손가락이 아주 조금 내 손을 쥔다.

"나도 아이 파가 기뻐하면 기쁘고, 아이 파가 괴로워하면 슬퍼. 근본적인 데에서는 어긋나지 않았을 테니 좀 봐줘. 나도 아이 파를 속상하게 하지 않도록 조심할게."

"…………."

"시간을 들이면 서로 이해할 수 있잖아? 이국 태생이든 이세계 출신이든 나는 널 온전히 이해하고 싶어, 아이 파."

"……우리에게 시간이 있을까?"

아이 파는 조용히 말했다.

"나는 언제 숲에서 죽을지 몰라. 넌 언제 이 세상에서 사라질지도 모르고. ……그런 우리에게 시간이 있다고 생각해?"

"있어. 죽거나 사라지는 그 순간까지가 우리의 시간이야. 그 순간이 찾아올 때까지 계속 노력하면 되는 거잖아?"

내가 손끝에 힘을 주자 그에 응답하듯 아이 파가 이쪽을 봐주었다.

여전히 감정을 정하지 못한 눈빛이 나를 바라본다.

"그런 걸로 끙끙 앓았다가는 내일을 걱정하는 것조차 바보 같은 일이 되잖아. 나는 그런 삶은 싫어. 가장 중요한 건 지금 이 순간일지라도 내일이나 미래의 일을 나중으로 미루기는 싫어."

"그런 건…… 알고 있어."

아이 파가 조금 이상한 느낌으로 입술을 움직였다.

웃는 듯 우는 듯한── 스스로도 마치 감정을 제어하지 못하는 듯 매우 복잡하고 애매한 표정이었다.

"새삼스럽게 네가 날 타이를 필요는 없어. 그걸 모르는 자가 사냥꾼을 감당할 수 있을 것 같아? 멍청한 놈."

그리고 아이 파는 뜻밖의 행동을 했다.

툭하고 내 오른쪽 어깨에 이마를 바짝 댄 것이다.

"저, 저기, 아이 파……?"

"잠시 내 얼굴을 보지 마. 곧 괜찮아질 테니."

언젠가 그랬듯이 눈물을 흘리는 것도 아니었다.

그저 아이 파는 내 오른쪽 어깨에 이마를 갖다 댄 채 모든 동작을 멈추고 말았다.

내 어깨와 손끝으로 아이 파의 온기가 전해져온다.

긴 머리칼이 책상다리로 앉은 내 발밑까지 흘러내렸다.

당분간 『제물 사냥』은 하고 있지 않는다고 했지만, 머리칼의 향기는 역시 달콤하다.

몇 초 후—— 아이 파는 천천히 고개를 들더니 내 손가락을 약간 거친 느낌으로 뿌리쳤다.

"……그래서 아스타, 넌 어떻게 생각하지?"

계속 고개를 숙이고 있었기에 긴 머리칼이 입가를 감추어버렸다.

하지만 그 입가에 떠오른 것은 평소의 늠름한 표정이었다.

"내 의견은 아까 말한 대로다. 역참 마을에 가게를 내야 할지 그러지 말아야 할지, 넌 어떻게 생각하지?"

"응. 난…… 해보고 싶어."

아직 아이 파의 모습을 조금 걱정하면서 나는 솔직히 대답했다.

"아이 파, 네 말대로 카뮤아 요슈라는 아저씨는 나도 이해할 수 없어. 게다가 가난한 생활의 괴로움도 직접 보거나 경험한 게 아니니 진정한 의미에서는 이해하지 못할 거라고 생각해. 그런데…… 도시의 녀석들이 숲가의 백성을 《기바 먹는 인종》이라며 멸시하는 건 카뮤아 요슈와 만나기 전부터 괘씸하게 생각했고 기바 고기가 얼마나 맛있는지 단단히 일러주고 싶은 마음도 있어."

"음."

"그리고 역참 마을에 탈라와 돌라 아저씨 같은 사람들도 있어. 웃으면서 손을 맞잡는 관계는 되지 못했지만 서로 다가설 여지는 아직 있다고 생각해. 그런 부분에서도 이번 일이 좋은 계기가 되길 바라."

말하면서 나는 머리를 살짝 긁적여 보였다.

"뭐, 나 같은 외지인이 숲가의 앞날에 깊이 관여해도 되는지 의문은 들지만―― 관여한다면 좋은 형태로 관여하고 싶어. 아이 파와 가즈란 루티무 같은 사람들이 찬성해준다면 꼭 해보고 싶은 마음이야."

"과연. 넌 아직도 외지인을 자처하는군. 그게 때로는 나를 죽을 만큼 화나게 하는 원인이 되기도 하지."

퉁명스럽게 내뱉더니 아이 파는 홱 고개를 돌렸다.

말투와 태도는 평소와 같지만 아직 눈이 가려져 있기 때문에 어떤 심정인지 완전히 파악할 수가 없다.

"넌 파가의 가족이다. 숲가에서 생활하고 숲가에서 사는 숲가의 인간으로서 말해."

"응. 그래도 나는 해보고 싶어. 어떤 결과가 될지 모르지만 내 힘이 어디까지 통용되는지 도전해보고 싶어."

"……그럼 결정됐군" 하고 외면한 채 아이 파는 조용히 말했다.

"내가 지금까지처럼 기바를 사냥하고 고기와 동전을 준비하지. 넌 그걸 사용해서 네 일을 달성하도록."

"알겠어. ……죽기 살기로 열심히 할게."

"흥. 단, 마을 인간에게 차려주는 요리 때문에 아궁이 당번을 소홀히 하는 짓은 용서하지 않겠다."

"차려주는 게 아니라 파는 건데."

아이 파가 평소대로 행동하려 한다면 나도 그렇게 해야겠다.

그 생각으로 나도 일부러 밝게 대답했다.

"게다가 막상 도전하려니 생각할 일이 산더미야. 어떤 요리로 할지는 물론 재료비 계산도 정확히 해야 하고, 요리와 쇠 냄비를 어떻게 역참 마을까지 옮겨야 할지도 어려운 문제야. 말처럼 간단한 이야기가 아니라고."

"뭐야, 벌써 그런 것까지 두루 생각했군. 처음부터 넌 누가 뭐라 하든 가게를 낼 작정이 아니었나? 아스타."

"아니야. 하지만 이것저것 상상을 펼치는 건 즐거웠어. 내일은 또 여러모로 가즈란 루티무한테 상담하게 될 것 같네."

"타산적인 녀석" 하고 내뱉더니 아이 파는 이불 위에 아무렇게나 누웠다.

결국 이불 위에서 자는구나 싶어 나는 쓴웃음을 짓는다.

"나도 생각을 좀 정리해둘게. 이왕 도전하는 거 반드시 성공하고 싶거든."

나도 깔개 위에서 기지개를 펴려 했더니 천장을 향한 채 아이 파가 "아스타" 하고 불렀다.

"왜?" 하고 대답하니, 아이 파는 상반신을 일으켜 이불에 팔꿈치를 괴고 약간 벽 쪽으로 몸을 옮긴다.

"의외로 이 침구라는 것은 포근해서 누웠을 때 기분이 좋다. 너도 이쪽으로 와서 쉬어."

"……뭐?" 하고 나는 고개를 갸우뚱한다.

아이 파는 다시 벌렁 눕더니 두 팔을 쭉 뻗는다.

"느낌이 좋다. 모처럼 마련해주었으니 사용해도 벼락 맞지는 않아."

"아, 아니, 아이 파는 마음껏 사용하면 돼. 나는 털가죽만 깔려 있으면 그걸로 충분해."

"……내 말을 믿지 않는 건가?"

"아니, 아니, 내가 살던 나라에서는 모두 침구를 사용했거든. 누웠을 때 좋은 느낌이 난다는 건 나도 충분히 알아."

"그럼 이리 와."

"아니, 아니, 아니, 둘이 쓰기에 그 침구는 작잖아. 부디 신경 쓰지 마시고. 안녕히 주무십시오."

"……왜 그렇게 완강히 거절하는 거지?"

천장을 향한 채 아이 파가 조용히 중얼거렸다.

"내가 뭐 네 기분을 상하게 하기라도 했나?"

"아니야! 그냥 내가 살던 나라에서는 부모자식이나 부부가 아닌 이상, 한 침구에서 가족 두 명이 같이 자는 일은 없었거든."

"……여기는 네 나라가 아니라 숲가인데."

아우우, 나는 말문이 막힌다.

일부러 그러는지 아닌지, 여전히 아이 파의 눈은 긴 머리칼에 가려져 있어 그 심정을 읽어내기란 상당히 어려웠다.

만약 그 눈동자가 실은 아직 전혀 평정심을 찾지 못한 채, 불안하게 일렁이고 있다고 상상하면—— 가슴이 괴롭다.

이 역시 누군가가 내게 내린 시련일까.

이런 시련은 그동안 숱하게 겪었잖아!

"……그렇게 싫으면 마음대로 하든가."

아이 파는 몸을 벽 쪽으로 틀어 완전히 얼굴을 감추고 말았다.

지금은 결단해야 할 때다.

그러나—— 아무리 생각해도 아이 파가 나를 남편 삼을 생각이 없다는 걸 알기 때문에 실수는 일어날 턱이 없다.

애초에 바닥에 이런 게 깔려 있는 탓에 의식해버렸지만, 평소부터 꽤 가까이서 함께 자는 사이다. 그렇게 생각하면 평소보다 몇십 센티미터만큼 거리가 가까워졌다는 이야기다.

고작 그 정도 차이를 견딤으로써 아이 파에게 안심과 안식을 가져다줄 수 있다면, 망설일 필요가 뭐가 있겠는가.

나는 호흡을 가다듬고 최대한 심장박동을 억누르며 "실례할게" 하고 침구 위로 기어갔다.

아이 파는 움직이지 않는다.

그 아리따운 뒤태를 너무 쳐다보지 않도록 주의하며 나는 슬쩍 이불 위에 누웠다.

눕고 보니 적당히 폭신해서 기분이 좋다. 굳이 말하자면 베개가 그리운 나지만 분에 넘치는 소리는 할 수 없다. 역참 마을에 낼 가게의 스케줄을 짜는 데 생각을 옮기는 한편 오늘은 빨리 자야겠다 싶어 나는 눈을 감을 참이었다.

그 순간 아이 파가 몸을 빙 돌려 이쪽으로 방향을 틀었다.

"……뭐야, 결국 온 건가, 아스타."

"아, 으응. 네가 오라고 했잖아."

자신의 오른팔을 배게 삼아 옆으로 엎드려 누웠던 아이 파가 내 얼굴을 물끄러미 쳐다본다.

그 눈동자는 요만큼도 슬퍼하거나 불안해 보이지 않고 오로지 기뻐하는 빛을 띠고 있었다.

"……처음부터 순순히 내 말을 들었으면 됐잖아."

순간 가볍게 대꾸하지 못할 만큼 아이 파의 얼굴에도 솔직한 기쁨의 표정이 떠올랐다.

화내거나 토라지거나 부루퉁하거나, 그런 부분에서는 상당히 풍부한 표정을 지닌 아이 파이지만 이런 얼굴을 보이는 일은 드물다── 아니, 만나고 난 이래 처음일지도 모른다.

내 마음을 몹시 현혹시키며 아이 파는 조용히 말하기 시작했다.

"아스타. 요리를 만든다는 행위에서 네 힘은 헤아릴 수 없이 커. 그럼에도 이번 행동이 정말 가즈란 루티무의 말처럼 성공을 거둘지는 아무도 모르는 거다."

"그래…… 그야 물론 네 말이 맞아."

"한데 어떤 형식으로 끝나든 내 마음에 후회는 없어. 넌 그저 지금까지 해왔던 대로 있는 힘을 다하면 된다."

"그래, 나도 그럴 작정이야."

"……네 존재가 자랑스러워. 너 같은 사람을 만나고 파가에 받아들였다는 점이 정말 기쁘다."

그리고 아이 파는 눈을 감았다.

한없이 행복한 미소를 입가에 머금고.

"그럼 난 잔다. 나머지 이야기는 내일로……."

눈 깜짝할 새도 없이 말끝이 숨소리로 바뀌고 만다.

아이 파의 얼굴은 마치 어린아이처럼 순수하고 한없이 안심하는 것처럼 보였다.

'……그건 내가 할 말이야.'

그런 생각을 하며 나는 그 견딜 수 없을 만큼 사랑스럽게 잠든 얼굴에서 눈을 떼지도, 눈을 감지도 못한 채 하염없이 잠들지 못하는 밤을 보내는 처지가 되었다.

제3장 ★★★ 사색의 날

1

파가는 역참 마을에 가게를 내기로 결정했다.

결정한 것은 좋지만 생각할 거리가 산더미처럼 많았다. 어찌나 많던지 어디서부터 손을 대야 할지 난감한 상태였다.

하지만 그것도 곰곰이 생각해보았더니 대강 세 가지 문제로 집약되었다.

요컨대——.

하나, 집안일과 병행할 수 있는가?

하나, 물자 운반은 어떤 수단을 쓰는가?

하나, 매출 목표는 얼마로 잡는가?

그 세 가지다.

우선 그 정도를 정해놓지 않으면 메뉴조차 정할 수 없다.

그런데 실제로 메뉴에 관해서는 이미 어느 정도 구상해놓았기 때문에 이제 역산해서 그것을 실현하기 위한 전략을 세워나가면 될 것 같았다.

일단 집안일과 병행할 수 있는가?

완전히 불규칙적인 생활이 이어지고 말았지만, 원래 내가 맡은 일은 아침과 저녁 전에 집중되어 있다. 지금까지 요리 공부에 할애했던 정오 전후의 시간을 그대로 영업시간과 이동 시간으로 할애하면 어떻게든 될 것이다.

다만 상품의 밑 준비에 시간을 너무 많이 할애하면 그만큼 영업시간이 줄어드는 것은 자명한 이치다.

그 부분은 순조롭게 작업을 진행하기 위한 면밀한 계산이 필요하다.

다음은 물자 운반의 수단.

이것이 난제다.

따뜻한 요리를 팔 계획이라면 쇠 냄비와 장작을 역참 마을까지 가지고 들어가야 한다. 그러려면 일손이 필요한데 아이 파를 의지할 수는 없다.

아무래도 아이 파는 사냥을 해야 하기 때문에 역참 마을에 상주할 수가 없다. 그러면 편도로 한 시간이나 걸리는 역참 마을까지 두 번 왕복시키는 지경에 이른다. 기껏해야 짐 나르는 정도로 사냥꾼의 일을 그 정도까지 희생할 수는 없었다.

그렇게 되면—— 더없이 유쾌하게도 '아르바이트'라도 부탁하는 수밖에 없다.

어차피 가게 보는 사람이 나 하나인 것도 미덥지 못한 이야기다. 화장실 때문에 자리를 떠야 할 때도 생길 테고, 적지(敵地)인 역참 마을에서 가게를 비우는 것은 위험한 느낌도 든다. 숲가의 백성을 적시하는 불한당이 어디에 숨어 있을지 모르기 때문이다.

그리하여 최소한 협력자 한 명은 필요하다.

그리고 매출 목표는 얼마로 잡아야 하는가?

이 역시 만만치 않은 난제다.

나로서는 적자만 나지 않으면 충분하지만, 훗날의 전개를 생각하면 너무 싸게 팔 수도 없다.

'기바 고기의 가치를 인정시키고 싶다'는 것이 주제의 하나이기 때문에 최소한 역참 마을에서 유통되고 있는 다른 고기와 동등한 가치를 부여하고 싶다.

게다가 그렇게 하지 않으면 시장시세를 어지럽히게 된다.

기바 고기를 너무 싼값에 구입할 수 있게 되면 다른 푸줏간이 망할지도 모른다.

따라서 매출이 어쩌고 할 게 아니라, 그 '키뮤스 고기만두'와 비슷한 가격에 비슷한 크기의 비슷한 상품을 팔면 되겠다는 결론에 도달했다.

이제 남은 일은 수지가 맞도록 재료비를 계산하기만 하면 된다.

이상의 생각을 가지고 나는 아침 일찍 의견을 묻기 위해 가즈란 루티무의 방을 찾아갔지만, 결과적으로 그를 무척 곤혹스럽게 만들었다.

"죄송합니다, 아스타. 나는 당신이 무슨 이야기를 하고 있는지도 완전히 이해하지 못했습니다만……."

"네? 어느 부분을요?"

"아니, 말뜻은 이해했다고 생각하지만 타산이나 가격이나 구속시간 등의 문제를 꺼낸들—— 내가 어떻게 하면 좋을지, 무엇을 가지고 아스타에게 협력을 하면 좋을지를 모르겠습니다."

아무래도 쓸데없는 설명이 길었던 모양이다.

하긴, 영업시간이나 가격 설정 이야기를 가즈란 루티무에게 한들 소용이 없다. 내가 고민해야 할 몫이기 때문이다.

"죄송해요. 그 말이 맞네요. 음, 상담하고 싶은 건 말이에요, 가게를 열려면 일손이 필요하다는 점이에요. 요리를 담은 쇠 냄비를 혼자 옮기기도 힘들고 가게도 같이 봤으면 하거든요. 이 문제는 숲가의 여자에게 협력을 부탁할 수밖에 없는 것 같은데요, 그 시간과 노력을 엄니와 뿔을 지불해서 살 수가 있을까요?"

그러자 이번에는 가즈란 루티무의 정직한 얼굴에 미심쩍어하는 표정이 떠올랐다.

이 표정도 가즈란 루티무에게서 거의 못 보던 표정이다.

"물론 가능하다고는 생각하지만. 한데 역참 마을에 가게를 내는 데는 아이 파도 행동을 같이 하는 것이 아니었나요?"

"네? 아뇨, 아이 파는 사냥을 해야 해서 그건 무리예요. 아이 파가 기바를 사냥해주지 않으면 그야말로 우리는 빈털터리가 되어버리거든요."

"한데 역참 마을에서 동전을 얻으면 그것으로 아리아와 포이탄은 살 수 있을 텐데요?"

"장사가 성공하면 그렇게 되지만, 실패하면 빈털터리예요. 아니, 애초에 기바를 사냥하지 않으면 장사에 쓸 고기 자체도 얻지 못하니까요……."

"그건 루티무에서 제공하는 것도 가능합니다. 어제도 설명했다시피 루티무에는 쓰임새가 없는 고기가 남아돌고 있습니다."

"네. 만약 장사가 성공하면 그때는 부탁드릴 생각이에요. 그런데 지금 단계에서 필요한 건 요리에 쓸 채소를 사기 위한 동전이거든요."

가즈란 루티무의 진의를 완전히 파악하지 못한 채 나는 계속 말했다.

"역참 마을에서 기바 고기 요리를 판다는 건 엄청나게 어려운 이야기예요. 열흘 동안 한 개도 팔리지 않는다는 최악의 사태도 예상해둬야겠죠. 아이 파가 여태껏 벌어온 뿔과 엄니를 죄다 잃을 가능성도 있어요. 그러니까 아이 파는 사냥을 계속 해야만 한다는 생각이고── 애초에 아이 파 본인은 사냥을 내팽개칠 마음이 전혀 없거든요."

내 옆에서 아이 파도 고개를 끄덕인다.

가즈란 루티무는 작게 숨을 내쉬고 나서 말했다.

"그렇군요. 그건 아스타의 말이 맞는다고 생각합니다. 당신들은 모든 엄니와 뿔을 잃을 각오까지 하고 역참 마을에 가게를 내기로 결의를 굳혔군요. 내 생각이 짧았습니다. ……한데 유감스럽게도 루티무에는 다른 집에 빌려줄 만큼 여자의 일손에 여유가 없습니다. 어제도 이야기했다시피 루티무는 여자의 수가 적기 때문에…….”

“그런가요? 그럼 이제 기대할 만한 집이 루가 정도밖에 없겠네요── 그런데 돈다 루의 기질을 생각하면 좀 어려울 것 같지만요. 뭐, 여차하면 나 혼자서도 운반할 수 있는 메뉴를 짜내는 수밖에 없겠어요.”

“그건 안 돼”, “그건 안 됩니다” 하고 두 사람이 동시에 말했다.

“뭐, 뭐가 안 돼?”

먼저 옆에 있는 아이 파가 화난 얼굴로 따지고 들었다.

“가령 그 장사가 성공했을 때를 생각해 봐. 몸에 동전을 지니고 역참 마을을 어슬렁거리게 될 텐데? 네게는 역참 마을의 불량배로부터 몸을 지킬 수단이 없어.”

“어…… 그야 그렇지만, 역참 마을에 물건을 사러 가는 건 여자들 일이잖아? 여자들이 괜찮다면 나도…….”

“……네가 숲가의 여자보다 힘이 세다고 생각하나?”

쿵! 이라는 글자가 머리에서 튀어나온 느낌이었다.

그야 물론 미아 레이 아주머니보다 무거운 짐을 들 자신은 없지만, 레이나 루와 라라 루에게는 완력으로 질 리가 없다. ──그렇다고 간절히 믿고 싶다.

“아이 파의 말이 맞습니다. 그보다는 아스타가 숲가의 여자들보다 힘이 세다 해도 위험하기는 마찬가지입니다."

"어, 어째서요? 가즈란 루티무?"

"역참 마을 사람은 숲가의 백성에게 먼저 칼을 겨누지 않습니다. 아무리 힘없는 어린아이나 노인이라 할지라도 그 사람이 숲가의 백성인 이상, 마을 사람이 해를 가하면 어떤 결말이 닥칠지—— 이미 수십 년 전에 증명되었기 때문이지요."

가즈란 루티무의 말투는 온화했지만 내용은 장엄하고 비장하기 이를 데 없었다.

뭔가—— 엄청난 사건이 수십 년 전에 일어난 것 같다.

"……한데 아스타는 숲가의 복장을 몸에 걸치고 있을 뿐 생김새는 마을 사람과 똑같습니다. 만약 역참 마을의 불량배가 당신을 보고 숲가의 백성으로 위장했다고 판단해버리면 몹시 위험해질 겁니다."

"네에……."

"그뿐만 아니라 역참 마을에서는 슨가의 사람과 우연히 만날 가능성도 있습니다. 실은 그쪽이 더 걱정되는군요."

가즈란 루티무의 말에 아이 파도 고개를 크게 끄덕이고 있다.

"그 생각은 나도 당연히 했지만—— 그런데 아무리 슨가의 사람이라도 대낮에 당당히 극악한 짓을 저지를 수 있을까요?"

"……도드 슨이라는 본가의 차남이 그 대낮에 역참 마을에서 칼을 뽑아들지 않았던가요? 그리고 그는 내 혼례식 연회에서도 역시 칼을 뽑아들었지요."

"그야…… 그렇긴 한데요…… 그런데 진짜로 사람을 베는 일은 용납되지 않는 거죠?"

"당연합니다. 그런 짓은 도시의 법에서도 숲가의 규정에서도 용납되지 않습니다. 반드시 자신의 목숨으로 죗값을 치르게 됩니다."

말하면서 가즈란 루티무는 거의 무의식적으로 몸을 앞으로 내밀었다.

"한데 아스타를 잃고 난 후에 죄인이 처단된다 해도 무엇 하나 보상되지 않습니다. 무법자의 목숨과 아스타의 안전을 맞바꾸다니, 어떻게 그런 일이 가능하겠습니까?"

가즈란 루티무의 고뇌에 찬 눈빛과 아이 파의 노여움 가득한 눈빛을 보고, 내 생각이 얼마나 얕았는지 알게 되었다.

아무래도 나는 위기감이 턱없이 부족한 모양이다.

"물론 어떤 무법자든 그리 쉽게 사람들 앞에서 돌이킬 수 없는 죄를 짓지는 않을 겁니다. 그런 짓을 하면 스스로도 파멸할 것이 불 보듯 뻔하니까요. ……한데 생각해보십시오. 아스타가 매일 역참 마을에 드나들다 보면 언젠가 사람들의 시선에서 멀어지는 순간이 찾아옵니다. 숲가에서 역참 마을까지 가는 길에 슨가의 무법자가 잠복하고 기다리기도 쉽지 않을까요? 만약 그렇게 된다면——."

"자, 잠깐만요. 만약 루나 루티무의 여자가 동반하더라도 위험한 건 마찬가지 아닌가요?"

"아니오. 지금의 슨가에는 그럴 배짱조차 없습니다. 루의 친족에게 상처 하나라도 입혔다가는 돈다 루가 이제껏 쌓아두었던 분노를 모조리 터뜨릴 게 분명하니까요."

그렇게 설명하는 가즈란 루티무의 눈동자에는 지금껏 보지 못한 엄격한 빛이 깃들어 있었다.

"그러면 슨가는 확실히 멸망합니다. 그리고 루의 친족도 많은 피를 흘리고── 머지않아 숲가의 촌락 자체가 멸망할지도 모릅니다."

"……네."

"슨가의 가장은 돈다 루의 그런 기질을 잘 알고 있습니다. 그러니 실은 자신의 아들들이 루가를 자극하는 것을 꺼림칙하게 여길 겁니다. 슨가의 가장이 무엇보다 중요시하는 건 현재의 안락한 생활을 지키는 것이니까요."

"……그런데도 그 녀석들은 축하연에 쳐들어왔다는 거네요?"

"네. 가장의 명령조차 등한시할 만큼 우매하다는 뜻이겠지요."

이 성실한 젊은이가 그렇게까지 분명하게 남을 욕하는 소리를 나는 처음 들었다.

처음 겪는 일로 가득한 아침이다.

"하지만 그런 그들이라도 숲가를 파멸로 이끌 각오는 없다고 봅니다. 차남 도드 슨이 축하연에서 칼을 뽑은 것도 어디까지나 아스타에 대한 위협 행위였을 겁니다. 전에도 이야기했다시피 루의 친족이 아닌 파가의 사람이라면 그들은 더욱 자제력을 잃겠지요."

"네……."

"그럼에도 아이 파라면 아스타를 지킬 수 있습니다. 그러니 나는 슨가를 위협적으로 생각하지 않았습니다만, 아이 파가 행동을 함께하지 않는다면—— 역시 돈다 루를 의지할 수밖에 없겠군요. 루가의 여자를 고용할 수만 있다면 아스타의 안전은 자연히 보장됩니다."

"네. ……그런데 정말 그렇게만 해도 위험이 없어지나요? 아니, 나 말고 루의 여자를 위험에 빠뜨리게 되지는 않을까요?"

"그렇게는 되지 않습니다. ——그런 사태가 발생해서 숲가에 파멸을 초래하는 일을 나는 가장 두려워하고 있기 때문에 내 신명을 걸고 맹세할 수 있습니다."

가즈란 루티무의 눈빛에 망설임은 없었다.

나 같은 벽창호가 아니라, 이 훌륭한 사람에게 슨가의 녀석들은 감히 딴죽을 걸지 못할 것이다. 그렇게 믿게 해주는 강인한 눈빛이었다.

그 덕분에 나는 마음을 굳힐 수 있었지만, 옆에서 아이 파는 여전히 화가 나는지 이글이글 타오르는 눈빛을 하고 있었다.

"아스타. 어째서 넌 자신의 몸을 지키는 일에 그렇게 무신경하지? 너처럼 힘없는 남자를 혼자 역참 마을에 가도록 허락할 것 같아?"

"너무 그 점을 강조하진 말아줘. 내가 얼마나 약한지 뼈저리게 느끼고 있는 중이니까……."

"그건 어쩔 수 없는 일입니다. 사냥꾼에게는 사냥꾼의 일이 있고, 아궁이 당번에게는 아궁이 당번의 일이 있습니다. 그리고 루에는 루의, 루티무에는 루티무의, 파에는 파의 역할이라는 것도 있지요. 슨가의 포악한 행동에 제약을 가하는 것은 루와 루티무의 역할이며, 역참 마을에서 가게를 여는 것은 파의 역할—— 비록 친족이 아니더라도 서로 부족한 부분을 보완하면서 보다 충족된 삶을 지향하는 것은 올바른 모습이라고 생각됩니다."

그러더니 가즈란 루티무는 오랜만에 미소를 지었다.

"그리고 아이 파여. 다른 집에 의지하지 않고 무엇이든 혼자만 떠안으려는 자세는 파가의 가풍인가요? 자신의 안전을 돌보지 않은 채 목적에 매진하려 한다는 의미에서 아이 파와 아스타는 매우 닮은 것 같습니다."

역시 가즈란 루티무는 상당한 거물이다.

왜냐하면—— 그 말을 들은 아이 파가 영 내키지 않는 표정으로 입술을 삐죽거렸기 때문이다.

아이 파가 그런 얼굴을 나 아닌 다른 사람에게 보인 건 아마 이번이 처음일 것이다.

나는 가즈란 루티무의 거물다운 면모에 감탄함과 동시에—— 뭐랄까, 질투 같은 감정까지 마구마구 느끼고 말았다.

도대체 내 그릇은 얼마나 작은 거냐고 나는 한숨만 푹푹 쉴 뿐이었다.

2

돈다 루가 일어나겠다 싶은 한낮이 되기 조금 전 시간을 노려
우리는 루티무가를 나왔다.

새 쇠 냄비를 끌어안은 채 가즈란 부부와 넷이서 말이다.

"코타 루가 보고 싶어요"라는 이유로 아마 민 루티무가 같이
가자고 청한 것이다.

"한데 당신은 어제도 루의 촌락에 다녀오지 않았나?"

"그건 요리 공부를 하러 간 거고요. 코타 루의 얼굴은 보지 못
했어요."

"그런데 오늘도 이 일이 끝난 뒤 요리를 배우기로 하지 않았
나?"

"맞아요. 다른 여자들은 다니는데 나 혼자만 다니지 않으면
내가 루티무에서 가장 요리를 못하는 여자가 되니까요. 가즈란
은 그래도 상관없나요?"

"한데……."

"게다가 이렇게 함께 루티무가를 나오지 않으면 당신과는 저
녁 식사 때까지 얼굴을 마주할 기회도 없잖아요. 그래도 좋다면
지금부터라도 루티무가로 돌아갈게요."

"아니, 돌아가라는 말은 하지 않았는데."

이렇듯 귀중한 신혼부부의 대화를 듣는 30분간이었다.

잘 들었습니다, 라고밖에 할 말이 없다.

이러저러해서 루의 촌락에 도착했다.

아직 연회로부터 사흘밖에 지나지 않았건만 꽤 오랜만에 오는 기분이다.

분가에서는 여자들이 여러 가지 일을 하고 있었는데, 우리를 알아보고는 모두 손을 흔들거나 인사를 해주었다.

어쨌든 6일이나 이 촌락에서 지낸 몸이기 때문에 제2의 고향에 온 기분이다.

"어머나, 이게 웬일이래, 넷이서! 게다가 쇠 냄비까지 끌어안고! 연회는 벌써 진작 끝났는데?"

그런 식으로 본가에서 우리를 맞이해준 사람은 미아 레이 아주머니였다.

처음에는 놀랐다가 어이없어하기도 했지만, 이윽고 매우 기쁘다는 듯 활짝 웃어주었다. 그 웃는 얼굴도 어쩐지 굉장히 그립게 느껴졌다.

"상담드릴 일이 있어서 왔어요. 돈다 루는 일어나셨나요?"

"그렇단다. 거실에서 육포를 씹고 있지. 지자와 루도도 같이 있단다. ……그럼 칼은 이리 주렴. 쇠 냄비는 그 근처에 놔줄래?"

"네."

아이 파와 가즈란 루티무의 칼과 내 산토쿠 식도를 미아 레이 아주머니의 우람한 팔에 맡겼다.

"자. 루가에 온 걸 환영한다. ……가장, 손님이야!"

미닫이문을 지나 걸음을 옮기자, 가장과 그의 아들들은 거실 한가운데에서 얼굴을 맞대고 있었다.

"어? 아스타잖아! 뭐야, 무슨 일이야!"

루도 루가 우리를 알아차리고 벌떡 일어선다.

그리고 덩달아 뒤돌아보는 가장과 후계자.

기분이── 그리 좋아 보이지 않는다.

"뭐야, 또 변변치 않은 얼굴들이 한꺼번에 들이닥쳐서는. 성 가신 냄새가 풀풀 나는데? 어이?"

무뚝뚝하다고 해야 할지 야수처럼 생긴 돈다 루에게 가즈란 루티무가 가볍게 인사를 한다.

"죄송합니다. 잠시 시간 좀 내주시겠습니까? 루의 가장 돈다 루여."

"……흥" 하고 낮게 내뱉더니 돈다 루는 상석에 자세를 고쳐 앉았다.

지자 루와 루도 루도 우리와 마주 보는 식으로 자리에 앉는다.

"미아 레이 루. 저는 사티 레이 루와 코타 루를 만나러 왔는데 요, 이쪽에 계시나요?"

"방에 있단다. 그렇지, 까다로운 이야기는 남자들한테 맡기자 꾸나."

우리 칼을 가장 옆에 가지런히 놓고 나서 미아 레이 아주머니 와 아마 민 루티무는 오른쪽 통로로 사라졌다.

"곧 숲에 가야 할 시간이니 바로 설명해드리겠습니다. ……실은 파가에서 루티무가로 일을 의뢰해왔습니다만, 우리 집에서는 응할 수 없기에 루가를 찾아오게 되었습니다."

"……일이라고?"

"그렇습니다. ──아스타, 그 설명은 당신이."

"네. 실은 말이에요, 역참 마을에 가게를 열면 어떨까 생각 중이거든요."

"뭐?!" 하고 외친 사람은 루도 루였다.

"무슨 소리야! 이봐, 아스타! 당신, 숲가를 나갈 작정이야?!"

"아니, 어디까지나 숲가의 백성으로서 기바 고기 요리를 노점에서 팔아볼 생각이야. ……황당무계한 이야기로 들릴지도 모르지만 그렇게 하려고요. 그래서 그 일을 도와줄 여자를 한 명 빌려주십사…… 그 상담을 드리러 왔습니다."

돈다 루는 원래 못마땅한 표정을 하고 있기 때문에 표정의 변화는 거의 없었다.

지자 루는 워낙 속내를 알 수가 없다.

그리고 루도 루는── 배꼽을 부여잡고 웃기 시작했다.

"뭐야 그게? 마을 사람한테 기바를 먹이겠다는 말이야? 우리를 《기바 먹는 인종》이라고 부르는 그 녀석들한테? 진짜 재미있구나, 당신이란 남자는! 뭘 어떻게 해야 그런 엉뚱한 생각을 할 수 있지?"

"아니, 이야기하면 길어지지만. ……돈다 루는 어떻게 생각하시나요?"

"······네놈 머릿속에서 나온 생각인가?"

돈다 루가 느닷없이 핵심을 찌르고 나왔다.

내 등줄기는 절로 곧게 펴진다.

"처음에 생각해낸 건 내가 아니에요. 그걸 권한 사람은 카뮤아 요슈라는 돌의 도시의 주민입니다."

"그럴 줄 알았다. 그 능구렁이 같은 남자가 그때 선언한 대로 파가에 나타났다는 말이군."

"네. 하지만 나도 그와 공모(共謀)할 생각은 없어요. 그 사람이 무슨 의도로 권했는지는 모르지만, 이야기를 들어보니 나름대로 현실성 있는 내용이라는 생각이 들어서 그럼 도전해봐야겠다는 생각에 이른 거예요."

돈다 루는 생각만큼 격렬한 반응을 보이지 않았다.

어느 쪽인가 하면—— 조용히 앉아 있을 뿐인 지자 루 쪽이 아주 조금 불온한 압력을 내뿜기 시작했다는 느낌이다.

"파가에서 그 사람한테 요리를 대접했거든요. 그랬더니 이렇게 맛있는 고기를 팔지 않다니 아깝다면서. 이 고기를 동전으로 바꾸면 숲가의 백성은 더 풍요롭게 살 수 있다고. 이 고기가 얼마나 맛있는지를 역참 마을 사람에게 알리기 위해 요리 노점을 내면 좋지 않겠느냐고—— 그런 식으로 이야기가 진행된 결과예요. 그래서 그런 엉뚱한 이야기가 가능한지 알아보려고 우리도 실제로 역참 마을에 내려가서 여러모로 조사해봤어요."

그리하여 나는 가즈란 루티무에게 했을 때와 마찬가지로 요 이틀간 생각하고 느낀 점을 솔직히 털어놓았다.

역참 마을 사람들로부터 큰 반감을 사지 않을 것 같다는 점.

잘만 하면 기바 고기 요리를 파는 행위가 가능하지 않을까 하는 점.

그리고 카뮤아 요슈의 심정은 이해할 수 없는 부분이 많지만, 그 밑바탕에 있는 것은 숲가의 백성에 대한 애착이나 집착이며 우리를 속이려 하는 기색은 느껴지지 않았다는 점.

"왠지 잘 모르겠는 아저씨네. 그래도 아스타의 요리가 어마어 마하게 맛있다는 건 사실이니까! 마을 녀석들이 기바를 먹고 어 떤 표정을 지을지 나도 궁금한데!"

"시끄럽다, 루도" 하고 돈다 루가 역정을 낸다.

언짢은 모양이지만 역시 표정은 여전히 차분하다.

잘하면 될 것 같은데── 하고 생각한 순간, 지자 루가 "아스 타" 하고 낮게 불렀다.

"당신이 마을에서 장사를 하는 것은 자연스러운 일이다. 당신 은 아무리 봐도 마을 사람이니. ……그렇다면 차라리 역참 마을 의 인간이 되어버리면 이야기가 빠를 것 같은데?"

"네. 지자 루의 입장에서는 그렇게 생각할 수도 있겠지만, 전 에도 대답했다시피 나는 이 숲가가 좋습니다. 숲가에서 사는 것 과 마을에서 가게를 여는 것, 둘 중 하나를 포기해야 한다면 주 저 없이 가게를 포기할 거예요."

"헤헤" 하고 이상한 소리가 들려 시선을 움직이자, 루도 루가 엉뚱한 쪽을 향해 웃고 있었다.

왠지 엄청나게 재미있다는 웃는 얼굴이다.

"……엉뚱한 수작이라는 생각밖에 들지 않는군" 하고 돈다 루가 중얼거렸다.

"돌의 도시의 녀석들이 기뻐하며 기바를 먹을 것 같지도 않고, 기바 고기를 동전으로 바꾸다니 그런 헛된 꿈이 실현될 리도 없다."

"네. 어떤 성과를 올릴 수 있을지는 나도 몰라요. 그래도 도전해보려 해요."

나는 슬쩍 몸을 내밀어 돈다 루의 기골 장대한 얼굴을 정면에서 쳐다봤다.

"그런데 도전하려면 나와 아이 파의 힘만으로는 불가능합니다. 가게를 내는 그 자체에도 일손이 필요한 데다, 나 혼자 역참 마을까지 오가는 것도 위험하다고 주의를 받았거든요. 어디에서 슨가의 인간을 만날지도 모르는 이상, 루의 친족에게 도움을 구해야 한다고요── 그것까지 감안해서 고려해주시지 않겠어요?"

"흥……."

"내 성공을 믿어달라는 말까지는 하지 않겠습니다. 당연한 이야기지만 성공하든 실패하든 대가는 확실히 지불하겠습니다. 가즈란 루티무와 의논 끝에 그 대가는 하루에 적동화 여섯 닢── 큼직한 기바의 엄니와 뿔을 하나씩으로 정했어요."

여자가 털가죽을 무두질하려면 둘이서 일했을 때 한나절이 걸린다는 이야기였다. 그렇게 해서 얻어지는 것은 엄니와 뿔 두 개씩과 같은 정도의 대가—— 적동화 여덟 닢에서 열두 닢 정도다.

카뮤아 요슈는 대략 적동화 열 닢이라고 말했지만, 아이 파와 아아 민 루티무에게 확인한 결과 역시 엄니와 뿔, 그리고 털가죽은 대체로 그 크기에 따라 파는 값이 달라진다는 이야기였다.

그리하여 여자 한 명을 한나절 빌린다면 앞서 언급한 금액이 시세일 거라는 결론에 이르렀다.

"단, 파가는 슨가와 불화가 있다는 점을 충분히 고려해주세요. 가즈란 루티무는 루의 친족이 곁에 있기만 해도 슨가가 악독한 짓은 저지르지 못할 거라고 했지만, 도드 슨은 술김에 무슨 짓을 할지 모르는 무법자니까요."

"그런 말은 네놈한테 들을 것도 없다. ……루의 여자를 얕보지 마, 애송이."

"가장" 하고 지자 루가 가장을 불렀다.

돈다 루는 그것을 손으로 제지한다.

"여자를 한나절 빌려주고 엄니와 뿔을 하나씩이라. 나쁜 이야기는 아니군. 지금의 루에는 여자 일손이 남아도는 상태이니."

"네."

"단 한 가지 조건이 있다."

"조건——이요?"

"그 능구렁이 같은 금발의 남자와 손잡고 네놈이 뭔가 음모를 꾸민다면 그 오른팔을 받겠다."

오싹, 등줄기에 한기가 돌았다.

그쪽을 보고 있지도 않건만, 순간 아이 파 쪽에서도 살기가 느껴진다.

"그 약정을 맺겠다면 여자를 빌려주지."

"……난 아무것도 꾸미고 있지 않습니다. 다만 카뮤아 요슈라는 인물이 뭘 꾸미고 있는지 그것까지는 모르지만요."

"그 남자가 뭔가 꾸미고 있었다면 그 남자의 목을 치면 그만이다. 네놈이 그에 협력했다면 그 오른팔을 받겠다."

무거운 정적이 차올랐다.

나는 침을 꿀꺽 삼킨다.

"아까 설명한 것 말고는 다른 생각이나 속셈이 없다는 것을 무엇을 걸고라도 맹세할 수 있습니다. 다만── 만에 하나라도 카뮤아 요슈에게 뭔가 꿍꿍이속이 있고 그것이 밝혀졌을 때, 나의 결백을 증명할 방도는 없을지도 몰라요."

"그렇게 빈틈없기를 바라는 게 아니다. 네놈도 같이 속았을 뿐이라면 어리석은 애송이라고 비웃어주면 그뿐이다. ……가즈란 루티무, 그리고 파가의 가장."

"네" 하고 가즈란 루티무는 조용히 답했지만, 아이 파는 말없이 돈다 루를 쏘아보기만 할 뿐이었다.

그 눈동자는 역시 깊은 분노로 타오르고 있다.

"네놈들은 이 애송이의 말을 신용하는가?"

"물론입니다. 신용하지 않았다면 이렇게 찾아오지도 않았습니다."

"네놈은 어떤가, 파가의 가장이여."

"……대답할 것도 없다. 가족을 믿지 못한다면 무엇이 가장이겠는가."

그 목소리 또한 분노로 떨리고 있다.

그러나 그와 상대하는 돈다 루는 냉정했다.

"그렇다면 네놈을 믿는다는 이 두 사람이 네놈의 결백을 끝까지 믿어준다면 그것으로 넘어가주겠다. 이 두 사람 모두 네놈을 배신자라고 판단했을 때는 그 오른팔을 받겠다."

"그것으로 충분하다면 약정을 맺겠습니다."

이마의 식은땀을 닦으면서 나는 그렇게 응했다.

"나는 절대로 숲가의 백성을 배신하지 않겠다고 맹세합니다."

"오른팔을 걸겠는가?"

"오른팔을, 걸겠습니다."

그 순간 아이 파가 "잠깐" 하고 날카롭게 외쳤다.

"이번 일은 아스타 개인이 아닌 파가의 총의로 이루어지는 행위다. 거기에 불미스러운 일이 생겼을 때 그 책임은 가장이 져야 할 터."

아이 파의 눈은 드디어 살쾡이처럼 불타올랐다.

돈다 루는 말없이 그것을 쳐다본다.

"우리에게 떳떳지 못한 행위가 있었다면, 아스타가 아닌 내 오른팔을 내놓겠다."

"저기, 아이 파──."

"네놈의 팔에는 볼일이 없다, 파가의 가장이여."

돈다 루는 엄숙하게 내 말을 잘랐다.

"네놈 같은 인간이 돌의 도시의 주민과 음모를 꾀할 리가 없다. 그러나 그 애송이는 이국 태생이지. 내가 알고 싶은 것은 애송이의 진의와 각오뿐이다."

"하지만……."

"답은 이미 나오지 않았는가? 내가 묻고 있는 건 지금 이 순간 애송이가 나와 네놈들을 속이고 있느냐 그렇지 않으냐 하는 것뿐이다. 그렇지 않다면 애송이의 오른팔이 떨어져나가는 일은 없다."

돈다 루는 눈동자에 어렴풋이 강한 빛을 띠면서 분개한 아이 파의 얼굴을 똑바로 응시한다.

"네놈은 이 애송이의 각오를 짓밟을 셈인가? ……아니면 속으로는 역시 이 애송이의 진심을 의심하고 있는 건가?"

아이 파가 자리에서 일어나려 했다.

그 팔을 나는 황급히 붙잡는다.

"진정해, 아이 파. 난 너희를 배신하지 않았어. 그럼 아무것도 잘못될 게 없잖아."

아마 이것은 필요한 조치일 터.

숲가의 미래를 짊어진 루 본가의 가장으로서 경솔하게 나를 믿을 수는 없을 거라 생각한다.

하지만 그럼에도 돈다 루는 그 심판을 아이 파와 가즈란 루티무에게 맡겼다.

나를 믿지는 못해도 숲가의 동포인 아이 파와 가즈란 루티무는 믿을 수 있다는── 그 판단과 결단에는 오히려 일종의 청렴함과 상쾌함마저 느껴졌다.

다만…… 일부러 흉악한 말을 써서 그것을 실행하려 드는 것이 이 양반의 나쁜 점이다.

그럼에도 나는 납득할 수 있었다.

그런 내 얼굴을 잠시 말없이 노려본 다음, 이윽고 아이 파는 반쯤 일어났던 자세를 다시 돌려놓았다.

여전히 감정이 소용돌이치는 눈을 내리깔고 입술을 꽉 깨물고 있다.

"……약정은 성립되었군."

돈다 루가 낮게 중얼거렸다.

"그럼 누구를 빌려줄까 하는 문제인데──."

"아, 도와주었으면 하는 일은 요리와 쇠 냄비의 운반과 가게를 지키는 보조 역할이에요. 무거운 짐을 들고 산길을 걸어갈 수 있는 체력이 없으면 감당할 수 없는 일이지요."

"흥……."

"본가든 분가든 상관없습니다. 누구로 할지는 알아서 뽑아주세요."

그렇게 말하면서도 내 마음속에는 새로운 먹구름이 피어오르기 시작했다.

레이나 루와도 비나 루와도 나는 연회 이후로 한 번도 만나지 않았다.

자신을 어딘가 먼 세계로 데리고 떠나달라는 비나 루.

파가를 나와 루가의 가족이 되어달라는 레이나 루.

나는 두 사람의 소원을 어느 것 하나 들어줄 수가 없다.

그렇지만 그녀들을 피하면서 살고 싶지는 않기에 어떻게든 원만한 관계를 다시 구축하고 싶은 마음이지만, 지금으로서는 아직 그 실마리가 보이지 않는다.

도대체 누가 뽑힐까. 다소 두근거리는 심정으로 기다리고 있자—— 이윽고 돈다 루가 불쑥 내뱉었다.

"비나가 좋겠군" 하고.

3

우여곡절 끝에 나는 세 번째로 역참 마을에 서 있었다.

루의 본가에서 돈다 루 가족과 대화를 나눈 후의 일이다.

어제 아침결에 파가를 나온 뒤 루티무가를 방문하고 역참 마을로 내려갔다가 다시 루티무가에 들러 하룻밤을 지새운 뒤 루가를 찾아갔다가 다시 역참 마을로—— 이렇게 눈코 뜰 새 없이 바쁜 이틀이었다.

어찌 됐건 이틀 연속의 역참 마을이다.

차츰 이 어수선한 거리도 눈에 익어갔다.

다만 내 곁에 아이 파는 없다.

루티무의 혼례가 끝난 지 오늘로 나흘째. 아무래도 더는 사냥꾼의 일을 소홀히 할 수 없다며 아이 파는 혼자 쇠 냄비를 들고 파가로 돌아갔다.

그 대신 나를 따라온 사람은── 무려 비나 루와 루도 루, 이렇게 두 사람이었다.

참으로 희한한 삼인조다.

"헤헤! 얼마 만에 내려오는 건지! 여전히 답답한 곳이잖아!"

루도 루가 들뜬 목소리로 말한다.

"난 역참 마을이 좋은데…… 흘깃거리는 시선 때문에 마음이 편치 못한 것만 빼고…….”

비나 루도 제법 기분이 좋아 보인다.

축하연의 밤, 신 루의 집 부엌에서 레이나 루와는 맺어지지 말아달라며 눈물을 글썽이던 그 모습이 지금도 내 머릿속에 또렷이 남아 있지만── 남동생과 나란히 돌의 가도를 걸어가는 비나 루의 옆얼굴에는 평소보다 밝고 평온한 미소가 떠올라 있었다.

한편 나는 약간의 피로를 느끼고 있었다.

머릿속 계획에 피와 살을 붙이기 위해서는 역참 마을에 내려오는 것은 필수이며, 동행할 수 없는 아이 파를 대신해 두 명의 가족을 내어준 돈다 루에게 감사할 수밖에 없지만. 그런데 돈다 루는 루도 루 일행을 카뮤아 요슈와 만나게 해야 한다는 조건을 내걸었다.

돈다 루의 입장에서는 카뮤아 요슈라는 불가해한 인간을 조금이라도 파악하기 위한 조치였을 것이다.

그런데 이 멤버로 카뮤아 요슈와 대면해서 아무 일 없이 끝날지, 나로서는 그 부분이 걱정이었다.

"하, 하지만 루도 루에게는 사냥꾼의 역할이 있지 않나요?" 하고 물어보았더니 웬걸, 오늘 루가는 숲에 들어가는 일을 취소했다는 이야기였다.

이유는 간단하다―― 기바가 너무 많기 때문이다.

기바가 지나치게 많은 까닭에 어제만 해도 이틀 치 이상의 수확을 얻은 데다 분가의 남자 몇 명과 다루무 루가 기바와 싸워 부상을 당했다고 한다.

랴다 루를 잃은 지금 더 이상의 무리를 해서 사냥꾼을 잃을 수는 없다. 그런 연유로 오늘 하루는 휴식을 위해 기바 사냥을 보류한다―― 이런 논의가 오간 시점에 우리가 방문했다는 것이 오늘의 자초지종이다.

루티무가를 능가하는 절박한 상황이다.

나는 이제부터 숲에 들어가겠다는 아이 파의 안전이 몹시 걱정되었지만, 당연하게도 용맹스러운 여자 사냥꾼은 "상관없다" 하고 응해왔다.

"오히려 그건 기바 무리가 점점 남하하기 시작했다는 걸 나타내고 있는지도 몰라. 우리 집 주변에는 작은 집밖에 없기 때문에 기바를 다 사냥하지 못하고 있고, 그 부근의 식량을 모조리 먹어치운 기바들이 남쪽으로 이동하기 시작한 게 아닐까?"

"과연······."

"남쪽의 식량까지 먹어치운 다음 녀석들은 사람이 사는 마을까지 내려와 논밭을 들쑤셔놓겠지. 이번에는 평소보다 더한 피해가 나올지도 모르겠군."

아이 파는 담담하게 말했지만 역시 그 파란 눈동자 속에는 분노의 빛이 깃들어 있었다.

"그럼에도 내가 할 수 있는 일은 힘이 닿는 곳까지 기바를 사냥하는 것뿐이다. 나는 내 일을 다하겠어. ······그러니 아스타, 넌 네 일을 완수해."

"알겠어."

그렇게 나는 아이 파와 따로 행동하게 되었다.

그리고 루가의 장녀와 막내 남동생과 함께 역참 마을로 내려왔는데——.

"오, 토토스야, 토토스! 여전히 멍청한 얼굴이네! 아스타, 저 녀석은 어떤 맛이 날까?"

"저, 저기, 루도 루, 조금만 목소리를 낮춰——."

"아스타와 열흘씩이나 같이 일할 수 있다니 꿈만 같아······ 멋진 일을 의뢰해줘서 고마워, 아스타······."

"이, 일이니까요. 열심히 해야 해요! 그리고 공과 사는 확실히 구분해주세요!"

이제 막 역참 마을에 도착했건만 이 소동이다.

시선의 집중 상태도 지금까지와는 차원이 다르다.

참고로 루도 루는 당연하다는 듯 털가죽 망토까지 껴입은 사냥꾼의 복장이지만, 비나 루는 약간 달랐다. 약간 투명하게 비치는 베일 같은 것을 머리에 쓰고, 어깨에도 숄 같은 것을 두르고, 허리부터 발목까지는 소용돌이무늬의 한 장짜리 천을 걸치고 있었다.

"여자로서 조신해야지. 동포도 아닌 사람들에게 살을 내보일수는 없잖아……."

그거 참 훌륭한 마음가짐이지만, 유감스럽게도 그 얇은 천으로는 비나 루의 탁월한 몸매를 가릴 수가 없었다.

앞섶을 여민 천 사이로 보이는 가슴 계곡과 트임 스커트 같은 한 장짜리 옷의 틈 사이로 엿보이는 각선미는 오히려 노출이 많은 옷보다 더 선정적이라—— 뭐, 멸시와 공포의 시선과 동등하거나 그보다 더한 비율로 번뇌를 직격당한 남자들의 시선을 끌어모으고 있었다.

"슨가의 얼간이들하고 딱 맞닥뜨렸으면 좋겠는데. 만약 그 녀석들이 칼이라도 뽑아들면 내가 양팔을 확 부러뜨려줄 텐데!"

"그만, 그만해! 부탁이니 소란 피우지 말아줘, 루도 루!"

"앙? 내가 내 손으로 소란이나 피우는 멍청한 놈으로 보여?"

멍청한 놈으로는 보이지 않지만 소란을 유발하는 자질이 다분해 보인다.

목소리도 동작도 큼직큼직한 루도 루에 대한 주목도는 비나 루에 지지 않을 정도였다.

하지만—— 루도 루에 대해서는 약간 다른 느낌도 존재한다.

루도 루는 숲가에서는 이 모습이 정상이었던 것이다. 내가 보기에도 소란스러운 사람이나 위험한 사람 같은 나쁜 인상은 전혀 없으며, 오히려 활기차고 낙천적이라는 식의 장점으로 느껴졌을 정도다.

사람도 건물도 밀집되어 있는 이 마을은 루도 루에게는 너무 답답할지도 모른다.

분명 그 손발을 마음껏 휘두를 만한 공간이 필요한 것이다, 이 소년에게는.

"오, 시무인이다, 시무인! 여전히 새카만데—. 저 녀석도 마법 같은 걸 쓸 수 있을까."

하지만! 모르는 사람을 손가락질하며 크게 말하는 행동은 참아줬으면 한다!

"그, 그만 가자! 일단 카뮤아를 만나야 해!"

나는 두 사람을 잡아끌듯 하면서 《키뮤스의 꼬리정》을 향해 발길을 서둘렀다.

"정말이지…… 루도가 너무 소란 피우니까 더 눈에 띄잖아……."

"무슨 소리야! 비나 누나가 이렇게 큼지막한 엉덩이를 씰룩대니까 그렇지!"

"그만해, 아스타도 다 듣고 있잖아······."

그러고 보니 이 두 분이 제대로 대화하는 모습을 보는 건 이번이 처음일지도 모른다.

그것은 또 그런대로 마음이 누그러지는 장면이긴 하지만, 가능하면 역시 숲가에서 만끽하고 싶다.

"어서오세······ 뭐야, 또 자넨가."

《키뮤스의 꼬리정》의 주인, 아마도 밀라노 마스라는 아저씨가 다시 무뚝뚝하게 우리를 맞아주었다.

"호오, 이게 여관이라는 거구나" 하고 신기한 듯이 이리저리 둘러보는 루도 루의 모습에 조마조마해하며, "저기, 카뮤아 요슈는 계신가요?" 하고 나는 물어본다.

"오늘은 없는데. 일하러 갔는지 놀러 나갔는지 몰라도 아침부터 외출한 상태로구나."

그렇구나.

안심한 반면 이렇게 되면 돈다 루와의 약정을 지킬 수가 없으니 난처하다.

그러자 어제와 마찬가지로 식당 안쪽에서 소년 레이토가 털레털레 뛰어나왔다.

"아스타, 또 와주셨군요! ······그쪽 분들은요?"

"숲가의 백성, 루가의 비나 루와 루도 루야."

"호오, 루가 여러분이군요."

레이토는 방긋 미소 짓는다.

이미 그 이름은 카뮤아로부터 들은 모양이다.

"……넌 뭐야?" 하고 루도 루가 눈을 가늘게 떴다.

"아, 저는 카뮤아의 제자, 레이토라고 합니다. 잘 부탁드립니다."

"제자라니 무슨 제자?"

"그야 물론《수호자》입니다."

나는 아직 그 일의 전모를 모르지만, 여행객의 안전을 수호하는 일이라면 상당히 거친 일이 아닐까 싶다.

"카뮤아는 다음 달 업무를 협의하러 외출했습니다. 아침 일찍 나갔으니 귀가는 그리 늦지 않을 것 같습니다만."

"그렇구나. 그럼 물건을 먼저 산 다음 다시 들를게."

그렇게 대답한 뒤 나는 다른 곳을 보고 있는 밀라노 마스 쪽으로 고개를 돌렸다.

오늘은 이 아저씨에게도 볼일이 있기 때문이다.

"저, 이 가게에서는 노점 관리와 포장마차 대여를 하고 있다고 카뮤아로부터 들었는데요, 나 같은 사람에게도 포장마차를 빌려주실 수 있나요?"

"엉?" 하고 밀라노 마스가 뒤돌아본다.

"그야 요금을 지불하면 누구에게나 빌려주겠지만. 그런데 대체 뭘 팔려는 거지?"

"네. 실은 기바 고기 요리를 조금."

그 순간 아저씨는 "흥!" 하고 불쾌한 듯 콧김을 내뿜었다.

"뭘 팔든 상관 않겠다만, 포장마차에 이상한 냄새라도 배면 안 되는데. 그때는 자네가 포장마차를 사들여야 하는데 괜찮겠 나?"

"고기 요리이기 때문에 냄새가 배지 않는다고는 보장할 수 없 지만, 그런 건 금지되어 있나요?"

"키뮤스나 카론이라면 문제없지. 그런데 기바의 누린내가 배 어버리면 그 다음부터는 사용할 수가 없게 되니까 문제다."

또 모르는 고유명사가 튀어나왔다.

카론이란 도대체 어떤 동물일까.

"뭐야, 구시렁구시렁 시끄러운 아저씨네. 기바 고기가 얼마나 맛있는지도 모르면서 뭘 그리 떠들어대는 거야? 불만 있으면 한 번 먹어보든가."

루도 루의 말에 아저씨는 두꺼운 눈썹을 추켜세운다.

"그러는 자네는 카론이나 키뮤스를 먹어 본 적이 있나? 없으 니까 냄새나는 기바 고기나 고마워하면서 먹는 게지? 구시렁구 시렁 듣기 싫으면 그런 거나 마을에 들여오지 마!"

루도 루는 아무렇지도 않은 표정이지만, 역시 여기서는 나도 끼어들어야 할 것 같다.

"저기요, 사람의 취향은 저마다 다르겠지만, 서로 먹어본 적 없는 음식으로 다투는 건 부질없지 않을까요? 나는 키뮤스 고 기를 여러 번 먹어봤지만, 기바 고기가 그보다 못하다는 생각은 들지 않았거든요?"

"……자네는 원래 마을의 인간이 아닌가?"

"네. 제노스 태생은 아니지만요."

"그런 건 그 허여멀건 얼굴을 보면 알지. 자네까지 기바 고기가 맛있다고 지껄이는 건가?"

"맛있지 않았으면 가게를 낼 생각도 못했지요. 나도 고향에서는 여러 고기를 맛보았지만 기바의 맛은 그중에서도 수위를 다툰다고 생각해요."

"……시답잖군. 기바를 먹기 전에는 문토나 기즈 고기라도 먹었나 보군?"

아무래도 난항을 겪을 것 같다.

그 생각을 하고 있는데 레이토가 "저기" 하고 끼어들었다.

"카뮤아가 준 기바의 육포를 제가 보관하고 있거든요. 어제 그걸 먹어봤더니 카론과는 또 달리 독특하고 맛있었습니다."

물론 그 육포는 피 빼기 과정을 제대로 거친 고기로 만들었기 때문에 마음에 들었다면 다행이다.

아저씨는 수상쩍다는 듯 눈살을 찌푸리고 있다.

그러나 이윽고 뭔가를 포기했다는 듯 고개를 가로저었다.

"……어쨌든 이상한 냄새만 배지 않는다면, 이쪽도 장사니까. 포장마차 정도야 얼마든지 빌려주지. 포장마차 대여료와 자릿세까지 해서 대금은 백동화 두 닢이다."

"그걸로 열흘 동안 장사를 할 수 있게 되는군요. 참고로 포장마차의 크기는 어느 정도인가요?"

"노점 구역에 가보면 여기서 빌린 포장마차야 얼마든지 있지. 간판에 우리 가게 이름이 새겨져 있다."

"알겠습니다. 그럼 가까운 시일 내에 다시 찾아뵙겠습니다."

여기는 이제 철수하는 편이 좋을 것이다.

"카뮤아가 돌아오면 잘 전해줘" 하고 레이토에게 말을 남기고 나는 두 사람을 데리고 《키뮤스의 꼬리정》을 뒤로 했다.

"굉장해…… 아스타는 역시 마을 사람이구나……."

비나 루가 자연스럽게 바싹 다가온다.

"난 저런 사람을 어떻게 대해야 할지 모르겠어…… 루도는 아니지만, 무심결에 후려갈기고 싶어지거든……."

"저 말이에요. 비나 루는 가게 보는 일도 도와줘야 하거든요."

"응…… 아스타를 위해서라면 어떤 치욕이든 견뎌 보일 게……."

치욕이라니.

정말 이 사람과 열흘 동안이나 일을 소화해낼 수 있을까. 벌써부터 앞날이 불안하다.

"그럼 우선 물건부터 사러 가죠. ……응? 루도 루, 무슨 일이야?"

"아니…… 아까 그 꼬마 말이야……."

"아, 레이토 말이구나? 그 아이도 좀 별나지."

"별나다기보다는—— 좀 불쌍해서."

"불쌍해? 뭐가?"

그런 정체 모를 인물의 제자라는 처지는 불쌍하지만, 루도 루는 아직 카뮤아의 사람 됨됨이까지는 알지 못한다.

"뭐, 됐어. 나하고는 상관없는 일이니까. 자, 어서 가자. 나도 오랜만에 칼도 좀 구경하고 싶고."

그리하여 희한한 여행이 다시 시작되었다.

이 두 사람과 역참 마을을 활보하다니 정말 이상한 기분이다.

"우선 동전 교환소부터 들를까. 아스타도 결국 우리한테 강탈한 축복에 손을 대는 건가?"

"강탈이라니! ······음, 난 그러려고 했는데 실은 이거 루도 루 일행에게서 받은 엄니와 뿔이 아니야."

내 목에는 열 개의 엄니와 뿔을 엮은 목걸이가 걸려 있다.

그러나 이것은 루의 촌락에서 아이 파와 헤어질 때 아이 파로부터 건네받은 엄니와 뿔이었다.

가게에서 사용할 첫 식재료를 구입하는 데 나는 내 힘으로 얻은 뿔과 엄니를 사용하고 싶었지만, 아이 파가 몹시 못마땅한 표정을 지었던 것이다.

"······역시 넌 무엇이든 혼자 짊어질 작정인가?"

"그런 거 아냐! 어차피 이 열 개만으로는 초기 비용도 꾸리지 못하잖아. 그래도 이번만큼은 비용 마련을 모조리 아이 파한테 맡기고 싶진 않아."

"······나는 가장이다."

"나도 알아······ 하지만······ 반대로 내가 대가를 한 개라도 지불하지 않으면, 모든 걸 아이 파한테 떠맡기는 것 같은 기분이 든단 말이야."

아이 파는 생각에 잠겼다.

그러고는 망토 안쪽에서 목걸이를 꺼내더니 개수를 열 개로 조절하여 내게 내밀었다.

"이 목걸이 대신 네 목걸이를 나한테 넘겨."

"응…… 그걸로 어떻게 하려고?"

"역참 마을에서 요리 장사에 실패해서 동전을 얻지 못한 채 잃는 처지가 되면, 너한테서 받은 엄니와 뿔로 아리아와 포이탄을 산다."

말하면서 아이 파는 나한테서 받은 목걸이를 소중히 넣어두었다.

"한데 장사에 성공해서 많은 대가를 얻게 되는 날에는 다시 이 목걸이를 네 목에 걸어주지."

"아…… 응, 난 그래도 괜찮아. 그런데 넌——."

"모든 것을 상대방에게 떠맡기는 듯한 심정이 얼마나 불쾌한 지는 이미 간밤에 네게서 배웠어."

아이 파는 무서운 얼굴로 말했다.

"그렇다면 이것으로 불만은 없겠지. ……게다가 넌 지바 할머니가 주신 축복을 실은 동전으로 바꾸기 싫다고 생각했잖아?"

"아, 으응. 어떻게 알았어? 그런 이야기, 너한테 한 기억이 없는데."

"그 정도는 보고 있으면 알아. 어째서 그런 생각에 이르렀는지는 전혀 모르겠지만—— 딱히 아무에게도 폐를 끼치지 않는다면 억지로 자신의 마음을 죽일 필요는 없어."

마지막은 약간 온화한 눈빛으로 아이 파는 그렇게 말해주었다.

"……무슨 생각을 하는 거야……?" 갑자기 오른팔이 따뜻한 물질에 감싸였다.

"설마, 사랑스러운 여주인과 따로 떨어져서 외로운 거야……?"

역참 마을을 걸어가며 비나 루가 온몸으로 내 오른팔을 휘감아왔다.

나는 황급히 오른팔을 빼려고 했지만 과연 숲가의 백성이다. 꿈쩍도 하지 않는다.

"저 말이에요! 아까도 말했지만, 일할 때는 확실하게 일하는 마음가짐을 가져야——."

"그런 건 나도 알아…… 하지만 오늘은 일이 아니잖아……? 우리는 우리 물건을 사러 온 김에 마을로 같이 내려왔을 뿐이니까……."

그렇다, 그런 까닭에 대가도 필요 없다고 돈다 루가 미리 일러두었다.

"그, 그래도 루도 루가 있잖아요? 괜찮겠어요?"

그렇게 귀엣말을 했더니, 비나 루는 늘 그랬듯이 요염한 눈빛으로 내게 추파를 던진다.

"루도는 오히려 당신을 데릴사위로 들이고 싶어 할 정도라 괜찮아…… 있지, 내 춤은 어땠어……?"

"춤이라뇨?"

"연회의 춤 말이야…… 아스타를 위해 열심히 췄는데……."

글쎄. 무슨 소리일까.

그 연회에서 그런 화려한 행사가 펼쳐진 기억은 없는데.

"모든 고기를 다 먹고 난 후에 미혼의 여자가 축복의 춤을 췄잖아……? 그 춤을 추면 많은 남자들의 시선을 끌어버리니까 평소 같으면 절대로 추지 않았지만, 아스타를 위해 힘냈는걸……?"

모든 고기를 다 먹고 난 후…….

그 무렵에는 아마 아이 파와 함께 가즈란 루티무와 이야기하고 있었을 것이다.

보수로 목걸이를 받아 든 후에는 띄엄띄엄 대화를 나누는 사이 잠에 빠지는 바람에 아이 파가 빈집 안으로 나를 옮겨주었다.

그러니 아마도 그 축복의 춤이란── 내가 잠들어버린 후에 이루어진 게 아닐까.

"설마…… 봐주지 않았던 거야……?"

"네? 아니, 그, 나도 그날은 엄청나게 바빴던 터라 일을 마친 후에는 일찌감치 잠들어버렸거든요."

비나 루는 순간 놀라서 멍한 표정을 짓더니 눈을 내리깔고 내 오른팔을 있는 힘껏 끌어안았다.

그야말로 마다라마의 구렁이 같은 괴력이다.

다만 글로는 다 표현하지 못할 만큼 부드러운 감촉이다.

"너무해…… 아스타, 정말 지독한 사람이구나……."

"아야야야! 아파요! 부러지겠어요! 좀, 비나 루!"

아프고, 게다가 닿아서는 안 되는 곳이 마구 닿고 있다.

대낮에 길바닥에서 이래서는 안 된다.

"……그 이야기, 레이나에게는 절대로 하지 않는 편이 좋을
걸……?"

"아야야야! ……네? 레이나 루가 왜요?"

"마치 불꽃같은 춤이었어…… 얌전한 레이나의 마음속에 그런
뜨거운 감정이 간직되어 있을 줄은 몰랐어…… 그 아이도 아스
타에게 완전히 마음을 빼앗긴 모양이야……."

스르륵 내 팔에서 몸을 떼고 비나 루가 작게 숨을 내쉰다.

"아스타가 날 멀리 데려가주지 않는다면 아스타를 남편으로
삼는 것도 괜찮겠다 싶었는데…… 그런데 안 되겠어…… 그럼
이번에는 내가 레이나에게 미움받을 거야, 틀림없이……."

그리고 애절하게 눈을 흘기며 나를 본다.

"……죄 많은 남자구나……."

아무런 죄도 저지른 기억이 없다.

그렇지만 레이나 루가 내게 특별한 감정을 품어버린 것은 확
실하다.

루가로 들어오기를 바라는 레이나 루의 마음에 응답하지 못

했던 나는 앞으로 어떤 식으로 레이나 루를 대하고 어떤 관계를 구축해나가면 좋을까.

활짝 갠 푸른 하늘을 올려다보았지만, 물론 그곳에 모범 답안은 쓰여 있지 않았다.

4

답이 보이지 않는 난제를 마음속에 품은 채, 그럼에도 일은 완수해야 한다.

우선 지난번의 두꺼비처럼 웃는 노인의 가게로 향해 엄니와 뿔을 동전으로 교환하기로 했다.

"뭐야, 아스타는 겨우 그거야?"

"응. 아리아와 포이탄은 산 지 얼마 안 됐거든. 지금은 이것만으로 충분해."

내 손에는 적동화 여섯 닢이 있었다.

되도록 큰 엄니와 뿔을 하나씩 팔아서 오늘의 밑천을 조달했다.

"그쪽은 대단한데. 과연 열두 가족이구나."

루가의 두 사람은 기바 다섯 마리분의 엄니와 뿔을 동전으로 교환했다.

동전의 수가 여섯 닢인 것은 똑같지만 적동화의 열 배의 가치를 지닌 백동화였다.

"후후후…… 이래도 사흘 치 식량밖에 되지 않지만……."

"어? 그럼 사흘에 한 번은 마을에 내려온다는 거예요?"

대답은 예스였다.

혹은 일손에 여유가 있는 날이면 셋이 와서 닷새 치 식량을 사들인다고 한다.

파가는 식구가 둘밖에 없기 때문에 20일치 식량을 사들일 수도 있었지만, 그 여섯 배에 달하는 인원이면 그 정도가 한계인 것이다.

계산했더니 사흘 치라도 아리아가 108개, 포이탄이 72개였다.

파가의 20일분인 아리아 120개와 포이탄 80개와 별 차이 없는 숫자다.

"그리고 아버지가 마실 과실주도 사 가야 하는데. 그런 게 뭐가 맛있다는지 모르겠네."

"적 다섯 닢이 남겠네…… 오늘은 무슨 채소를 살까……?"

아이 파와 있을 때도 생각했던 것이지만, 역시 숲가의 백성과 시내에서 장 보는 이야기를 한다는 건 정말이지 신선한 느낌이다.

게다가 키가 고만고만한 장녀와 막내 남동생이 즐겁게 대화하는 모습에 미소가 절로 지어진다. 꽤 웃음이 많은 콤비라, 역참 마을 사람들이 두려움이나 경멸의 시선을 보내며 지나가는 모습이 오히려 위화감을 더했다.

'루도 루는 스위치를 바꾸지 않는 한 다른 남자들처럼 위험한 분위기도 풍기지 않고, 자세히 보니 꽤 귀엽게 생긴 데다 전혀

무서운 느낌도 들지 않네.'

처음에는 루도 루의 언동에 조마조마하던 나이지만, 어쩐지 그런 걸 신경 쓰는 것이 어리석게 느껴졌다.

아이 파는 아이 파고, 루도 루는 루도 루다. 나는 그들이 얼마나 매력적인 사람인지도 알고 있고, 다른 사람이 어떻게 생각하든 내 마음은 달라지지 않는다.

이제 사람들의 시선은 그만 신경 써야겠다고 생각했다.

"그럼 채소를 보러 갈까요? 북쪽 끝자락에 채소 가게를 하는 아저씨가 있거든요…….'

"앗! 잠깐만! 무기 가게야, 무기 가게! 재미있는 게 있을지도 모르니까 들렀다 가자!"

루도 루가 인파를 헤치며 한 노점으로 달려간다.

뭐, 정확히는 헤칠 것도 없이 쫘악 하고 인간의 파도가 스스로 길을 터준 거지만.

"……미안해. 열다섯이나 먹었는데 아직도 어린아이 같지…… 하긴, 스무 살이나 먹고도 시집도 안 간 내가 말하기도 좀 그렇지만……."

그렇게 말하고 미소 짓는 비나 루는 어떤 의미에서는 지금껏 봐온 모습 중 가장 매력적인 표정이라는 생각마저 들었다.

가족과 함께 있는 것이 행복하다면 바깥 세계를 동경하지 않아도 될 것 같은데── 마음속으로 몰래 생각하며 노점 쪽으로 다가갔더니, 루도 루는 날붙이 한 자루를 손에 들고 "호오" 하고 어린아이처럼 감탄하고 있었다.

"이거, 손도끼인가? 뭔가 사람을 죽이는 무기처럼 생겼네."

"……하하하. 전쟁에서는 숲을 깎아 길을 만들어 진군하기도
하거든. 도중에 적군과 맞닥뜨리면 그걸로 전투에 돌입하기도
하지 않을까."

상아색 피부를 지닌 아저씨가 다소 긴장된 얼굴로 응해주고
있다.

루도 루는 '무기 가게'라고 불렀지만 적대국인 북쪽 왕국 마휴
도라와 멀리 떨어진 이곳 제노스에서는 전쟁다운 전쟁이 일어날
리가 없다. 따라서 그곳에서 팔고 있는 것은 도끼나 손도끼, 그
리고 소도처럼 일상생활에서 사용하는 날붙이가 대부분이었다.

"아, 이건 조리칼인가요?"

내가 옆에서 말을 걸자, 아저씨의 얼굴에 곤혹스러운 빛이 더
해졌다.

"왜 이 허여멀건 애송이는 숲가의 복장을 몸에 걸치고 있는
거지?" 하고 말하는 듯한 표정이다.

"아아. 그건 채소용이야."

아버지의 산토쿠 식도보다 한결 폭이 좁고 작은, 그럼에도 제
법 날카로워 보이는 칼이었다.

루와 루티무의 부엌에서도 실컷 보기는 했지만 막상 가게에서
보니 적잖이 즐거운 기분이 들었다.

'아버지의 요리칼도 20년이나 됐네. 다음에 이가 크게 빠지면

183

더는 못 쓸 것 같은데. 고기를 자른다면 아이 파한테서 빌린 이 칼로도 충분하지만, 어쨌든 채소용 칼도 있었으면 좋겠는데.'

"……그건 백이 네 닢에 적이 다섯 닢이야."

다소 조심스럽게 아저씨가 말을 걸어온다.

'흠. 대충 기바 네 마리분 정도구나.'

언젠가 풍요로운 삶을 실현하는 날이 오면 꼭 구입하고 싶다.

"고맙습니다. 루도 루, 이제 그만 채소를 보러 가지 않을래?"

"으음? 잠깐 기다리고 있어" 하고 루도 루가 노점에서 멀어지기 시작했다.

손에는 두꺼운 손도끼를 쥔 채.

"이, 이봐, 잠깐!" 하고 아저씨가 소리치는데도 개의치 않고 길거리에 우뚝 선다.

"미안! 잠깐만 여기로 오지 말아줘!"

크게 외쳤지만, 원래 숲가의 남자에게 다가가려 하는 통행인은 없다. 사람들은 불편하다는 듯 얼굴을 찌푸리며 루도 루를 피해 멀리 돌아갔다.

"아스타도 비나 누나도 가까이 오면 안 된다?"

그렇게 내뱉더니 루도 루는 휙 하고 손도끼를 내리쳤다.

이번에는 밑에서부터 올려서 허공을 후려치더니 휙휙 휘두른다.

공기에 탄 자국이 생길 것만 같은 공격이었다.

날붙이 가게 주인은 얼굴이 새파랗게 질렸다.

길을 지나가는 사람들도 마찬가지다.

개중에는 무심코 멈춰 섰다가 그대로 유턴해버리는 사람들도 있다.

그런 공포와 곤혹의 시선 따위는 아랑곳하지 않고 루도 루는 계속 손도끼를 획획 휘두르더니 마지막에 "마음에 들어!" 하고 소리쳤다.

"이거라면 기바 머리를 한 방에 깨부술 수 있을 것 같아! 아저씨, 이거 얼마야?"

"배, 백이 여덟 닢인데."

큼직한 기바의 엄니와 뿔이라도 대략 여섯 마리 남짓이라니. 상당히 비싼 값이다.

아리아와 포이탄을 대충 60일분으로 생각하면, 식재료가 얼마나 저렴한지 알 수 있다.

"알겠어! 아스타, 다른 녀석이 사 가지 않도록 갖고 있어! 바로 돌아올게!"

내 손에 손도끼를 떠맡기고 루도 루는 바람처럼 달려갔다.

모세의 십계처럼 다시 인파가 갈라진다.

"……정말 어린아이 같다니까……" 하고 비나 루는 미소 짓고 있었지만, 어린아이가 이런 쇳덩이를 휘두를 수 있을 리가 없다.

두께는 1센티미터, 폭은 10센티미터, 칼몸은 30센티미터는 되어 보이는 두툼한 손도끼로 날 끝은 약간 굽어 있다. 무게는 킬로그램 단위일 것이다. 확실히 이거라면—— 기바의 두개골도 부서질 것 같다.

'……나보다 조그만 주제에 어떻게 이런 걸 휘두르는 거야?'

정말이지 무시무시한 사냥꾼의 기력이다.

달음질하여 돌아온 루도 루가 손도끼를 산 뒤 그것을 허리에 차기를 기다렸다가 드디어 우리는 채소를 파는 노점으로 향할 수 있었다.

물론 돌라 아저씨의 가게다.

"여, 여어, 어서 오게나!"

아이 파와는 또 다른 숲가의 사냥꾼의 등장에 아저씨도 긴장된 미소를 보였지만, 그럼에도 활기차게 맞아주었다.

"아아, 역시 여기였구나…… 아리아와 포이탄을 자루 단위로 파는 가게는 적으니까 그럴 줄 알았어……."

아무래도 초면이 아닌 모양인 비나 루가 아저씨 앞에 선다.

"아리아와 포이탄을 백 개씩 주세요……."

"그러마. 아리아는 백이 두 닢이고, 포이탄은 백이 두 닢과 적이 다섯 닢이구나."

"어라? 포이탄을 꽤 넉넉히 사는데?"

이상하다는 생각이 들어 루도 루에게 귓속말로 물어보니, "그야 아버지하고 다루무 형이 많이 먹으니까 그렇지" 하고 답해주었다.

그렇다, 하루에 아리아 세 개와 포이탄 두 개라는 것은 아이 파가 말하는 '건강하게 살아가기 위한 최소한의 개수'일뿐, 루가의 남자들은 포이탄을 삼사 인분이나 먹는 사람들이 대부분이었다.

"자, 아리아와 포이탄 백 개씩. 확인해봐라."

털썩 놓인 자루의 내용물을 사이좋은 남매가 세어보고 있다.

그동안 나도 목적을 달성하기로 했다.

"돌라 아저씨. 궁금한 게 있는데요."

"오, 그래, 뭐냐?"

"이 티노라는 건 생으로도 먹을 수 있나요?"

티노는 양상추로 만들어진 장미처럼 생긴 채소다.

크기도 양상추만 하고 맛이나 식감은 양배추 쪽에 가깝다.

"그야 물론 먹을 수 있지. 나는 삶아서 먹는 걸 좋아하지만."

"그렇군요. 이 타라파도 주로 삶아서 먹나요?"

타라파는 호박 같은 크기와 모양을 지닌 새빨간 과실이다.

속도 호박처럼 꽉 차 있지만 신맛이 강해서 뭉크러질 때까지 푹 삶으면 토마토와 똑같은 맛이 난다.

"그렇지. 생으로 먹는 사람도 있지만 역시 다른 채소와 함께 끓이지 않으면 너무 시잖아? 나는 아리아를 넣고 같이 삶는 걸 좋아하지."

"아리아는 단맛이 강하니까요. 아리아를 잘게 썰어서 볶은 다음, 같이 삶아주면 단맛이 더 살아나요."

아저씨는 신기하다는 듯 눈을 동그랗게 떴다.

"자, 자네는 채소를 꽤 잘 아는 모양이군?"

"아뇨, 전혀요. 어느 채소를 생으로 먹을 수 있는지도 모르는데요. ……아, 참고로 아리아도 생으로 먹을 수 있나요?"

"그래, 물론이지."

"이제 남은 건…… 기고 정도인가. 기고는 이 가게에서는 취급하지 않나요?"

"기고는 없구나. 우리 땅에는 맞지 않거든. ……기고라면 미실 할머니네가 두껍고 달아서 인기가 있지."

"아, 거긴 어느 가게예요?"

"주, 중앙의 가죽 세공과 포목점 사이에 있는 가겐데. 조그마한 할머니가 혼자 하는 가게니까 보면 알 거다."

"알겠습니다! 고맙습니다!"

아마 나는 무의식중에 웃고 있었을 것이다.

그런 나를 대하는 아저씨도 헤벌쭉하고 지금껏 봐온 모습 중에서 가장 부드러운 미소를 보여주었다.

"좋아, 개수는 맞네. 아스타는 안 사?"

"아, 그렇지. 아저씨, 티노 두 개하고 타라파 세 개 주세요."

"어? 타라파를 세 개나?"

"네. 가게에서 낼 요리에 쓰려고요. ……아, 참고로 타라파는 삶고 나면 그날 안에 먹는 게 좋을까요? 그리고 생 타라파를 반으로 자르면 남은 반쪽은 얼마나 갈까요?"

"으음, 삶으면 기껏해야 이틀밖에 못 가지. 자른 건 내버려두면 수분이 날아가지만 삶을 때 물을 부어주면 맛은 똑같아."

"그래요? 많은 도움이 되었어요. 정말 고맙습니다."

타라파도 티노도 부피가 크기 때문에 합계 다섯 개라도 자루는 빵빵했다.

참고로 타라파는 한 개에 적 한 닢. 티노는 두 개에 적 한 닢이다.

남은 밑천은 이제 두 닢.

이제 기고와 과실주만 사면 끝이다.

"으음…… 우리는 어떻게 할까…… 티노도 사 갈까……?"

"티노는 쓸데없이 크기만 하잖아! 좀 더 작은 걸로 사자."

"……그럼 프라는 어때……?"

"프라는 필요 없어."

"그럼 뭐……? 난 티노가 좋은데……."

"찻치로 하자, 찻치! 스튜 먹을 때 엄청나게 맛있었잖아!"

"하지만 그건 오래 끓이지 않으면 그렇게 부드러워지지 않는데……?"

찻치란 감자와 비슷한 식감이 나는 채소다.

지금까지 그들이 기바 전골을 요리한 방법으로는 센 불에서 단시간 끓이기만 했으므로 표면은 흐물흐물 속은 설겅설겅하게 익어 단맛도 거의 내지 못한 모양이다.

"괜찮아요. 지금의 약한 불로 수프 끓이듯이 푹 끓이면 요전 번 스튜와 똑같은 느낌으로 익을 거예요. 그리고 끓고 나서 넣는 게 아니라, 처음부터 넣고 끓여보세요."

내가 끼어들자 루도 루가 의기양양한 모습으로 비나 루의 둥근 어깨를 흔들었다.

"거봐, 아스타도 이렇게 말하잖아! 찻치라고, 찻치!"

"알겠어. 맛있게 만들 수 있다면 불만은 없어. ……그러니까 끓이고 나서 넣는 게 아니라 불을 피우기 전부터 넣으라는 거지……?"

"네."

"이히힛" 하고 루도 루가 누나의 목에 헤드록을 걸었다.

"아파……" 하고 비나 루는 요염하게 몸을 비꼰다.

정말 예상보다 훨씬 사이좋은 남매다.

"……어라? 그런데 찻치가 없는데? 여기선 안 팔아?"

"차, 찻치라면 미실 할머니네 가게에서 팔아."

그렇게 응하면서 아저씨는 눈을 치켜뜨고 루도 루와 비나 루의 모습을 번갈아 봤다.

"너, 너희는 좀 별나구나? 그런 식으로 채소를 선호하는 숲가의 백성을 나는 처음 봤다."

"으음? 난 프라 같은 건 싫다고! 프라 말고 당신도 찻치를 팔아!"

"그, 그건 나무에서 열리는 거라 처음부터 키우기는 어려워."

"흐음. 채소에도 여러 가지가 있구나."

루도 루 일행은 평소와 다를 바 없었지만 아저씨의 표정은 완전히 달랐다.

놀라고 있다.

곤혹스러워하고 있다.

그리고── 기뻐하고 있다?

숲가의 사냥꾼에게 상당한 공포심이 유발되는 모습이었건만, 그럼에도 어째서인지 루도 루의 얼굴을 뚫어지게 쳐다보고 있다.

혹시 숲가의 백성이 채소가 좋다, 싫다 말하는 모습이 기뻤던 걸까.

'식사에 맛있고 맛없고는 없어'라는 말은 나에게는 몹시 섭섭한 말이었다.

그와 비슷한 심정을 이 아저씨도 줄곧 품어왔을지도 모른다.

그런 생각을 하고 있는데 등 뒤에서 "앗! 아스타 오빠다!" 하는 여자아이의 목소리가 울려 퍼졌다.

탈라다.

손에 키뮤스 고기만두를 쥔 조그만 탈라가 종종거리며 우리 쪽으로 달려왔다.

그리고 루도 루 일행의 모습을 보고 흠칫 멈춰 선다.

"으응? 뭐야, 이 꼬마는?"

"아, 이 아저씨의 딸이야, 탈라라고 해. 요전번에 말했었지?"

"아─ 아스타가 구해주기도 하고 도움을 받기도 했다는 꼬맹이구나."

루도 루는 그 자리에 못 박힌 소녀의 곁에 경쾌하고 묘한 발걸음으로 다가갔다.

이제 막 성견이 된 셰퍼드가 새끼 고양이에게 다가가는 듯한, 약간 긴장감을 자아내는 광경이다.

불쌍한 아저씨는 조금 전까지의 신기한 표정은 온데간데없이 얼굴이 새파랗게 질려 있었다.

"아유, 쪼끄매! 딱 꼬맹이 리미 또래인 거 같은데. 너, 몇 살이야?"

"여……여덟 살……."

"꼬맹이 리미하고 동갑이네. 그런데 말라서 훨씬 꼬맹이처럼 보이네."

루도 루는 그 자리에 웅크려 앉아 소녀의 얼굴과 고기만두를 번갈아 봤다.

"뭔가 좋은 냄새가 나는데. 그거, 맛있어?"

"……응."

"흐음."

"머……먹어볼래?"

뜻밖에도 탈라는 두 손에 소중하게 들고 있던 고기만두를 조심조심 루도 루 쪽으로 내밀었다.

루도 루는 신기한지 고개를 갸웃거린다.

"먹어도 돼?"

"따, 딱 한 입이라면!"

"아, 그래? 그럼 먹을게."

말을 내뱉자마자 루도 루는 손도 쓰지 않은 채 덥석 고기만두를 먹었다.

탈라의 손가락까지 뜯어먹을 듯한 기세다.

아저씨가 소리 없는 비명을 지르고 있다.

루도 루는 거의 씹지도 않고 고기만두를 삼키더니, 황갈색 머리를 벅벅 긁으며 일어섰다.

"뭐야, 맛이 없잖아."

"그, 그런가?"

"맛없어. 아스타가 훨씬 더 맛있는 요리를 만들거든?"

"그, 그렇구나?"

웃는 듯 우는 듯한 얼굴로 탈라가 이쪽을 돌아본다.

나는 숨을 한 번 쉬고 나서 그쪽으로 걸어갔다.

"뭐, 입맛은 사람마다 다르니까. 마을 사람 모두의 입에 맞을지 어떨지 모르지만, 아마 가까운 시일 내에 이 근처에 가게를 낼 것 같아."

"그렇구나! 그럼 탈라도 먹게 해줘!"

"가게이기 때문에 값은 제대로 받겠습니다. ……그런데 탈라와 아저씨는 먹고 난 후에 꼭 소감을 들려주었으면 좋겠어."

"응!"

정말 귀여운 여자아이다.

아이 파가 없으니 이렇게 친분을 다져도 이상한 시선을 받을 일도 없다.

그렇게 생각하고 뒤를 돌아보니, 노점 앞에 서 있던 비나 루가 못마땅한 눈빛으로 나와 루도 루를 바라보고 있었다.

여자의 마음은 수수께끼다.

"그럼 이제 과실주와 찻치만 사면 되겠다. 아스타는?"

"응. 나도 과실주하고 기고만 사면 끝이야."

"아, 기고! 비나 누나! 기고도 사야지! 그게 없으면 구운 포이탄이 그 맛이 안 나는 거지?"

"괜찮아…… 과실주를 열 병 사도 동전은 다섯 닢이나 남거든…….'

비나 루가 대답하는 도중에 마지막 배역이 바람처럼 나타났다.

"여어, 아스타. 사흘 연속으로 만나다니 기쁘기 그지없군. 결국 마음을 정한 건가?"

카뮤아 요슈다.

북적이는 사람들 틈에서 소리 없이 나타난 카뮤아 요슈가 긴 망토를 펄럭이며 우리 쪽으로 다가왔다.

"레이토에게 듣고 찾으러 왔네. 역시 돌라 아저씨 가게에 있었군."

"네. 용건은 끝났지만 만나서 다행이에요, 카뮤아."

나는 곁눈질로 루도 루를 살펴보았다.

루도 루는 평소와 같은 표정이었다.

다만── 허리에 찬 손도끼 자루를 손끝으로 톡, 톡 리드미컬하게 두드리고 있다.

그리고 비나 루가 쓰윽 다가오더니 남동생의 대각선 뒤쪽에서 걸음을 멈추었다.

"아, 여기 두 사람은──."

"루가의 비나 루와 루도 루. 레이토에게 들었네. 엇갈릴까 봐 레이토는 여관에 두고 왔지."

여전히 의뭉스러운 표정이다.

노인 같기도 하고 어린아이 같기도 한 보랏빛 눈이 즐겁다는 듯 루도 루 일행을 번갈아 본다.

"루도 루와는 아마 루의 촌락에서 한 번 본 것 같은데, 다시 한 번 내 소개를 하지. 여행객의 안전을 지키는 《수호자》를 생업으로 삼고 있는 카무아 요슈라고 하네. 이렇다 할 집은 없지만, 뭐 이곳저곳의 역참 마을을 근거지 삼아 지내는 방랑객이자 서쪽의 백성이지."

"흐응" 하고 관심이 없다는 듯 루도 루는 응했다.

손끝은 아직 손도끼 자루를 두드리고 있다.

"밀라노 마스로부터 이야기는 들었네. 포장마차를 빌리는 건 도 문제없었던 모양이더군."

"네. 이제 메뉴를 완성하고 나서 가게를 내는 이야기를 진행할 생각이에요."

"마침내 결심해주었군. 나는 정말 기뻐! 아스타의 요리를 먹을 수만 있다면 매일 드나들 작정이야!"

"그만한 매력이 있는 요리를 준비하도록 노력할게요."

나는 이로써 카뮤아 요슈에 대한 용건이 끝났다.

그것을 파악하고 루도 루가 자연스럽게 입을 연다.

"카뮤아 요슈. 내 아버지, 루 본가의 가장 돈다 루로부터 전언이 있다. 들어주겠나?"

"물론! 삼가 듣겠습니다."

"……숲가의 수치는 숲가에서 씻어낸다. 쓸데없이 간섭한다면 네놈의 목을 치겠다. ——이상이다."

"알겠습니다. 조심하지요" 하고 카뮤아 요슈는 점잔을 부리며 인사했다.

루도 루는 역시 표정의 변화 없이 흘끗 나를 본다.

"그럼 이제 찻치와 기고를 사러 가자. 얼렁뚱땅 있다가는 해가 지겠어."

"그러게. ……그럼 카뮤아, 모처럼 찾으러 와줬는데 죄송하지만 우리는 아직 살 게 있거든요……."

"괜찮고말고! 어차피 가게를 열면 적어도 열흘간은 매일 만날 수 있으니. 장사가 성공하길 빌겠네, 아스타."

"고맙습니다."

그러고 나서 카뮤아는 나타났을 때와 마찬가지로 바람처럼 사라졌다.

어쩐지—— 오늘의 카뮤아는 유령처럼 존재감이 희미한 느낌이다.

"……짜증나는 남자네" 하고 루도 루가 불쑥 내뱉었다.

"어?"

"내 칼은 기바를 베는 칼이야. 이걸로 사람을 벨 생각은 없지만…… 베고 싶어도 베지 못하는 사람은 짜증이 나거든. 그게 마을 사람이라면 더더욱."

"루, 루도 루? 그 말은——?"

"나하고 다루무 형은 상대가 안 돼. 지자 형도 안 될지도 몰라. 저 껑충한 목을 벨 만한 사람은 아마 아버지밖에 없을 거야."

그렇게 말하더니 루도 루는 황갈색 머리를 긁적이며 어린아이처럼 "쳇" 하고 혀를 찼다.

5

그로부터 약 한 시간 후 나는 드디어 파가로 돌아올 수 있었다.

실로 24시간 남짓만의 귀가다.

내 좌우로는 사이좋은 남매도 함께 있다. 역참 마을에서의 장사를 대비해 비나 루는 파가의 위치를 알아두어야 할 필요가 있었고, 무엇보다 그들도 슨가의 동향을 걱정해준 것이다.

"흥. 대낮부터 술에 취한 얼간이는 없는 것 같네."

세 사람 중 가장 큰 짐을 짊어진 루도 루가 주위를 날카로운 시선으로 둘러보며 말했다.

"……그건 그렇고, 파가에서 역참 마을까지 가려면 어마어마하게 큰 협곡을 넘어가야 하는구나. 일손이 필요하다는 것도 납득이 가네."

"그렇지. 루가에서라면 이렇게까지 고생할 일은 없겠지만."

숲가의 촌락에서 역참 마을로 가는 데에는 몇 가지 길이 있다. 루와 루티무에서의 최단 루트는 구름다리도 없고 소요 시간도 사오십 분이라 상당히 쾌적한 길이다.

그러나 파가를 기점으로 하면 우선 루의 촌락까지 한 시간 가까이 걸리기 때문에 그쪽 루트를 사용하는 것도 망설여졌다. 그렇다면 짐을 지고서라도 구름다리 쪽 길을 더듬어가는 편이 그나마 수고를 아낄 수 있을 것이다.

오늘 이렇게 돌아오는 길을 이용해 채소 자루를 쇠 냄비인 셈 치고 운반의 시뮬레이션을 실시할 수 있었다. 나만 용기를 쥐어짜내면 둘이서 구름다리를 답파(踏破)하는 것은 가능했다.

단 첫 도전인 오늘은 그 용기와 각오를 긁어모으는 데 상당한 시간이 걸려버려서—— 비나 루가 나한테서 정나미가 떨어진다면 후련할 거라고 생각하는 반면, 점주로서의 존엄을 유지할 수 있을지 매우 걱정이 되어버린 나이다.

다행이랄지 뭐라 해야 할지, 공포에 질린 내가 아무리 망측한 모습을 드러내도 비나 루의 요염한 곁눈질에 그리 큰 변화는 보이지 않았다.

"그럼 또 만나…… 일이 시작되는 날을 기대하고 있을게……."

"아이 파한테도 잘 전해줘. ……그런데 마을 사람만 신경 쓰지 말고 가끔은 우리한테도 아스타의 요리 좀 먹게 해줘."

그 말을 남기고 사이좋은 남매는 돌아갔다.

짐의 70퍼센트 정도는 루도 루가 맡았지만, 비나 루도 등에 백 개의 아리아가 담긴 자루를 메고 있다. 그런데도 그 경쾌하고 묘한 발걸음에 흐트러짐이 없는 것은 과연 대단하다.

역시 아이 파가 말한 대로 여자라 할지라도 숲가의 백성의 저 력은 만만치 않다. 분명 근육의 질과 뼈의 밀도 자체가 완전히 다를 것이다. 비나 루 정도로 키가 큰 여자라면 나보다 완력도 뛰어난 것 같다.

생활환경이 이렇게까지 다르니 그것은 어쩔 수 없다고 생각했 지만── 역시 한숨은 멈출 줄을 모른다.

'이렇게 매일 기바를 먹다보면 나도 조금은 체질 개선이 되려나.'

해봐야 소용없는 상념을 끌어안고 나는 파가로 향했다.

해는 아직 중천과 일몰의 가운데쯤에 있다.

이렇다면 포이탄을 실컷 구울 수 있다.

숲에서 기바를 쫓고 있을 아이 파를 위해 맛있는 저녁 식사를 요리해줘야겠다. 그렇게 마음을 다잡고 나는 타라파와 티노가 담긴 자루와 노점에서 1미터 크기로 잘라준 거대 우엉인 기고를 고쳐 안고 덧문을 열었다.

그러자── 벽에 아이 파의 망토가 걸려 있는 것이 눈에 들어 왔다.

"어?"

이런 시간에 벌써 돌아왔나.

하긴, 기바가 일찌감치 잡혔다면 그리 이상한 이야기도 아니지만 당사자는 어디로 가버렸을까.

"아이 파, 집에 있어?" 하고 외치면서 나는 식량 창고로 향했다.

덧문을 연다—— 아이 파는 없다.

나는 오늘의 전리품을 그곳에 내려놓고 옆에 있는 헛간 두 군데도 확인해봤다.

역시 없다.

"으응?"

아궁이 옆에는 새 쇠 냄비도 잘 놓여 있다.

그 외에 평소와 다른 점은 보이지 않는다.

아니——.

잘 살펴보니 망토는 걸려 있는데 칼이 없다.

소도는 잘 때만 빼놓는 아이 파이지만, 집에 돌아왔을 때는 망토와 함께 대도도 빼서 벽에 기대어 세워놓든 어떻게 할 터이다.

이건 무슨 상황이지?

망토는 걸치지 않고 칼만 가지고 걷는다. 아이 파가 그런 차림으로 다니는 것은 아침에 물가에서 몸을 씻을 때 정도였다.

그럼 물가에?

아니, 냄비도 물통도 실내에 놓여 있다. 아침 때 말고는 물가에 볼일은 없다.

나는 점점 불안해져 집을 뛰쳐나왔다.

햇볕이 잘 드는 장소에서 피코잎이라도 말리고 있나?

아니, 그런 향기는 나지 않는다.

그 대신 비릿하고 이상한 냄새가 콧구멍을 간질였다.

비리면서도 어딘지 산화한 철 같은 냄새도 섞였다── 이건 피 냄새다.

갑자기 등골에 오한이 스쳤다.

'……어디야?'

이 냄새의 발원지는 어디지?

집 뒤편이다.

나는 후들후들 떨릴 지경인 무릎을 주먹으로 두세 번 치면서 집 뒤편으로 향했다.

괜찮다── 그런 불길한 상상을 하면 안 된다. 아무리 슨가 녀석들이 무법자라 해도 이런 대낮부터 어리석은 짓을 할 리가 없다.

어리석은 짓──.

싫다. 그런 건 상상조차 하기 싫어.

어느덧 심장은 가슴에서 튀어나올 듯 쿵쾅거리며 호흡이 거칠어졌다.

괜찮다.

나쁜 일은 아무것도 일어나지 않는다.

그런 일이 있어서는 안 된다.

끈질기게 자신을 타이르고 나는 벽을 따라 걸음을 옮기고——.

눈 딱 감고 집 뒤편에 뛰어들었다.

그러자——.

그곳에는 새하얗게 벗겨진 기바의 몸뚱이가 축 늘어져 매달려 있었다.

············.

"아아, 왔구나, 아스타."

아이 파는 매달린 기바를 바라보는 자세로 집 벽에 기대어 앉아 있었다.

나는 성큼성큼 걸어가 아이 파 앞에 선 다음 무릎을 꿇고 그 매끄러운 어깨를 꽉 움켜쥔다.

"너—— 너, 놀라게 좀 하지 마!"

아이 파는 놀라서 눈을 휘둥그레 떴다.

"……아스타. 우는 건가?"

"울긴 누가 울어!"

나는 툭하고 박치기를 했다.

"아야" 하는 불만스러운 소리에도 상관없이 이마를 문지르며 눌러댄다.

"뭐야. 무슨 일이지? 아스타, 뭣 때문에 이성을 잃은 거냐고?"

"시끄러워! 죽을 만큼 걱정시켜놓고…… 왜 네가 가죽 벗기기를 하는 건데! 피 냄새가 나서 깜짝 놀랐잖아!"

"……가죽 벗기기는 사냥꾼의 일일 텐데?"

뾰로통한 목소리로 아이 파는 대답한다.

바로 코앞이라 아이 파의 표정은 알 수가 없다.

"루와 루티무의 남자들이 해내고 있는데 내가 그 일에 손대지 않는 것은 납득이 가지 않아. 그래서 잡아온 기바로 연습해본 거다. 네가 가죽을 벗기는 모습은 여러 번 구경했으니."

"그럼…… 미리 말이라도 해줬어야지…… 심장이 폭발하는 줄 알았잖아……."

"그러니까, 뭣 때문에 이성을 잃은 거지?"

"……칼은 없고 피 냄새가 나기에, 무슨 나쁜 일이라도 일어난 건 아닌지 불길한 상상을 해버렸단 말이야."

아이 파의 이마에 내 이마를 붙이면서 나는 땅이 꺼져라 한숨을 내쉬었다.

"칼은 여기 있다. 네가 걱정할 필요도 없이 언제 발칙한 놈이 나타날지도 모르니. 그 정도 주의는 당연한 거 아닌가?"

몹시 불쾌하다는 듯한 아이 파의 목소리.

"슨가의 남자가 토막 나 있는 모습이라도 상상한 건가? 그런 비열한 놈들에게 밀려날 내가 아니라고?"

"그건 나도 아는데……."

"……조금은 내 심정을 이해하겠나?"

나는 퍼뜩 놀라서 고개를 들었다.

아이 파는 눈을 다른 곳으로 돌리고 입술을 삐죽거린다.

"너처럼 힘없는 남자를 가족으로 맞아들인 내 마음고생은 그 정도가 아니거든? 이해했으면 너도 그런 얕은 생각은 그만둬."

"……그래."

"그리고 엉뚱한 걱정까지 받은 내가 왜 너한테 혼나야 하지? 손이 많이 가는 일을 맡아준 가장에게 감사의 말도 없나?"

"아니, 그…… 내가 잘못했어."

"사과를 요구한 적은 없어."

"……고마워?"

"흥" 하고 내뱉더니 아이 파는 일어섰다.

삐죽거렸던 입술을 일자로 꾹 다물고 거만한 느낌으로 팔짱을 낀다.

혹시── 내가 눈을 반짝이며 "어떻게 된 거야? 굉장한데!" 하고 펄쩍 뛰며 감탄하는 모습이라도 상상한 걸까? 그런 망상을 하게 할 만큼 아이 파는 어린아이처럼 부루퉁한 표정을 짓고 있었다.

나는 다시 한 번 숨을 내뱉고 나서 큰마음 먹고 일어선다.

그리고 아이 파의 금갈색 머리를 "잘했어, 잘했어" 하고 쓰다듬어주자 명치를 세게 얻어맞았다.

"여기서부터는 자세한 순서를 모르겠어. 배를 가르고 나면 다음은 어떻게 하는 거지?"

숨 쉬는 방법을 잃은 내 뒤통수에 아이 파의 목소리가 쏟아진다.

몇 초간의 산소 결핍 상태를 견디고 나서 나는 다시 몸을 일으켰다.

"아야, 아파라…… 여기서부터라니, 해체까지 다 할 작정이야?"

"루의 남자는 거기까지 다 하잖아?"

무서운 얼굴로 콧등에 주름을 잡는다. 좀 오래간만의 살쾡이 페이스다.

"알겠어. 그럼 가르쳐줄 건데…… 그런데 네가 거기까지 해버리면 내 일이 점점 줄어들잖아? 왠지 아이 파의 부담만 늘어나는 기분인데?"

"무슨 소리. 그럼 네가 역참 마을에 내려가 있는 동안에는 어쩔 거지? 네가 집에 돌아와서 기바를 처리한 다음에 포이탄을 구울 시간이 나겠어? 나는 이제 아무런 조리 과정도 없는 포이탄 국물을 마시는 건 사양하겠다."

흠, 나는 다시 생각한다.

실은 저녁 식사용 포이탄은 아침에 가게에서 낼 것과 같이 구워낼 예정이긴 했지만, 그렇다 해도 내가 혼자 기바를 해체하기에는 너끈히 서너 시간은 걸린다. 많든 적든 저녁 식사 준비에 지장이 생길 것이다.

나보다 아이 파의 생각이 앞서 있다.

아니, 그보다 아이 파는 정말 '가게를 내는' 행위를 우리 두 사람의 일로 생각하고 행동하고 있다.

내 마음속에는 아직 '아이 파를 너무 의지해서는 안 된다'라는 생각이 강하게 남아 있는지도 모른다. 내 가치관에서 그것은 잘

못되지 않았지만—— 이곳은 내 세계가 아니라 숲가다.

내 가치관만 밀어붙이는 것은 잘못되었다.

매달리면 안 되지만 의지는 해야 한다.

그렇게 하지 않으면 올바르게 서로 기쁨을 나눌 수 없을 것이다, 분명.

"알겠어. 아이 파의 말이 더 이치에 맞아. 네가 가죽 벗기기와 해체까지 맡아준다면 그만큼 나는 다른 일을 열심히 할게."

"흥."

"지나치게 믿음직스러운 가장이네. ……너한테 버림받지 않도록 나도 죽을 각오로 노력할게."

"허튼 소리 그만해. 내가 하는 건 어느 집 사냥꾼이라도 하고 있는 일뿐이다."

아직 조금 부루퉁한 느낌의 얼굴로 말하면서 아이 파는 소도를 쑥 뽑아들었다.

"한데 네 일은 너밖에 할 수 없어. 열심히 해서 맛있는 요리를 만들어."

"알고 있어. 그런데——."

역시 아이 파도 아이 파만이 할 수 있는 일을 하고 있다고 생각한다.

오전 중에는 여자의 일을 해내고, 오후가 지나면 사냥꾼의 역할을 한다. 그런 인간은 아마 이 숲가에서도 아이 파밖에 존재하지 않을 테니.

6

"……그래서 여러모로 계산해봤거든."

저녁 식사 후 나는 머릿속에 세운 계획을 아이 파에게 설명했다.

"사용할 식재료는 아리아와 포이탄, 티노와 타라파, 그리고 포이탄에 섞을 기고야. 이익을 생각하면 값이 싼 아리아와 포이탄만으로 범위를 좁혀야겠지만, 그러면 마을 사람들이 선뜻 손대기가 힘들 것 같아서 말이야. 그 부분은 일부러 마을 쪽 감각에 맞추기로 했어."

"음."

"카뮤아도 말했다시피 이건 저녁 식사가 아니라 낮에 먹는 간식이니까 아리아와 포이탄의 필요 섭취량 같은 건 생각할 필요가 없어. 그러니 아리아는 거의 향미 채소로만 사용하고 포이탄도 하나씩만 사용할 거야. 그 대신 타라파와 티노를 사용하니까, 뭐 영양가 면에서는 내가 먹은 고기만두와 별 차이 없을 거야."

"음."

"그리고 한 개당 재료비를 대충 계산해봤더니 대체로 0.65 적동화였어. 아리아와 포이탄 반일분이 0.55 적동화니까, 값이 그리 크게 뛰어오르지도 않아. 그럼 역시 여러 가지 식재료를 써서 맛과 모양새를 향상시키는 편이 좋겠지."

"……음."

"게다가 이건 하루에 10개를 만들었을 때의 재료비라. 이렇게만 하면 타라파가 꽤 많이 남아버려. 하루에 20개를 만든다 해도 타라파의 양은 1.5배면 충분해. 그럼 역시 타라파 값이 가장 비싸니까 하루에 20개를 만들면, 단가는 0.6 적동화 이하까지 떨어뜨릴 수 있어. 이게 하루에 30개, 40개로 늘어날 때마다 재료비는 조금씩 내려가는 거지."

"…………음."

"이것 외의 여러 경비는 말이야. 자릿세와 포장마차 대여료가 열흘에 백동화 두 닢, 이걸 적동화로 환산하면 20닢에 더해 비나 루에게 지불할 대가도 필요해. 이 대가도 의외로 만만치가 않더라고. 하루에 엄니와 뿔 하나씩을 동전으로 환산하면 적 여섯 닢이니까, 열흘 치면 적 60닢이야. 초기 경비와 합하면 적 80닢. 이 시점에서 최소 40개는 팔아치우지 않으면 적자가 된다는 계산이야."

"음."

"그래서 재료비를 가장 비싼 0.65 적동화로 설정해서 계산하면, 열흘에 60개를 팔면 적자가 되지 않는다는 계산이야. 하루에 6개로 생각하면 정말 보잘것없는 목표지. ……그런데 고만큼만 팔아서는 기바 고기의 맛을 역참 마을에 퍼뜨리는 건 불가능하고, 게다가 아무래도 마을 사람들이 기피하는 기바 고기잖아. 처음 며칠은 제대로 안 팔리더라도 꿋꿋이 버티면서 입소문이 퍼지는 걸 기다릴 수밖에 없겠지."

"……아스타."

"가령 첫날이나 둘째 날에는 한두 개밖에 팔지 못하더라도, 마지막 3일 동안 20개씩 완판을 목표로 하면 흑자가 되는 셈이니 그렇게까지 불리한 승부는 아니라고 봐. 요전번에 조사한 대로 거기서 간식을 파는 사람들은 모두 하루에 20개에서 50개를 팔아치운다는 이야기였으니까. 그 최소 개수 정도는 달성하고 싶어."

"아스타. 아스타."

"단, 불리하지 않더라도 도박 같은 요소가 있다는 건 부정할 수 없어. 이건 단순히 맛의 승부가 아니라, 기바와 숲가의 백성에 대한 편견을 어디까지 뒤엎을 수 있을지 그 부분이 초점이니까, 거기서 실패하면 마지막까지 한 개도 팔지 못할 위험성도 있어. 그러니 처음 며칠은 조심스럽게 10개만 마련해서 최대한 재료비를 낮춰야──."

"아스타!"

"응? 왜 그래?"

정신을 차리고 보니 아이 파는 벽에 매달리는 듯한 자세로 고개를 꺾어 내 쪽을 노려보고 있었다.

뭘까. 웬일로 책상다리가 아닌 여자아이처럼 앉은 자세를 하고 있어 정말 귀엽다.

"……너, 뭔가 명확한 의도를 갖고 나를 괴롭힐 작정인가?"

"으응? 무슨 소리야?" 하고 응하면서 나는 "어라?" 하고 고개를 갸우뚱했다.

어두워서 잘 모르겠지만 아이 파가 약간 울상이 된 것 같다.

"네가 무슨 소리를 하는지 하나도 모르겠어! 갈수록 머리가 지끈거리잖아!"

"아, 알아듣기 어려운 내용이었나? 미안, 미안. 그러니까 쉽게 말하면……."

"됐어! 전부 너한테 맡긴다! 골치 아파!"

마치 라라 루를 연상케 하는 발칵 내지르는 대폭발이었다.

감정이 풍부한 아이 파라도 이런 적은 거의 없었다.

"네, 네가 설명하라고 했잖아! 확실히 이건 우리 두 사람의 일이니까 너도 자세한 내용을 파악해두는 편이 좋겠다 싶어서……."

"됐단 말이야! 난 머리가 아프다고!"

말이야?!

말이야, 라고 한 거야, 지금?!

어어어어떻게 된 걸까. 단 루티무의 유아화가 전염된 걸까?

어찌할 바를 몰라 하며 내 눈앞에서 아이 파는 벽에 이마를 붙인 채 질질 무너져 내렸다.

"……머리 아파……."

"으아아, 괜찮아? 저기, 아이 파!"

맥없이 누워버린 아이 파의 몸을 안아 일으킨다.

이마에 손을 짚어보니 어렴풋이 열이 느껴졌다.

"지, 지혜열(젖먹이에게 일어나는 원인 불명의 발열)인가? 아이 파, 괴로워? 물이라도 가져올까?"

"됐어. ……큰 소리 내지 마……."

아이 파는 괴로운 듯 눈썹을 찌푸리고 눈을 꼭 감아버렸다.

"그대로 움직이지 마…… 머리가 아파……."

"아, 알겠어."

무릎 위로 아이 파의 몸을 끌어안은 자세로 나는 가만히 아이 파가 회복되기를 기다린다.

물론 이런 상황에서 나쁜 마음은 생기지 않지만, 이렇게 몸이 바싹 닿은 적은 여태까지 한 번도 없었기 때문에 아이 파의 체온이 내 마음을 어지럽힌다.

"……괜찮아?"

"……조금만 더" 하고 대답하면서 내 티셔츠를 꽉 쥔다.

숲가의 복장에 휩싸인 가슴이 가쁘게 오르내린다.

정말 괴로운 모양이다.

"미안해. 너무 자잘한 부분까지 설명하는 게 아니었어. ……아이 파가 돈 계산을 걱정할 필요는 없어. 나도 기바 사냥 법 같은 건 모르니까, 아이 파도 돈 계산은 나한테 맡겨줘."

아이 파는 대답 없이 내 가슴에 머리를 문질렀다.

아직도 머리가 아픈 걸까.

"실패해도 최대한 피해가 번지지 않도록 대처할게. 아이 파가 목숨 걸고 잡아온 기바의 뿔과 엄니를 하나라도 허비하지 않도록."

"……실패하면 엄니와 뿔을 얼마나 잃게 되지?"

제법 안정을 되찾은 목소리로 아이 파가 묻는다.

나는 조금 안심하며, "마지막의 마지막까지 한 개도 팔지 못한다면 최소한 기바 열두 마리분이야. 정말 엄청나지?" 하고 답했다.

"엄청나군."

"그래, 엄청나지. 거기에서 자릿세와 포장마차 대금은 두 마리분이 좀 안 되고, 나머지는 재료비와 비나 루의 대가가 절반씩이야. 그러니 절감한다면 재료비밖에 없어."

"……음."

"그래도 역참 마을에서는 고기만 들어 있는 단품 요리는 거의 못 봤거든. 새 다리하고 약간의 채소만 구워서 파는 가게도 있었지만, 그건 아무래도 술안주 같아. 승부한다면 제대로 된 간식다운 메뉴로 승부해야 한다고 생각해. ……그저 눈앞의 동전을 벌고 싶을 뿐이라면 그야말로 고기구이나 육포라도 팔면 되지만."

"그러면 의미가 없어. 나와 네가 살아가기 위할 뿐이라면 동전이 궁하지는 않으니."

아이 파는 비어 있는 손으로 목걸이를 좌르륵 올렸다.

그것과 망토 안주머니에 담아둔 것을 합하면 기바 열두 마리분 정도는 여유로 있을 것이다. 식구가 단 두 명이건만 이틀에 한 마리 간격으로 기바를 사냥하다보면 이것이 당연한 결과다.

하지만 그것은 숲에 기바가 늘어나기 시작했다는 증거이며, 그만큼 아이 파가 지금까지 이상으로 자신의 몸을 위험에 노출하고 있다는 증거이기도 하다. 목숨을 걸고 모은 엄니와 뿔을 판돈으로 걸어 아이 파는 역참 마을을 상대로 싸움에 도전하려 하고 있다.

숲가에 풍요로움을 가져다주기 위해── 한때의 파가처럼 고통스러워하는 이름 모를 동포를 위해서.

"나는 가즈란 루티무처럼 높은 뜻을 말할 재주가 없다. ······하나 이 일로 많은 엄니와 뿔을 잃더라도 후회는 없어. 그러니 넌 돈다 루와 대치했을 때처럼, 혼례식 연회를 맡았을 때처럼 네 힘을 최대한 발휘하면 된다. 아스타."

"그래. 파가의 명예를 걸고 사력을 다할게. ······머리 아픈 건 이제 괜찮아? 편해지면 오늘은 일찍 자버릴까?"

"······음" 하고 응하면서 아이 파는 움직일 생각을 않는다.

"아, 그럼······ 바닥에 내려놔줄까?"

"무거우면 내려놓든가."

아니, 무겁더라도 엄청나게 포근한 무거움인데.

내려놓지 않아도 된다면 내려주고 싶지 않은 심정이다.

"······가게는 언제 열지?"

"나흘 후. 사흘 후에 루가에서 다시 물건을 사러 간다니까 그때를 이용해서 가게를 내는 절차를 밟고 올게. 그 전까지는 오늘 선보인 메뉴에 개선할 점이 없는지 시행착오를 겪어볼게.
……그러고 보니 또 '맛있다'는 소감밖에 못 들었는데, 뭐 신경 쓰이는 점은 없었어?"

"없어."

"그렇구나. ……평범한 햄버그하고 어느 게 더 맛있었어?"

"……다 맛있어."

"반드시 어느 한쪽을 골라야 한다면?"

"……너 또다시 내 머리를 못살게 굴 작정인가?"

화난 목소리로 말하면서 아이 파는 내 무릎 위에서 돌아누웠다.

단, 바깥쪽이 아닌 안쪽을 향하는 자세로.

"그걸 맛없다고 지껄인다면 마을 인간은 죄다 혀가 썩은 것이다. 그때는 가게 따위 포기하고 나를 위해서만 요리하도록."

"그건 또 그거대로 행복한 인생이긴 하지만. ……그래도 일단 성공할 수 있도록 있는 힘껏 해볼게."

"음" 하고 고개를 끄덕이더니 아이 파는 그대로 내 가슴에 머리를 묻는다.

"네 기쁨은 내 기쁨이다, 아스타."

"그래."

"그리고 네 성공은── 나의 자랑이다."

마치 내 심장에 속삭이는 듯한 자세로 아이 파는 낮게 읊조렸다.

'……괜찮아.'

아마 가게를 차린 후에도 수많은 문제가 쏟아질 것이다.

그만큼 우리는 무모한 싸움에 나서려 하고 있다.

80년이나 이어져온 숲가의 백성과 기바에 대한 편견의 시선과 차별 감정을 상대로 역참 마을의 상식을 어디까지 뒤집어놓을 수 있을까──.

할 수 있는 만큼 최대한 해보자.

지금의 나에게 가장 중요한 사람들과 그들의 고향을 위해.

나도 그 일원이라고 가슴을 펴고 말할 수 있도록.

어느덧 아이 파는 내 팔 안에서 잠들어버렸다.

'……네가 내 곁에 있어주면 분명 괜찮을 거야.'

그 포근한 무거움과 열을 온몸으로 느끼면서 나는 그렇게 생각했다.

제4장 ★★★ 역참 마을의 기바 고기 음식점

1

출진 준비는 갖추어졌다.

요리를 담은 쇠 냄비에는 커다란 천 뒷면에 방수용으로 고무 나무잎처럼 생긴 잎을 꿰매 붙인 뚜껑을 덮어놓았고, 피바흐 덩굴풀로 엄중히 밀봉해놓았다.

구운 포이탄과 티노와 아리아는 각각 청결한 천으로 감싸서 채소용 자루 속에 넣어놓았다.

휘젓기용인 큼직한 나무 주걱과 나누기용인 작은 나무 주걱, 그리기 나무로 만든 도마와 나무 접시가 두 장, 거기에 산토쿠 식도도 같은 자루에 넣어 꽉 묶었다.

또 하나의 자루에는 넉넉한 장작과 작은 손도끼, 그리고 불붙이기 용도인 라나잎을 넣었다.

거스름돈으로 쓸 적동화와 밀라노 마스에게 지불할 백동화도 이미 허리에 매단 헝겊 주머니에 챙겨놓았다.

완벽하다.

저녁 식사의 뒷정리와 장작 모으기, 향초 채취와 같은 아침의 업무도 빈틈없이 해치웠더니 시각은 새벽과 해가 중천에 뜰 무렵의 딱 중간이다.

이제 비나 루가 도착하기를 기다리기만 하면 된다.

"드디어 시작됐군" 하고 아이 파가 말했다.

"응, 드디어 시작이야" 하고 나는 답한다.

"우선 이 열흘간을 헤쳐나가야 한다."

"그래. 죽을 각오로 노력할 거야."

"열흘 동안이나 이 생활이 계속되겠군."

"열흘 만에 끝나버리면 별로 의미가 없겠지만."

"열흘 동안 루가의 장녀와 한나절을 보내겠군."

"응?"

"뭐, 힘내."

"그럼, 힘낼게!"

"장래의 약속도 있고."

"없어! 그런 거 절대로 없어!"

나는 깜짝 놀라 아이 파를 돌아보았다.

"왜, 왜 이제 와서 그 이야기를 들춰내는 거야? 도와주는 사람이 비나 루로 정해졌을 때도 얼굴빛 하나 변하지 않았으면서!"

아이 파는 새침한 표정인 채 내 어깨에 손을 톡 얹었다.

"당황하지 마. 농담이다."

"아으으……."

"넌 네 일을 완수해. 나는 내 일을 완수한다."

그리고 아이 파는 새침한 표정 그대로 눈동자에 매우 부드러운 빛을 품었다.

"……그리고 네가 무사히 돌아오길 기다릴게."

◇

정해진 시간대로 나타난 비나 루와 함께 그리기 막대를 이용해 쇠 냄비를 들고 공포의 협곡을 넘어 우리는 역참 마을에 도착했다.

우선《키뮤스의 꼬리정》부터 가야 한다.

가게 주인 밀라노 마스의 안내로 여관 뒤편으로 돌아가, 이제부터 열흘간 고락을 함께할 포장마차와 대면한다.

바퀴가 달린 이동식 포장마차다.

높이는 2미터, 가로 폭은 1.5미터. 깊이는 80센티미터 정도. 뼈대는 당연히 목제이며 머리 위로는 가죽으로 된 비가림막이 씌워져 있다. 정면과 측면에는 배꼽 높이까지 올라온 널빤지 벽이 있고, 뒤쪽 벽은 여닫이문으로 되어 있다.

문을 열면 안에는 아무것도 없고 벽 뒤쪽에는 찰흙이 꼼꼼히 발라져 있었다.

그리고 그 안에 자리 잡고 있는 것은 풍로처럼 생긴 바닥이 깊은 용기다.

그 용기 속에 불을 지펴서 쇠 냄비를 데우는 것이다.

둥글게 구멍이 뚫린 상판에 냄비를 세팅하면 윗부분의 틈새가 딱 메워진다.

연기는 오른쪽 발치에 통기구가 뚫려 있는데 그곳을 통해 내보내는 구조로 되어 있다.

상당히 단순한 구조다.

단순해서 곤란할 것은 없다.

"······부디 더럽히거나 망가뜨리지 말고 쓰도록."

아침부터 무뚝뚝한 밀라노 마스에게 나는 "네" 하고 붙임성 있게 응했다.

비나 루는 모르는 척 다른 쪽을 보고 있다.

"좋아. 그럼 따라오게."

밀라노 마스의 뒤를 따라 길거리로 나간다.

오전 중에 역참 마을을 찾아온 것은 처음인데, 거리는 오후에 비해 3할 정도로 한산했다.

그럼에도 나와 비나 루가 데굴거리며 포장마차를 밀고 가자 수많은 시선이 날아든다. 왜 숲가의 백성이 포장마차를 밀고 가냐는 식의, 온통 곤혹과 놀라움과 의심의 시선뿐이었다.

황갈색 피부를 지닌 사람들.

상아색 피부를 지닌 사람들.

검은 피부를 지닌 사람들.

하얀 피부를 지닌 사람들.

참으로 다양한 피부색을 지닌 사람들이 모두 똑같이 우리를 쳐다보고 있다.

숲가의 복장을 걸친 이국인인 나와 숲가의 백성이자 성적 매력의 화신인 비나 루의 황금 콤비다. 그런 두 사람이 영차, 영차 포장마차를 밀고 있으니 그것을 무시할 수 있는 사람은 한 명도 없었을지도 모른다.

"싫어라…… 어쩐지 평소보다 더 주목받는 것 같아……."

"괜찮아요. 선전 효과도 확실하잖아요."

이것으로 적어도 '숲가의 백성이 가게를 차린 모양이다'라는 소문이 역참 마을 구석구석 전달될 것이다. 반 놀림조라도 좋고, 무서운 것을 보고 싶은 마음이라도 좋으니 한 명이라도 더 많은 사람이 모여주기를 바랄 뿐이다.

여관 구역을 벗어나 노점 구역에 도착하자 벌써 대부분의 가게가 장사를 시작하고 있었다.

그 사람들과 통행인이 하나가 되어 시선을 던져온다.

아무렇지도 않은 표정으로 지나가는 것은 공조 토토스 정도였다.

"여어. 정말 시작하는구나."

도중에 누군가 말을 걸어왔다. 채소 가게의 돌라 아저씨다.

"네. 우선 열흘 동안 잘 부탁드립니다."

밀라노 마스가 걸음을 멈춰주지 않았기 때문에 나는 포장마차를 밀면서 머리를 숙여 보였다.

아저씨의 제법 긴장이 풀린 미소로 배웅을 받으며 더 북쪽으로 향한다.

그렇게 안내된 곳은 그야말로 노점 구역의 끝이었다.

노점을 위해 가도 양옆으로 숲을 깎아 길을 터놓은 그 공간의 최북단이다.

위치는 북향으로 서서 오른쪽이다.

앞으로 두세 군데 노점을 더 내면 잡목림에 부딪힌다. 하긴, 그렇게 되면 숲을 더 깎아 길을 만들겠지만, 아무튼 현 단계에서는 노점 구역의 끝 중의 끝이다.

사람들의 왕래는 상당히 적다.

가도를 낀 맞은편 공간은 무인이다.

이웃은 뭔가 수상한 장식품을 천 위에 펼쳐놓고 있는 노인으로, 우리 모습을 보더니 어린아이처럼 입을 떡 벌렸다.

"규정은 어제 설명한 대로다. 소리 높여 손님을 부르지 않을 것, 그 용기 밖에서는 불을 피우지 않을 것, 이 두 가지는 특히 엄중히 지켜주게. ……그리고 그런 짓을 하는 녀석을 발견하면 내게 꼭 알려줄 것."

"알겠습니다. 여러모로 감사했습니다."

"흥. ……이제 간판이 남았군. 이봐, 간판에는 뭐라고 쓰면 되지?"

"네? 간판이요?"

그러고 보니 포장마차에는 간판이 걸려 있었지만 오른쪽 하단에 《키뮤스의 꼬리정》의 기호인지 상형문자 같은 것이 새겨져 있을 뿐, 다른 데는 아무것도 쓰여 있지 않았다.

"간판에 아무것도 쓰여 있지 않으면, 뭘 파는지도 모르잖은가? 뭐라고 쓰면 되지?"

말하면서 밀라노 마스는 허리에 늘어뜨렸던 작은 가죽 주머니를 손에 들고 주둥이의 끈을 풀기 시작했다.

안에 든 것은 걸쭉한 녹색 액체로, 작은 붓 같은 막대가 박혀 있다. 코를 쿡 찌르는 냄새인데 약간 풀 냄새 같기도 하다. 식물에서 추출한 도료일지도 모른다.

"그럼 역시…… 『기바』로 할까요?"

"……그것밖에 없겠군" 하고 숨을 내뱉고 밀라노 마스는 그 붓과 도료로 큼직큼직하게 기호를 쓰기 시작했다.

타원형과 곡선을 조합한 기호인데, 왠지 위쪽으로 뻗은 네 개의 선의 둥그스름한 모양이 기바의 뿔과 엄니로 보이는 듯하다.

"아아, 기바 느낌도 나고 좋네요."

"……포장마차는 반드시 매일 가게로 가져와야 한다. 어디 부서진 곳은 없는지 확인할 테니."

"네. 해지기 전보다 더 일찍 철수할 예정이거든요."

마지막에 다시 "흥" 하고 내뱉고 나서 밀라노 마스는 가버렸다.

옆자리 노인은 여전히 멍한 눈으로 우리를 바라보고 있다.

"자. 그럼 준비 작업을 시작할까요?"

나는 비나 루의 손을 빌려 우선 쇠 냄비를 밀봉하고 있었던 덩굴풀을 풀기로 했다.

그렇게 천과 고무나무잎처럼 생긴 잎으로 된 뚜껑을 벗겨내자 비나 루는 "우와……" 하고 흐뭇하다는 듯 탄성을 질렀다.

"타라파 냄새가 나는 줄은 알았는데…… 이건 스튜야……?"

"아뇨, 아뇨. 시간도 재료비도 그렇게 많이 들일 수가 없거든요. 이건 그냥 타라파 소스예요."

그럼에도 타라파를 통째로 두 개나 사용했기 때문에 거대한 쇠 냄비의 6할 높이까지 새빨간 소스가 출렁이고 있다.

토마토처럼 시큼한 타라파를 잘게 썬 아리아와 과실주와 함께 끓여준 다음 소금과 피코잎으로 간을 맞춘 특제 타라파 소스다.

"그럼 불을 지필게요. 비나 루는 그쪽 자루를 열어줄래요?"

"네에" 하고 대답한 비나 루를 곁눈으로 확인하며 나는 라나 잎으로 풍로처럼 생긴 용기 속에 불을 지핀다.

용기는 차갑게 식어 있었기 때문에 우선 불을 활활 지폈다.

이 풍로 같은 용기의 크기와 불 지피는 구멍에서 냄비까지의 거리를 생각하면 그 연회에서 사용한 간이식 아궁이보다 화력은 더 떨어질 테니, 냄비 전체에 열이 돌 때까지는 여하튼 센 불로 공격하는 수밖에 없다.

장작을 힘닿는 대로 최대한 많이 가져왔지만 아마 이거로는 마지막까지 버티지 못할 것이다. 그 경우에는 뒤쪽의 잡목림에서 장작을 조달하게 된다. 그 때문에 손도끼도 챙겨왔다.

영업시간은 약 다섯 시간 남짓을 예상하고 있었다.

집을 출발한 때가 새벽과 해가 중천에 뜰 무렵의 중간이었고, 집으로 돌아가는 때는 중천과 일몰의 중간쯤. 거기에서 이동에 필요한 두 시간을 뺀 시간 만큼이다.

내 체내시계에 따르면 새벽이 여섯 시이고, 해가 중천에 뜰 무렵이 열두 시, 일몰이 일곱 시이기 때문에 개점은 오전 열 시, 폐점은 오후 세 시 반이라는 감각이다.

"으응…… 새삼스럽지만 어쩐지 신기한 느낌이야…… 설마 내가 역참 마을에서 물건을 파는 입장이 되다니 난 꿈에도 몰랐지 뭐야……."

"그건 나도 동감이지만 뭐, 숲가에서 지내온 세월이 다르니까 비나 루는 더 그런 생각이 들겠네요."

혹시 돈다 루는 비나 루가 숲가 밖의 생활을 동경한다는 것을 알고서 그녀를 내 조수로 임명한 걸까?

아니, 그런 심정을 알았다면 되레 밖으로 내보내고 싶지 않을 것이다.

하지만 어쨌든 오늘도 비나 루의 표정은 밝고, 예전에 역참 마을의 동행을 부탁했을 때보다 한층 천진난만하게 들뜬 것처럼 보였다.

"그런데 정말 팔릴까…… 이쪽은 사람도 꽤 적지 않아……?"

"그야 뭐, 역참 마을의 끝자락이니까요."

북쪽에서 와서 역참 마을로 들어가는 사람, 그리고 역참 마을을 나와 북쪽 끝으로 향하는 사람. 그런 사람들이 드문드문 오가는 모습이 보일 정도이지 물건을 살 목적으로 온 사람은 거의 보이지 않는다.

"뭐, 첫날이니 부담 갖지 말고 힘내자고요. 오늘과 내일 정도는 얼굴 도장을 찍는 셈이니까요."

숲가의 백성이 기바 고기 요리를 팔고 있으니 소문이 나지 않을 리가 없다. 머지않아 몇 명이 호기심에 못 이겨 가게를 엿보러 올 것이다. 일단 그때가 첫 생명선이다.

보글보글하고 타라파 소스가 귀여운 소리를 내기 시작하여 나는 비나 루로부터 건네받은 나무 주걱으로 소스를 휘저었다.

"비나 루. 나중에 이 휘젓기를 대신해줬으면 하는데요, 냄비 속에는 햄버그가 많이 가라앉아 있으니 찌부러뜨리지 않도록 조심해서 저어주세요."

"알겠어. ……그건 그렇고 좋은 냄새네…… 시간이 이런데 배가 고플 것만 같아……."

"아, 혹시 먹을 수 있을 것 같으면 나중에 하나 시식해봐요."

내 말에 비나 루가 눈동자를 빛낸다.

"그래도 돼? ……이건 파는 건데도……?"

"아니, 자신이 파는 음식의 맛 정도는 알아둬야 하니까요. 당연히 그만큼 넉넉히 만들어왔죠."

포장마차 곁에 쭈그려 앉아 자루 속을 뒤적이던 비나 루가 일어서더니 내 곁으로 샤샤샥 소리 없이 다가온다.

몹시 불길한 예감이 들었지만 비나 루는 내 허리 가리개 옷자락을 꽉 붙잡을 뿐이었다.

"기뻐…… 고마워, 아스타……."

"아, 아뇨. 이것도 일인데요, 뭐."

연회 준비 때도 그랬지만, 역시 이 비나 루도 자신의 일에 집중하는 동안은 발칙한 행동을 하고 싶은 마음이 들지 않는 모양이다. 그 점은 역시 숲가의 백성답다.

그렇다면—— 일의 파트너로서 잘 해나갈 수 있을지도 모르겠다.

"좋아. 그럭저럭 데워진 것 같네. 그럼 휘젓기를 부탁해요."

냄비 오른쪽에 설치해둔 작업대 위에 검은 그리기로 된 도마를 깔고 티노와 아리아, 그리고 나무 접시와 산토쿠 식도를 놓는다.

티노는 장미처럼 잎이 풍성하게 겹친 양상추 같은 채소다.

단, 식감은 양배추에 가까워서 나는 큼직한 티노잎을 한 장 뜯어서 채썰기로 썰어주었다.

양파 같은 아리아는 공들여서 얇게 슬라이스 한다.

두 가지를 다 자른 다음에는 나무 접시에 옮겨 담아 대강 섞어둔다.

그리고 헝겊 꾸러미에서 꺼낸 구운 포이탄도 작업대 위에 펼쳐놓으면 이제 준비 완료다.

"어려운 건 전혀 없으니까 비나 루도 만드는 법을 익혀두세요."

"어머나…… 꽤 작은 포이탄이네……."

"네. 포이탄을 절반만 사용해서 한 장으로 구워냈거든요."

평소 루가에서도 포이탄 두 개로 한 장을 구워냈기 때문에 직경 30센티미터 정도의 크기였을 것이다.

그 4분의 1 정도의 양밖에 쓰지 않은 이 구운 포이탄은 기껏해야 직경 14, 15센티미터 크기다.

기고를 섞었기 때문에 전보다 풍성하게 구워져 두께는 1.5센티미터 정도. 크림색을 띤 잉글리시 머핀처럼 귀엽게 생겼다.

"요 작은 포이탄 위에 티노와 아리아를 듬뿍 깔아줍니다. 기준은 포이탄보다 약간 얇은 정도로요. 그다음엔 그 위에 햄버그를 올리는 거예요."

말하면서 내가 평평한 주걱으로 냄비 속 햄버그를 건져 올리자 비나 루는 또 "어머나……" 하고 탄성을 질렀다.

평소에는 타원형이었던 햄버그가 예쁘고 동그란 모양을 하고 있어서일 것이다.

무게는 눈어림으로 180그램.

크기는 직경 12센티미터 정도, 두께는 3센티미터 정도.

새빨간 타라파 소스에 흠뻑 젖은 그것을 채 썬 티노 위에 올려주고 그 위에 새 포이탄을 씌운다.

이로써 우리 가게의 상품 『기바 버거』가 완성되었다.

"간단하죠? 자, 해보세요."

비나 루로부터 휘젓기용 나무 주걱을 받아 든 대신 『기바 버거』를 내밀어 보인다.

"……왠지…….

"네?"

"왠지 굉장히 맛있어 보여…….

"맛있어요. 나는 아주 좋아해요."

"⋯⋯저녁 식사는 아니니까 기도의 말은 올리지 않아도 될까⋯⋯?"

"괜찮지 않을까요? 난 잘 모르겠지만요."

어쩐지 비나 루는 먹기가 아깝다는 듯 잠시 우물쭈물 서 있기만 했다.

그러나 이윽고 결심한 듯 육감적인 입술을 벌려── 덥석 『기바 버거』를 베어 먹었다.

"흘리지 않도록 조심해야 해요? 세우지 말고 가로로 쥐는 편이 나을 거예요."

고개를 끄덕이면서 덥석덥석 먹어치운다.

이미 아이 파와의 시식회에서 판명된 것이지만, 숲가의 여자가 양손에 햄버거를 쥐고 볼 한가득 맛있게 먹는 모습은 참으로 귀여웠다.

평소 털털한 척하는 아이 파의 귀여움도 굉장했지만, 어른스러운 매력덩어리인 비나 루도 음, 뭐랄까. 굉장하다는 점은 뒤지지 않을 것이다.

이윽고 시식을 마친 비나 루는 다시 잠깐 고개를 숙이면서 내 허리 가리개를 꽉 붙잡았다.

"⋯⋯맛있어⋯⋯."

"그, 그래요? 다행이네요!"

어쩌면 비나 루는 추파를 던지거나 몸을 비비 꼬는 것보다 다소 천진하게 행동하는 편이 그녀의 매력을 더 증가시켜주지 않을까.

뭐, 내가 그런 걸 분석해봤자 이득을 보는 사람도 없다.

"어때요? 팔릴 것 같아요?"

"그건 모르겠지만…… 이걸 맛있지 않다고 하면 마을 사람들은 기바 고기를 먹을 자격이 없겠지……."

아이 파와 같은 소감이다.

하지만 나는 그렇게까지는 생각하지 않는다.

'냄새나고 질기다'라는 기바 고기의 나쁜 이미지를 불식하기 위해 『기바 버거』를 첫 무기로 선택한 나이지만, 이것은 이른바 변화구다.

햄버거와 비슷한 요리가 이 마을에 존재하지 않는다면 놀라는 것도 당연하겠지만, 기바 고기의 진정한 맛있음을 알리기 위해서는 역시 스테이크나 고기구이와 같은 단순한 요리의 힘도 필요하다고 생각한다.

거기다 햄버그는 패티 만들기에 시간이 걸리는 데다, 이 쇠 냄비 크기로는 기껏해야 20개 정도밖에 집어넣을 수가 없다. 구운 패티를 별도 용기로 운반하고 줄어든 소스는 현지에서 조리하면 어떻게든 40개까지는 대응할 수 있다는 계산은 서 있지만, 어디까지나 이것은 역참 마을을 공략하기 위한 첫 번째 투구(投球)에 불과하다.

아무리 간식이라도 햄버거라는 발상은 몹시 안이할지도 모르지만, 키뮤스 고기만두를 필두로 이 역참 마을의 간식은 고기와 채소와 탄수화물의 생지를 조합한 것이 주류인 모양이라 그 기풍에는 따랐다고 생각한다.

또한 고기만두와 소금절이 고기의 조림과 같은 요리로 짐작하건데, 역참 마을 사람들은 돈다 루처럼 부드러운 고기를 기피할 염려도 없어 보였고, 손에 쥐고 먹을 수 있다는 점도 간식에는 적합하다.

그리고 타라파는 향이 몹시 강하다. 적극적인 호객 행위가 금지되어 있다면 이 '향기'라는 것은 보통 때보다 훨씬 더 중요해진다. 향미 채소인 아리아와 과실주와 함께 끓인 타라파 소스의 향기는 길가는 사람들의 식욕 중추를 강하게 자극해줄 것이다.

『기바 버거』로 어느 정도 좋은 평판을 얻는 데 성공한다면 나는 메뉴의 단계를 강화── 혹은 단순한 메뉴로 바꾸어서 차곡차곡 단계를 밟아가며 기바 고기의 맛을 전파해나갈 계획이었다.

우선 앞으로 열흘 동안 어느 단계까지 진행할 수 있을지가 관건이다.

개인적으로는 마지막 날까지 하루에 20개에서 30개 정도를 팔아치우고, 다음 열흘간 새 메뉴를 선보이면 썩 훌륭하다는 생각이다.

오늘은 재료비 절약을 위해 겨우 10개밖에 준비하지 않았지만, 첫날에 이것이 다 팔리는 상황이 오면 그야말로 만만세라고 할 수 있다.

"좋아, 그럼 슬슬 전투를 개시해볼까요!"

내가 선언한 그 순간.

톡하고 뭔가가 가죽 지붕을 두드리는 소리가 났다.

그리고 별안간 찾아온 하늘이 쪼개진 듯한 비.

"꺄아" 하고 긴박감 없는 비명을 지르면서도 비나 루가 재빨리 재료를 넣어두는 자루를 지붕 밑으로 옮겨주었다.

숲가에서도 익숙한 스콜 같은 소나기다.

하긴, 도보로 한 시간쯤 되는 거리밖에 떨어져 있지 않으니 이 부근도 같은 기상 조건일 것이다.

하지만——.

비가 오기 시작했을 때와 마찬가지로 느닷없이 스콜이 딱 그친 후에는 드문드문 거리를 걸었던 사람들조차 우리 눈앞에서 연기처럼 흔적도 없이 사라진 것이었다.

2

"흠! 과연!"이라고밖에 할 말이 없었다.

물론 이런 게릴라성 호우는 마을 주민들에게도 익숙한 현상이었을 것이다. 비가 내리자마자 사람들은 황급히 거리를 빠져나가거나 혹은 가까운 나무 밑에라도 들어가 피해를 최소한으로 막았으리라 생각한다.

옆자리에서 장식물을 팔고 있던 노인이 천 위에 진열된 상품을 잽싸게 천째 메고 뒤에 있는 숲 속으로 뛰어드는 솜씨는 참으로 훌륭했다.

비가 그치자, 다들 아이고, 웬 비람, 하고 다시 길거리에 모습을 드러낸 모양이지만── 이 최북단에서는 사람의 왕래가 눈에 띄게 끊어져버렸다.

포장마차에서 봤을 때 왼쪽인 남쪽을 쳐다보니, 아까까지와 별 차이 없이 많은 사람들로 다시 북적거리고 있었다.

그러나 물건을 사러 온 사람이 적었던 이 부근은 모두 어디론가 달아나버려 새 우는 소리가 들릴 정도였다.

"……완전히 사람이 없어져버렸네……?"

"이건 글자 그대로 천재지변이니까 어쩔 수 없네요. 진짜 승부는 해가 중천에 뜰 무렵부터 그 이후였기 때문에 지금은 푹 쉬면서 기력을 보충하도록 하죠."

비나 루의 재빠른 움직임 덕분에 장작이 젖는 일도 없었다. 냄비에도 빗물은 섞여 들어가지 않았다. 치명적인 사고가 발생한 것도 아니기에 대범하게 행동하는 것도 방법일 것이다.

"……중천을 지나 사람이 늘 때까지 계속 서 있기만 하는 거야……?"

"네. 기다리는 것도 일이거든요."

"……왠지 이것만으로 대가를 받다니 미안한 마음이 드네……."

"그렇지 않아요. 짐 들어주는 일은 물론, 냄비 휘젓기와 장작

보충까지 제아무리 애써도 혼자서는 감당하지 못할 일인걸요. 이제부터예요, 이제부터."

그렇다고는 하나 해가 중천에 뜨려면 아직 두 시간은 더 걸릴 것이다.

그사이 불 당번밖에 할 일이 없다는 것도 허무하기 짝이 없다.

이틈에 장작을 확보해두는 것도 하나의 방법일지 모르지만, 비가 내린 직후라 어쩐지 마음이 내키지 않는다. 앞으로 한두 시간만 지나면 땅에 떨어진 축축한 나뭇가지도 마를 테니 채취하려면 그 후가 좋겠다는 생각이 든다.

요컨대 할 일이 없다.

"으음…… 잡담이라도 할까요?"

"그러네……."

"비나 루는 가족 중에 누구와 친해요?"

"……그 이야기, 재미있어……?"

"나한테는 재미있거든요."

비나 루는 작게 한숨을 내쉬더니 밤색 머리끝을 만지작거린다.

"가장 이야기가 활기를 띠는 사람은 역시 리미와 루도인가…… 그리고 함께 있어 즐거운 사람은 다루무구나……."

"아, 다루무 루요?"

"응…… 과묵하고 툭하면 화내는 구석도 있지만…… 화나면 화난 대로 그것도 귀엽거든……."

"자, 잠깐만요. 그러고 보니 비나 루 쪽이 누나였나요?"

233

"맞아. 한 살밖에 차이나지 않지만……."

그러고 보니 나는 남자와 여자로 뚜렷이 나눠서 생각했기 때문에 남녀 중에서는 누가 나이가 많고 적은지 생각해본 적이 없었다.

그래도 뭐, 애매했던 건 비나 루와 다루무 루의 순서 정도였나.

다루무 루는 비나 루보다 한 살 적은 열아홉 살이라고 머릿속에 입력해둔다.

"참고로 지자 루는 몇 살이에요?"

"지자 오빠는 스물셋이 된 참이야……."

"오오, 의외로 젊네요! 그리고 리미 루는 여덟 살이었죠? 그러면…… 열다섯 차이구나! 나이 차이가 상당한데요!"

"그런가? ……하긴, 열다섯에 부모가 되는 사람도 있으니 그런 의미에서는 부모와 아이 정도의 나이 차구나……."

그리고 비나 루는 거의 야심 없는 곁눈질로 나를 바라보았다.

"있지…… 정말 이 이야기가 재미있어……?"

나한테는 꽤 재미있다.

혹시 하루의 대부분을 일에 쫓기는 숲가의 백성에게는 무료함을 주체 못하는 것이 상당한 고행이라도 되는 걸까.

"……나는 아스타의 이야기가 듣고 싶은걸……."

"네? 나야말로 재미있는 이야깃거리가 없는데요?"

"……아스타가 태어난 나라의 이야기가 듣고 싶어……."

나는 잠시 입을 다물고 타라파 소스의 붉은 색채를 바라보고 나서 말했다.

"미안해요. 나는 고향 이야기는 별로 하고 싶지 않아요. ……
마음이 좀 무거워지거든요."

"어머나, 어째서……?"

"……내가 갑자기 없어지는 바람에, 아버지가 무사히 잘 지내
고 있는지 걱정이에요."

짧은 침묵 후 비나 루는 "미안해……" 하고 작게 중얼거렸다.

생각지도 못한 암울한 분위기다.

그 순간──.

"아스타 오빠!" 하는 활기찬 목소리와 함께 작은 구세주가 가
도의 물웅덩이를 점프하며 달려왔다.

탈라다.

"진짜로 가게를 차렸구나! 굉장해!" 하고 포장마차 받침대에
손을 짚고 내 얼굴을 올려다본다.

그러고 나서 옆에 기다리고 있는 비나 루에게도 탈라는 약간
머뭇거리며 웃어 보였다.

비나 루도 덩달아 입가에 미소를 짓는다.

"타라파의 좋은 냄새! 그거 기바 고기 요리야?"

"맞아. 탈라의 입에 맞을지 모르겠네?"

"먹어보고 싶어! 하나 줘!"

"아, 그런데 이건 어른용 크기라서 하나에 적동화 두 닢이거든."

"그렇구나. 그럼, 그럼 아빠한테 동전을 받아올게!"

"아, 잠깐 기다려! 입에 맞지 않으면 큰일이니 맛을 먼저 봐. ……비나 루, 그쪽 자루에 나무 접시가 한 장 더 들어 있는데 좀 꺼내줄래요?"

그렇게 말하면서 나는 냄비 속을 탐색했다.

시식을 위한 미니 햄버그다.

상품인 패티보다 한결 작은 그것을 냄비 속에서 절반으로 잘라 한쪽만 나무 접시에 담는다.

그걸 다시 삼등분하여, 비밀 병기인 그리기의 잔가지를 깎은 후 말려서 만든 이쑤시개를 하나만 꽂는다.

"자, 여기."

나무 접시를 내밀어 보이자 탈라는 어리둥절한 표정이었다.

"……그럼 동전은?"

"내가 살던 나라에서는 사기 전에 이렇게 맛을 보게 해서 파는 방법도 있었거든. 노점 구역 책임자인 여관 아저씨한테도 양해는 구했으니 사양 말고 먹어."

"그렇구나. ……고마워! 감사히 먹겠습니다!"

그렇게 탈라는 겁내는 기색도 없이 이쑤시개를 손에 쥐고 작은 햄버그 조각을 입 속에 넣었다.

"……어때?"

나로서는 긴장되는 순간이다.

숲가의 백성은 대부분이 간을 한 내 요리를 극찬해주었다.

하지만 조리의 개념이 나름대로 널리 보급되어 있을 이곳 돌의 도시의 역참 마을에서 내가 요리한 맛과 조리 기술이 통용될지 어떨지—— 여전히 정체를 알 수 없는 카뮤아 요슈를 제외하면 지금이 첫 판결의 순간이다.

탈라는——.

이쑤시개를 입에 문 채 얼음처럼 굳어버렸다.

놀라움에 휘둥그레진 눈이 가만히 내 얼굴을 쳐다본다.

"이거 뭐야……."

탈라의 입에서 멍한 목소리가 새어 나왔다.

이윽고.

황갈색의 조그만 얼굴에서 기쁨의 빛을 폭발한다.

"맛있어! 굉장히 맛있어, 아스타 오빠!"

나는 그대로 맥없이 쓰러질 것만 같았다.

심장에 나쁘다.

하지만 뭐…… 이것으로 드디어 첫 번째 관문 돌파다.

"굉장해, 정말 굉장해! 더 먹고 싶어! 아빠한테 동전 받아올게!"

"아, 잠깐 기다려! 괜찮으면 돌라 아저씨도 먼저 맛을 봐주셨으면 하는데. 그 편이 안심하고 동전을 받을 수 있으니까. …… 으음, 그 나무 바늘은 몇 개 없으니까 또 그걸 써주면 안 될까?"

"좋아!" 하고 고개를 힘차게 끄덕이더니 탈라는 새 조각을 이쑤시개로 푹 찌른 다음, 그것을 성화(聖火)처럼 높이 올린 채 아버지 곁으로 찰박찰박 달려갔다.

돌라 아저씨의 가게는 여기에서 그럭저럭 가죽 지붕이 보이는 위치에 있다.

"……아스타, 다행이야, 그치……?"

"네! 정말 다행이에요! ……아아아, 이것으로 희망의 빛이 꽤 밝아졌어요! 이 맛으로 싸울 수 있다면 이제 얼마나 먹어주느냐 하는 것만 남았어요!"

"그게 가장 어려워 보이는걸……?"

"괜찮아요! 그걸 위한 시식품이니까요! 사람의 왕래가 늘어나면 남쪽이나 동쪽 사람들을 중심으로 이걸 마구마구 나눠주자고요!"

그렇다고는 해도 시식용 미니 햄버그는 두 개밖에 굽지 않았다. 작게 나누는 것은 여섯 개가 한도이기 때문에 다 해봐야 열두 명분이다.

하지만 팔림새가 별로 좋지 않다면 상품용 패티도 시식으로 돌릴 작정이다. 어쨌든 지금은 기바 고기의 맛을 한 명이라도 더 많은 사람에게 알리는 것이 중요하기 때문이다. 뭣하면 오늘은 시식 제공만으로 끝나도 후회가 없다는 심정이다.

"아스타…… 나는 별로 내가 먼저 마을 사람에게 말을 걸고 싶지는 않은데……."

"응? 아아, 그 부분은 내가 맡을게요! 비나 루는 그사이 불 당번을 해주면 돼요."

"아니야. 그것도 대가에 들어 있으니까…… 처음에는 잘 못하더라도 화내면 안 돼······?"

역시 자신의 일에 대해서는 성실한 숲가의 백성이다.

여전히 지나다니는 사람은 없지만 나는 차츰 마음이 고양되는 것을 느꼈다.

그러는 사이 탈라가 다시 찰박찰박 달려온다.

"아빠도 맛있대! 이게 뭐냐, 하면서 깜짝 놀랐어!"

그리고 동전을 내게 내민다.

갈색의 칙칙한 적동화가── 네 닢?

"두 개 줘! 탈라가 먹을 거랑 아빠 거!"

솔직히 말해 울고 싶은 기분이었다.

분명히 나는 축하연의 일로 어마어마한 대가를 손에 넣었지만, 손님이 눈앞에서 내 요리를 맛있다고 말해주고 또 대가를 지불하려 하고 있다── 이것으로 눈물샘이 자극되지 않을 리가 없지 않은가.

하지만 여기서 울어버리면 사나이 체면이 말이 아니기에 나는 "고마워!" 하고 응하면서 티노와 아리아를 잘게 썰기로 했다.

포이탄 위에 그것을 올리고 타라파 소스가 듬뿍 묻은 패티를 포개어 마지막에 다시 포이탄을 씌운다.

"자, 다 됐어! ······흘리기 쉬우니까 이렇게 가로로 해서 먹어야 해?"

"응! 고마워! 굉장히 맛있을 것 같아!"

고마워는 내가 할 말이다.

나는 탈라에게 상품을 건네고 그리고 동전을 받았다.

적동화 네 닢.

우리 가게의 첫 매출이다.

"……나에게 줄 대가를 버는 데도 하나 더 팔아야 한다는 거네? 이렇게 해서 정말 장사가 되겠어……?"

"되고말고요! 뭐, 아는 사이라서 사준 것도 있겠지만, 첫 손님이 제노스의 현지인들이라는 건 엄청나게 희망적이잖아요."

"그럴까. ……아, 아스타……" 하고 다시 허리 가리개의 옷자락을 잡아당긴다.

보니, 북쪽에서 걸어온 여행복 차림의 인물이 달려가는 탈라의 뒷모습과 우리 포장마차를 의아한 눈초리로 번갈아 보고 있었다.

가죽 망토에 달린 모자를 푹 눌러쓰고 있지만, 슬쩍 엿보이는 얼굴 피부색이 검다.

동쪽 왕국 시무의 백성이다.

판매할 기회일지 모른다는 생각에 나는 나무 접시에 손을 뻗었다.

그러나 그보다 빨리 그 인물은 성큼성큼 포장마차 쪽으로 다가왔다.

다가오면서 빗방울이 살짝 맺힌 가죽 모자를 뒤로 젖힌다.

검은 머리에 검은 눈동자, 피부색까지 어둠처럼 검은 시무인이다.

다만, 내가 아는 세계의 사람들과는 다소 분위기가 다르다. 기름한 눈은 위로 쭉 올라가 있고 콧대가 가늘고 입술이 얇다. 동양인에 가까운 생김새에 상당한 장신이지만 골격이 제법 가늘다.

긴 흑발을 목 뒤로 묶고 있고, 목과 손목에는 고운 색조의 돌을 엮은 장신구를 차고 있다. 연령은 가늠하기 힘들지만, 젊은이라고 해도 좋을 나이일 것이다.

그 동쪽 왕국의 젊은이가 포장마차 바로 앞에서 멈추더니 다시 의아한 눈초리로 간판의 글자를 쳐다보았다.

그러고는 냄비 속을 가리키며 "기바?" 하고 묻는다.

"네. 기바 고기 요리입니다. 괜찮으시면 시험 삼아 이쪽에서 맛을 확인해보세요."

그렇게 말하고 나는 나무 접시에 남은 마지막 조각에 새 이쑤시개를 꽂았지만, 젊은이는 의아하다는 듯 고개를 갸웃거릴 뿐이었다.

그때 "아스타……" 하고 비나 루가 내게 속삭인다.

"이 시무인은 혹시 서쪽 말을 잘 모르는 거 아닐까……?"

"엇! 사대왕국은 나라마다 말이 달라요?"

"말이 다른 건 동쪽과 북쪽뿐이야…… 아스타는 그런 것도 몰라……?"

정말이지 전혀 몰랐다.

그럼 내가 동쪽이나 북쪽 왕국에서 각성했더라면 말이 전혀 통하지 않았을까? 아니면 신의 보이지 않는 손인지 뭔지에 의해 그런 불편함도 보완되었을까?

그런 걸 고민하고 있을 때도 아니고 고민해봤자 결론도 얻을 수 없다. 지금은 어쨌든 모처럼 흥미를 가져준 이 양반에게 어떻게 하면 시식품을 먹게 할 것인가가 중요하다.

"아스타, 나무 접시에 새로운 고기를 담아줄래⋯⋯? 그리고 그 나무 바늘도 하나 줘⋯⋯."

"네? 아아, 네."

나는 냄비 바닥에 가라앉아 있던 미니 햄버그 반쪽을 건져 올려 나무 접시 위에 올려놓고 다시 삼등분을 했다.

비나 루가 고개를 끄덕이고 포장마차 뒤로 나가 젊은이 곁으로 돌아간다.

약간 경계하는 표정으로 뒤로 물러나는 젊은이에게 미소를 지어가며 비나 루는 우아한 손놀림으로 시식품 하나를 입에 넣었다.

그리고 나무 접시를 젊은이 쪽으로 슬쩍 내민다.

젊은이는 나무 접시 위로 손을 얹었다.

그러고는 살피듯 비나 루를 본다.

비나 루가 다시 한 번 미소를 짓자, 젊은이는 작게 고개를 끄덕이더니 이쑤시개를 손에 들었다.

그리고 나서—— 획획획 남아 있던 햄버그 조각을 모조리 입속에 넣어버렸다.

우물우물우물 씹고 나서 만족스럽게 고개를 힘차게 끄덕이고 기묘한 형태로 손가락을 끼더니 나와 비나 루에게 머리를 숙인다. 그런 다음 모자를 다시 쓰더니 젊은이는 경쾌한 발걸음으로 떠나버렸다.

몇 초간의 침묵이 흐른 뒤 모기 울음 같은 목소리로 비나 루가 "……미안……" 하고 말했다.

"아니! 먹게 하는 것까지는 성공했으니 훌륭해요! 시식품은 지금까지 이 역참 마을에는 존재하지 않았을 테니 이 정도 사태는 예상해뒀어야 해요!"

나 자신을 격려하기 위해서라도 나는 큰 소리로 그렇게 응했지만, 비나 루는 흐느끼며 포장마차 기둥에 매달리고 말았다.

"……죽고 싶어…….."

의외로 정신력이 약한 비나 누나다.

하지만 재미있어할 때가 아니다.

"괜찮다니까요! 시식품은 하나 더 남았어요! 승부는 중천부터입니다! 힘내자고요, 네?!"

"……아스타 오빠, 무슨 일이야?" 하고 어느새 탈라가 다시 포장마차 앞에 서 있었다.

"아니, 아무것도 아니야. 『기바 버거』는 어땠어?"

"이름이 기바 버거야? 굉장히 맛있었어! 있지, 이제부터 매일 가게를 여는 거야?"

"응, 일단 열흘만 계약했어. 그 이후는 앞으로 팔리는 거 봐서 정해야지."

"신난다! 그럼 매일 사러 올게! 아빠도 매일 먹고 싶대! 아빠도 굉장히, 굉장히 깜짝 놀랐어!"

"고마워. 그렇게 기뻐해주다니 나도 기뻐."

정말 탈라와 아저씨가 하루에 두 개씩 구입해준다면 그것만으로 20개를 팔아치울 수 있다. 열흘간 통틀어서 최소 할당량이 60개니 제법 힘이 되는 성원이다.

"아스타⋯⋯" 하고 그때 다시 비나 루가 나를 불렀다.

목소리에서 평상시와 다른 울림이 느껴진다.

"무슨 일이에요?" 하고 뒤돌아봤더니 그 답을 기다릴 필요도 없이 나도 이변을 알아차리게 되었다.

"와⋯⋯" 하고 가냘픈 소리를 내며 탈라가 포장마차 뒤로 숨는다.

번화한 남쪽 거리에서 모습을 드러낸 정체불명의 집단이 빠르게 직진하여 우리 포장마차로 오고 있었던 것이다.

"뭐, 뭐예요, 당신들은?"

가죽 망토의 집단이 포장마차를 에워쌌다.

탈라가 희미하게 떨면서 내 다리에 매달린다.

그리고 비나 루는── 내 곁에 바싹 달라붙으며 허리의 소도 자루에 슬며시 손가락을 감고 있었다.

대강 훑어봤더니 일곱 명쯤 되는 남자들이다.

모두 키가 크고 모자가 달린 망토로 얼굴이며 모습을 감추고 있다.

단── 그곳에서 엿보이는 얼굴 아랫부분은 모두 칠흑 같은 색이었다.

"기바" 하고 가운데쯤 있던 녀석이 동료의 몸을 밀어젖히고 앞으로 나온다.

그 인물이 모자를 벗자 그곳에 나타난 것은 불과 조금 전에 시식 햄버그를 다 먹어치웠던 시무인의 갸름한 얼굴이었다.

"무, 무슨 일이에요? 우리 장사에 무슨 문제라도?"

소용없다는 것을 알면서도 나는 무심코 그렇게 묻는다.

그러자 젊은이는 아까와 마찬가지로 쇠 냄비 속을 손가락으로 가리키며 이번에도 "기바" 하고 내뱉었다.

"맞아요, 기바예요. 그게 왜요?"

"기바. 적. 하나. 둘. 셋?"

"……네?"

내가 고개를 갸웃거리자 젊은이는 약간 난처한 모습으로 망토 안쪽에 손을 집어넣었다.

즉시 비나 루가 내 팔을 끌어당기려 했지만── 그곳에서 꺼낸 것은 갈색의 칙칙한 적동화였다.

"기바. 적. 하나. 둘. 셋?"

그럼에도 내가 대답하지 못한 채 있자, 젊은이는 다소 슬픈 듯한 눈빛을 보였다.

"……백?"

"아뇨! 적이에요! 적! 둘!"

젊은이는 고개를 끄덕이고 동전 한 닢을 더 꺼내서 포장마차 받침대 위에 짤랑하고 놓는다.

그러더니 내 얼굴을 가만히 쳐다봤다.

"······비나 루, 휘젓기 부탁할게요."

깜빡하고 휘젓던 손을 멈추고 말았다.

나는 비나 루에게 나무 주걱을 맡기고 서둘러 티노를 채 썬다.

그렇게 해서 새 『기바 버거』를 만들어 젊은이에게 "드세요" 하고 내밀어 보였다.

젊은이는 고개를 힘차게 끄덕이고 상품을 받아 든다.

그 모습을 관찰하면서 조심조심 동전에 손을 뻗었지만── 다행스럽게도 그것을 방해하는 자는 없었다.

역시 단순한 손님이었던 것이다.

참으로 고마운 일이다.

그런데 포장마차를 에워싼 채 꿈쩍도 하지 않는 이 녀석들은 도대체 뭘까.

"아스타 오빠······."

"괘, 괜찮아. 그냥 손님······일 거야."

젊은이는 우물거리며 『기바 버거』를 볼이 미어져라 먹고 있다.

처음에는 한 손으로 먹고 있었지만 반대쪽에서 타라파 소스가 흘러내리려는 걸 알아차리고 양손으로 가로로 다시 쥔다.

그러고는 다시 우물우물 먹는다.

뭘까. 차가운 느낌은 들지 않지만 표정에 요만큼도 변화가 없다.

꺼림칙……할 정도까지는 아니지만 역시 불안감을 자아낸다.

그렇게 신속히 『기바 버거』를 다 먹은 젊은이는 다시 손가락을 기묘한 형태로 끼우더니 조용히 머리를 숙였다.

그리고 주위 동료들에게도 고개를 끄덕여 보인다.

모두 장신인 그 남자들은 일제히 고개를 끄덕이더니 일제히 망토 안쪽에 손을 집어넣었다.

짤랑, 짤랑, 짤랑—— 하고 붉은 동전이 받침대 위에 놓여간다.

여섯 명 분, 합계 열두 닢의 적동화가.

나는 말없이 티노를 채 썰고 차례차례 『기바 버거』를 완성해나 갔다.

완성품을 내밀면 가까운 순서대로 검은 손가락이 뻗어와 그것을 쓱 가져간다.

무언(無言).

나도 무언. 손님도 무언. 비나 루도 탈라도 무언.

그렇게 몇 분 후에는 여섯 개의 『기바 버거』가 전원의 배 속으로 사라지고, 내 손에는 첫 젊은이의 동전까지 합해서 열네 닢의 동전이 남았다.

모자를 쓴 채 여섯 명이 처음의 젊은이와 마찬가지로 손가락을 끼우고 머리를 숙이고는 일제히 떠나간다.

"이야아, 인기 많은데, 아스타의 요리는!"

"으아아, 깜짝이야!!"

어느새 금갈색 머리의 껑충한 사람 그림자가 포장마차 옆에 표연히 서 있었다.

말할 필요도 없다. 카뮤아 요슈다.

"어, 어, 어디에서 나타난 거예요? 심장에 나쁘게 등장하지 좀 말아요!"

"장사를 방해하지 않도록 조용히 지켜보고 있었네. 아까부터 저 나무 뒤에 있었는데 몰랐나보군?"

정말 후려갈기고 싶을 만큼 시치미를 잘 떼는 아저씨다.

비나 루도 요염함을 덜어낸 곁눈질로 카뮤아 요슈의 웃는 얼굴을 노려보고 있다.

반가워하는 사람은 탈라뿐이다.

"카뮤아 아저씨! 아저씨, 아스타 오빠가 만든 기바 버거, 굉장히 맛있어요!"

"그래그래, 이거 정말 맛있어 보이는구나. 타라파까지 썼군. 아리아와 티노만 해도 그렇게 맛있었건만, 이거 침이 멈추질 않는데."

여전히 애교가 넘치는데도 경박한 말투다.

"……방금 그 사람들은 누구예요?"

"엉? 그야 동쪽 왕국 시무에서 온 여행객일 테지. 인원이 제법 많았으니 무슨 대규모 상단의 관계자가 아닐까 싶은데."

"설마, 당신이 무슨 수를 쓴 건 아니겠죠?"

"수를 쓰다니? 무슨 뜻이지? 자네 가게의 평판을 높이기 위해 내가 사람이라도 썼다는 건가?"

카뮤아 요슈는 빙긋이 웃으면서 긴 망토에 덮인 어깨를 으쓱했다.

"내가 만약 그런 작전을 세운다면 더 효과적인 연출을 시도하겠지! 이렇게 통행인이 적은 시간대에 그런 작전을 결행한들 평판은 손톱만큼도 올라가지 않네. 자, 보게나. 자네 요리가 한꺼번에 일곱 개나 팔렸다는 걸 아무도 모르잖은가."

그 말이 맞다. 남쪽의 번화한 거리에서 이쪽을 살펴보던 사람이 있다 해도, 이 정도 거리에서는 가죽 망토의 집단이 포장마차를 에워싼 다음 신속히 자리를 뜬 모습밖에 보지 못했을 것이다.

옆 공간에서 장식물을 팔고 있던 노인이 역시 멍한 표정으로 우리 쪽을 바라볼 뿐이었다.

"동쪽 백성은 저런 사람들이 많거든. 폐쇄적인 것과는 좀 다르지만, 주변 사람들의 이목을 신경 쓰지 않고 자신들의 길을 밀고 나간다고 해야 할까…… 그리고 감정의 변화를 타인에게 드러내는 것은 예의에 어긋난다고 생각하지. 막상 대화를 해보면 제법 유쾌한 사람들이지만, 애석하게도 저쪽은 서쪽 말을 제대로 배울 생각이 없다네."

"네에……."

"뭐, 동쪽 백성도 제각각이지. 서쪽의 예의를 좀 더 익힌 사람들도 적지 않아. 역참 마을에서 가게를 하다 보면 저절로 그런 부분도 알게 될 거야."

그렇게 말하고 카뮈아는 망토 속에서 팔을 꿈지럭거렸다.

"자. 그럼 내게도 아스타의 요리를 팔아주겠나? 레이토의 몫까지 두 개 부탁하네."

"아, 그게 말이죠…… 실은 딱 하나 남았고 그게 팔리면 품절이에요."

"뭐? 탈라가 두 개, 동쪽 백성이 일곱 개, 아직 아홉 개밖에 팔지 않았는데도? 어째서 그걸로 품절이지?"

이 아저씨, 도대체 언제부터 훔쳐보고 있었던 걸까.

교류가 깊어질수록 수상함도 더해가는 이런 인간은 처음이다.

"첫날부터 잘 팔리기를 기대할 수는 없다는 생각에 10개밖에 마련하지 않았어요. 재료비도 만만치 않거든요."

"곤란하군! 아스타의 요리가 겨우 10개로 끝날 리가 없지 않은가! 이렇게 큰 쇠 냄비에 겨우 10개라니! 나도 레이토도 아스타의 요리를 기대하고 있었건만 실망했네!"

"죄송해요. 시식용이 남아 있으니 그거라도 같이 드릴까요? 일단 포이탄은 여분으로 구워왔거든요."

"응! 아무튼 팔아주게! 다른 손님한테 빼앗기기라도 하면 못 참아!"

약간 초조해하는 표정만은 그리 수상하지 않았다.

간혹 이런 표정을 보이기 때문에 더더욱 이 남자의 인상을 정할 수가 없다.

어쨌든 마지막 하나와 시식용 미니 햄버그로 『기바 버거』를 완성하여 두 닢의 동전을 받고 카뮤아에게 내밀어준다. 미니 햄버그는 서비스다.

"고맙군! 레이토와 함께 먹겠네! 《키뮤스의 꼬리정》에 있을 테니 감상은 나중에 들려주지!"

그렇게 카뮤아도 신속히 사라졌다.

나는 무어라 말할 수 없는 허탈감을 음미하며 비나 루와 얼굴을 마주본다.

"음, 그러니까…… 오늘의 일은 종료되었습니다."

"응. ……불은 이제 꺼도 되는 거지……?"

"네. 꺼주세요."

이것이 이른바 여우에게 홀린 기분이라는 걸까.

역참 마을에서의 승부 첫째 날은 해가 중천에 뜨기는커녕 불과 한 시간도 못 가서 종료되고 말았다.

3

"……다녀왔습니다" 하고 덧문을 열자, 벽에 기대어 앉아 있던 아이 파가 흠칫 놀라는 표정으로 맞아주었다.

"뭐야, 어떻게 된 거지? 역참 마을에서 무슨 일이 있었나?"

"아니. 무사히 완판 단계에 이르렀기에 귀환했을 뿐이옵니다."

"그거…… 참 빠르군. 아직 해가 중천에 뜨지도 않았을 텐데?"

"응. 이래 봬도 여기저기 실컷 들르고 오는 길이긴 하지만."

내일 쓸 식재료를 구입하는 김에 돌라 아저씨와 서서 대화를 나누고, 포장마차를 반납하는 김에 《키뮤스의 꼬리정》의 카뮤아 일행으로부터 감상을 듣고, 숲가에 도착해서는 물가에 들러 쇠 냄비를 씻고 그런 끝에 지금 귀가한 것이다.

졸아들 시간조차 없었던 타라파 소스의 나머지는 비나 루가 그 자리에서 구입한 가죽 주머니에 담아 싱글벙글한 표정으로 가지고 갔다.

남은 장작은 반납한 포장마차와 함께 두고 왔기 때문에 나는 내일을 위한 식재료와 조리 기구만 휴대한 가벼운 차림이었다.

우선 쇠 냄비를 부엌의 제자리에 갖다놓고 타라파와 기고 등을 식량 창고에 정리해둔 다음, 나는 아이 파의 정면에 앉았다.

"준비해간 10개는 다 팔았어. 제 경비를 빼고 나면 대충 적동화 다섯 닢 정도의 매출이야. 첫날인 셈치고 대성공이긴 한데……."

그러나 어쩐지 석연치 않다.

이 석연치 않은 기분을 공감받기 위해 나는 오늘 있었던 일을 구구절절 아이 파에게 설명했다.

"흠…… 하지만 뭐, 아스타의 솜씨가 인정되었기 때문에 팔렸다는 사실만큼은 틀림없어. 순순히 성공을 기뻐해도 되지 않나?"

"네 말이 맞겠지만, 그 동쪽 백성의 집단이 언제까지 역참 마을에 머무를지 모르니 내일부터는 어떻게 해야 할지 난감해."

단적으로 말하면 '얼굴 도장'이나 '화젯거리 만들기'는 대실패했다는 심정이다.

포장마차를 차린 지 한 시간도 안 돼서 다시 데굴거리며 돌아온 우리 모습에 마을 사람들은 어떤 느낌을 받았을까? 무슨 문제라도 일으켜서 철수되었다고 생각하지는 않았을까?

피해망상이 지나칠지도 모르지만 시선이 따가웠던 것은 사실이다.

더욱이 그 집단은 말도 제대로 하지 못하는 모양이었으니 입소문을 타고 평판이 널리 전해질 거라는 기대도 할 수 없다.

"……장사란 성가신 거로군."

금갈색의 머리를 긁적이며 아이 파가 얼굴을 가까이 한다.

"그럼에도 넌 일을 완수했어. 조금은 기뻐해."

"응……."

"기뻐하라고 했다."

아이 파가 느닷없이 손을 뻗어 내 왼뺨을 세게 꼬집었다.

"아파, 아파, 아프다고! 볼살이 찢어지겠어! 갑자기 무슨 짓이야!"

"기뻐하라고 했는데도 말을 안 들으니까 그렇지."

그러더니—— 아이 파의 얼굴에 미소가 활짝 번진다.

"나는 기뻐하고 있거든?"

"아이 파, 너——."

"음?"

"요즘 들어 웃는 일이 많아졌네? ……아파, 아파, 아프다고!"

"흥!" 하고 모처럼의 미소를 싹 지우면서 일어선 아이 파는 그대로 벽에서 털가죽 망토를 집어 들었다.

"아야, 아파라…… 아, 벌써 숲에 갈 시간인가?"

"음. 아스타, 넌 이제부터 뭘 할 거지?"

"그러게. 밑 준비를 하기에도 이르고. 이것저것 앞으로의 일을 생각하면서 얌전히 장작이라도 패고 있을게."

"장작이라면 나도 패놓았는데. 뭐, 팰 수 있을 때 최대한 해놓는 것도 좋겠지."

그렇게 말하면서 책상다리로 앉은 내 쪽으로 다시 얼굴을 가까이 가져온다.

"그럼 다녀오지. ……오늘도 절대로 방심하면 안 된다?"

"그래. 이상한 술주정뱅이가 오면 전속력으로 도망갈게."

"음" 하고 고개를 끄덕인 아이 파의 눈동자에는 매우 강한 빛이 깃들어 있었다.

나를 혼자 두고 숲으로 향할 때 아이 파는 이런 눈빛을 하게 되었다—— 루티무의 축하연을 마친 날 이후로.

그렇게 아이 파는 숲으로 가고 나는 집에 홀로 남았다.

'이제야 해가 중천에 떴구나…….'

원래는 지금이야말로 사람의 왕래가 많아진 역참 마을에서 사람들에게 시식품을 나눠줄 무렵이건만, 혼자 오도카니 집 안에 앉아 있는 나이다.

역시 달성감보다 허탈감이 더 크다.

"끙끙 앓아봤자 무슨 소용이야. 승부는 내일부터야, 내일부터!"

다소 모험이 되겠지만 내일은 20개의 패티를 구워가야겠다.

그것으로 참패하게 되면 다시 10개로 되돌리면 된다.

혹은 그랬는데도 깨끗이 다 팔려버리면 날마다 추가해나가면 된다. 재료비를 허비하지 않도록 아껴 쓰며 임기응변으로 대응해나갈 수밖에 없다.

'조급해할 필요 없어. 큰 적자만 나지 않으면 열흘이든 20일이든 가게는 계속 낼 수 있으니까. 조금씩이라도 성과를 내면 그것으로 충분해.'

아이 파가 순순히 기뻐해준 덕분에 나도 조금은 긍정적인 마음을 얻을 수 있었다.

예상치 못한 전개였을지언정 제대로 팔지 못하리라 예상한 첫날에 매진되었으니 그 부분은 순순히 기뻐해도 될 것이다.

게다가 모두 아는 사이긴 해도 탈라와 돌라 아저씨, 카뮤아 요슈와 레이토까지 모두가 『기바 버거』를 극찬해주었다.

불안보다는 희망을 가지고 내일의 일에 임해야 한다.

"좋아! ……장작이라도 팰까."

나는 헛간에서 손도끼와 장작 묶음을 끌어내 집 밖으로 나가려 했다.

덧문에 손을 대려 한 그 순간── 똑똑 하고 밖에서 덧문을 두드리는 소리가 났다.

'──손님?'

판잣집에 손님이라니, 내가 눌러살기 시작한 한 달 남짓 동안 리미 루와 가즈란 루티무 부부 말고는 맞이한 적이 없다.

게다가 지금은 해가 중천을 지난 무렵이다. 사냥꾼인 아이 파가 집을 나갔다는 것은 누구라도 알고 있을 터이다.

그런 생각을 하는 사이 다시 덧문이 두 번 울렸다.

나는 손도끼와 장작 묶음을 발밑에 두고 가슴에 손을 얹어 호흡을 가다듬는다.

"……누구세요?"

침묵.

나는 천천히 벽에 기대어 세워져 있는 빗장에 손을 뻗었다.

문을 꼭 닫고 집을 지킬지 도망갈지. 선택지는 많은 편이 낫다.

그러나── 내 손끝이 빗장에 닿기 직전에 덧문 너머에서 목소리가 들렸다.

"나는…… 포우가(家)의 사리스 란 포우입니다."

전혀 들어보지 못한 이름이다.

그러나 그 목소리는 너무나도 힘이 없는 여성의 것이었다.

나는 몇 초간 망설였다가 슬며시 덧문을 열었다.

약간 야윈 느낌의 젊은 여성이 그곳에 서 있었다.

한 장짜리 천을 가슴에서 무릎까지 친친 둘러 감고, 팔에는 코타 루보다 더 작은 아기를 안고 있다.

그 모습을 보고서야 나도 경계 수준을 떨어뜨릴 수 있었다.

"나는 파가의 가족 아스타입니다. 가장 아이 파에게 무슨 용건이라도 있나요?"

"네…… 아니…… 아, 아이 파는 벌써 숲에 들어갔나요?"

"그럼요. 조금 전에 나갔어요. 혹시 전할 말이 있으시면 남겨주세요. 나중에 전해드릴게요."

"네에…… 저기, 파가에 이걸……."

그 여성은 발밑에 놔둔 채소를 담는 자루를 들어 올렸다.

자루는 큼직하지만 납작하게 푹 꺼져 꽤 가벼워 보였다.

"이게 뭐예요?"

"네…… 저…… 피코잎이에요……."

어쩐지 나보다 이 여성이 더 경계심을 드러내는 것 같다.

하긴, 이 부근에 사는 사람들은 나를 무척 수상한 인간이라고 여기고 있을 테니 어쩔 수 없다.

"피코잎이요? 그걸 왜 파가에?"

"네에…… 실은…… 아이 파로부터 벌써 몇 번씩이나 털가죽을 받았거든요……."

"털가죽이요?"

도무지 무슨 소리인지 모르겠다.

"털가죽이라면 기바의 털가죽 말이에요?"

"네…… 한 달쯤 전부터 벌써 셀 수 없을 만큼 많이…… 우,

우리 집, 포우가는 남자가 적어서 기바를 충분히 사냥하지 못하고 있습니다. 그런데 아이 파가 털가죽을 나누어준 덕분에 그럭저럭 이 아이를 굶기지 않을 수 있었어요…….”

“그랬군요── 아니, 처음 듣는 이야기라. 우리 가장에게도 이웃과의 교제가 있었군요.”

그러자 사리스 란 포우는 잠시 골똘히 생각하는 눈빛을 보이더니 팔에 안은 아기를 꽉 끌어안았다.

“아뇨…… 교제는 없었습니다……. 가장의 말에 따라 파가와의 교제는 금지되어 있거든요…….”

“네?”

“파가는 족장 집안과 나쁜 인연이 있지요. 파가와 관계를 가지면 그 악연이 포우가에도 미칠지도 모른다며…… 2년 전부터 파가와의 교제가 금지되었어요…….”

“아. 그 부분은 일단 알고는 있어요.”

따라서 아이 파도 의식적으로 다른 집과의 교제를 끊었던 것이다.

그렇다면 털가죽이 어쩌고 하는 이야기는 뭘까.

“……아이 파는 항상 아무 말도 없이 우리 집 앞에 털가죽을 놔주었습니다.”

사리스 란 포우의 눈이 나를 본다.

그 엷은 푸른 빛 눈에는 눈물이 살짝 맺혀 있었다.

“처음에는 도대체 누가 이런 일을 해주는 건지 몰라 좀 꺼림칙하기도 했지만…… 따질 상황이 아니었지요. 우리는 털가죽을 무두질해서 동전으로 교환하고 그것으로 아리아와 포이탄을 얻었습니다……. 그래서 어떻게든 이 아이에게도 우유를 줄 수 있었어요……."

"……네."

"그런데 며칠 전 숲에서 돌아온 남자가 봐버린 거예요. 아이파가 갓 벗겨낸 털가죽을 포우가 앞에 두는 모습을. ……그제야 우리는 누가 우릴 구원해줬는지 알게 되었지요. 그럼에도 가장은 파가와 인연을 맺어서는 안 된다고 했지만…… 여자들이 한목소리로 간청했어요. 적어도 털가죽의 답례만이라도 하게 해달라고……."

그렇게 말하고 사리스 란 포우는 눈을 내리떴다.

"하지만 스스로의 힘으로는 동전도 충분히 얻지 못하는 포우가인 만큼, 대단한 답례를 마련할 방도가 없어요. 그래도 피코 잎이라면 아무리 많아도 해가 되지 않겠다는 생각에…… 여자들이 따온 겁니다."

"그랬군요……."

"이런 걸로는 아이 파의 은의에 보답할 수 없다는 것은 잘 알지만 그래도 감사의 인사를 하고 싶었습니다. 슨가를 두려워한 나머지 교제를 끊어버린 포우가에 이렇게까지 해주다니…… 우리는 너무나 부끄럽습니다……."

"아뇨. 어차피 우리 집에는 털가죽을 무두질할 일손이 없으니 마음 쓰지 마세요. 가장의 입장에서는 아마 정체가 드러난 쪽을 더 원하지 않을 거예요.”

“하지만…….”

“네. 당신들의 마음은 감사히 받겠습니다. 나중에 기회가 되면 아이 파 본인과 이야기해주세요. 사정을 몰랐던 내가 더 이상 아이 파의 마음을 대변할 수도 없으니까요.”

“……네. 고맙습니다.”

사리스 란 포우는 납작하게 꺼진 자루를 내 손에 남기고 돌아갔다.

자루 속을 들여다보니 정확히 나와 아이 파가 하루에 채취할 만한 양이 바닥에 가만히 포개어져 있었다.

자신들의 집에 가져갈 몫을 확보한 상태에서 이만큼의 양을 더 모으는 것은 나름대로 고생이었을 터이다.

‘……고기를 나눠주는 게 아니라 털가죽을 나눠준다면 백성의 타락을 부추기는 일은 없겠구나.’

아니, 그런 일로 시비를 거는 사람이 있다면 내가 전력으로 옹호해주겠다.

한 달 전── 마침 아이 파가 나를 거두어줬을 무렵이다.

내가 처음 해체한 기바의 털가죽도 분명 포우가에 주어졌을 것이다. 해체한 후 털가죽과 내장을 처리하는 일은 처음부터 지금까지 줄곧 아이 파가 담당했다.

‘풍요로운 생활이라…….’

평범하고 속된 나로서는 가즈란 루티무의 뜻을 다 헤아리지 못한다고 생각한다.

그리고 카뮤아 요슈에게는 뜻이 존재하는지 여부조차 알지 못한다.

다만—— 굶주려서 아이에게 우유조차 주지 못하는 생활이 옳다고는 생각하지 않는다.

그 이면에 일족에게 분배해야 할 부를 가지고 안락한 생활을 영위하는 인간이 있다면 더 말할 것도 없다.

'그래도 내가 할 수 있는 일은 한정되어 있지만.'

나는 피코잎을 식량 창고에 넣어 정리한 다음 내일의 아궁이 불을 피울 장작을 패기 위해 손도끼를 휘두르기로 했다.

4

파가 직영 기바 고기 음식점 제노스 역참 마을 본점의 영업 둘째 날이다.

첫날에 전량 매진을 이룩하면서도 달성감보다 더 큰 허탈감을 얻게 된 나는 그 반동으로 아침부터 감정을 주체하지 못할 만큼 들떠 있었다.

"오늘은 20개 준비해왔답니다! 이틀째에 이게 매진되면 정말 엄청난 일이라고요! 비나 루, 기합 넣고 갑시다!"

"응. ……그런데 아스타는 이걸 혼자 만든 거지……? 다른 일은 괜찮아……?"

"네. 20개인데도 전혀 힘들지 않다는 걸 어제와 오늘에 걸쳐 실감했거든요. 매일 이렇게 만들어도 나는 끄떡없어요."

굳이 센 척할 필요도 없이 나는 그렇게 대답할 수 있었다.

타라파 소스도 햄버그 패티 만들기도 나는 전날로 앞당겨 작업을 해치웠다.

저녁 식사 준비와 동시에 작업을 진행하였으며 그때 다 끝내지 못한 일은 저녁을 먹고 난 후에 마무리했다. 평소에는 느긋하게 아이 파와 대화하는 밤 시간대가 조리하면서 대화하는 스타일로 바뀌었을 뿐이다.

이 정도라면 당일 아침에는 포이탄과 패티 굽기 작업만 하면 된다.

대량 조리의 수련은 루가의 저녁 식사와 루티무가의 연회를 통해 쌓았기 때문에 이만한 수량은 아무것도 아니었다. 처음에 상한으로 상정했던 40개도 수면 시간이나 영업시간을 줄이지 않고 만들어낼 수 있을 것 같다.

"그러니 전혀 문제없어요! 힘내서 일하자고요!"

"……하지만 역시 이 시간에는 사람이 별로 없네……."

어제 같은 돌발적인 비는 맞닥뜨리지 않았지만 그럼에도 역시 오가는 사람은 거의 없었다.

우리가 자리 잡은 곳은 역참 마을의 최북단이며, 여기서 더 나가면 제노스의 성과 끝없이 이어지는 돌의 가도와 잡목림밖에 보이지 않기 때문에 순수 여행자 정도밖에 지나갈 일이 없는 모양이다.

역참 마을의 남쪽에는 농장이 펼쳐져 있다고 했으니 당연히 그쪽에는 농촌이 있을 테고 노점을 차린 사람들의 집도 그쪽에 밀집되어 있을 것이다. 그에 더해 여관도 남쪽에 있기 때문에 그곳에서 아침을 맞은 여행객들이 노점 구역 중에서도 번화한 남쪽 구역에서 쇼핑을 해결한다는 것도 당연한 이치다.

어쨌든 해가 중천을 지나 사람의 왕래가 많아질 때까지는 소수의 통행인을 집중적으로 노려나가는 수밖에 없다.

"그러고 보니 여기서 북쪽으로 더 올라가면 그 서쪽에는 성 밑 마을이 있는데 그걸 무시하고 계속 북쪽으로 올라가면 대체 어디로 연결되어 있을까요?"

"글쎄……? 북쪽 왕국 마휴도라가 아닐까……?"

"마휴도라는 북쪽 끝에 있는 나라죠? 하긴, 이곳 제노스는 서쪽 왕국에서도 꽤 남쪽에 위치해 있다는 이야기였으니, 서쪽 왕국의 여러 도시가 기다리고 있다는 느낌인가 봐요."

"몰라. ……그런 걸 생각하고 있으면 나도 모르게 그쪽으로 걸어갈 것만 같아서 되도록 생각하지 않으려 해……."

"……그렇군요."

"아…… 그래, 서쪽 왕국에도 여러 도시가 있구나…… 제노스 이외의 도시였다면 숲가의 백성도《기바 먹는 인종》이라는 말을 듣지 않고 지낼 수 있을까……."

매우 나른한 눈빛으로 북쪽 맨 끝으로 시선을 날리는 비나 루다.

"비나 루는 그게 싫어서 멀리 가고 싶은 거예요?"

"아니…… 그런 건 아니지만…… 아니, 그런 걸까…… 아무튼 나는 발가벗은 채 살고 싶어……."

"바, 발가벗고요?"

"응…… 숲가에서의 나는 루 본가의 장녀…… 역참 마을에서는《기바 먹는 인종》인 여자…… 나를 나로 인정해주는 건 우리 가족뿐…… 나는 더 다양한 사람들이 발가벗은 나를, 있는 그대로의 나를 봐주었으면…… 하고 바라는 걸지도 몰라……."

그러고는 요염한 눈빛으로 나를 흘겨본다.

"그래서 내가 아스타에게 끌렸나 봐…… 숲가의 상식에도 역참 마을의 상식에도 맞지 않는 아스타라서…… 그런 아스타라면 날 있는 그대로 봐주지 않을까 하고……."

"거, 거기까지 생각한 상태에서 그런 만행을 저지른 건 아니었죠? 그 무렵의 나와 비나 루는 거의 대화다운 대화조차 나눈 적이 없었으니까요."

"응…… 처음에는 그냥 이 대륙의 이름조차 모를 만큼 먼 곳에서 왔다는, 아스타의 출신에 끌렸지…… 그래도 아스타에게 매력이 없었다면 그런 행동은 못 했을 거야……."

일은 일대로 열심히 임해주는 비나 루이지만, 역시 시간이 남아버리면 마음이 온갖 불온한 방향으로 새버릴 것만 같다.

또 이 타이밍에 탈라가 와주지 않을까 하고 몰래 기대하면서 나는 가도를 이리저리 훑어보았다.

그러자 좋은 느낌의 목표물이 눈에 들어왔다.

"아! 저 사람 혹시 제노스의 백성 아니고, 이국인 아니에요?"

황갈색도 상아색도 아닌, 붉은 기가 살짝 도는 하얀 피부의 남성이다.

땅딸막한 체형에 머리 색은 짙은 갈색. 아직 거리가 좀 멀어서 자세한 것은 모르지만 입가에 수염을 기른 것이 보인다.

소매 없는 조끼와 원통형의 바지를 입고 있어 레이토와 약간 비슷한 서양식 복장인데, 좌우 노점을 구경하면서 남쪽 방향에서 터벅터벅 걸어온다.

"저렇게 하얀 피부를 지닌 분은 어느 나라 태생일까요?"

"뭐……? 저 사람은 남쪽 왕국 자갈의 백성이잖아……?"

역시 그렇구나.

하긴, 적대국인 북쪽 백성이 여기에 올 리 없다고 생각하면 소거법으로 그것밖에 남지 않지만. 원래 남쪽 백성이었다는 숲가의 백성이 꽤 거무스름한 피부를 지니고 있으니, 다른 사람들도 그런 계통의 인종이라고 생각하는 것이 인지상정 아니겠나.

"황갈색 피부인 사람들이 이 제노스의 토착민이군요. 그럼 그 사람들과 비슷할 정도로 많은 상아색 피부의 사람들은요?"

"그 사람들은 전부 서쪽 백성이야…… 제노스는 서쪽 왕국 중에서도 월등히 평화롭기 때문에 여러 지역 사람들이 이주해 오거나 일거리를 찾으러 발걸음 한다고, 어렸을 때 지바 할머니가 알려주셨어…….”

과연 그렇구나.

그렇다면 벌써 수십 년 전부터 이곳 제노스에 정착한 사람도 있고 그중에는 이 땅에서 태어난 사람도 있을 것이다. 남쪽이나 동쪽 백성만큼은 초연하지 않고, 제노스의 토착민보다는 숲가의 백성을 두려워하거나 경멸하는 것처럼 보이지 않는 사람도 눈에 많이 띄는 이유를 이제야 알게 되었다.

이국에서 온 여행자뿐만 아니라 이주민에게도 처음부터 조준을 맞춰야 할 것이다. 그들을 무찌르는 데 성공하면 분명 제노스의 토착민도 말려들게 할 수 있을 터이다.

어쨌든 지금은 눈앞의 장사가 먼저다.

남쪽 백성인 남성은 좋은 느낌으로 이쪽에 다가와주고 있다.

짐다운 짐도 휴대하고 있지 않은 가벼운 차림이니 아마 이대로 북쪽으로 빠져나갈 일은 없을 것이다. 큰 소리를 내지 않더라도 소리가 닿는 범위까지 다가와주기를 기도하면서 나는 슬그머니 시식용 미니 햄버그를 잘랐다.

“아스타…… 남쪽 백성을 상대로 하는 건 당신이 나을 것 같아…….”

“네? 어째서요?”

“나이 먹은 남쪽 백성 중에는 아직도 숲가의 백성을 적대시하는 사람도 많거든…… 숲가의 백성은 남쪽 신 자갈을 버린 배신자 일족이라면서…….”

경멸도 두려움도 아닌 적대시라니.

하지만 하얀 피부를 지닌 남쪽 백성은 검은 피부의 동쪽 백성과 거의 같은 비율로 눈에 띄지만, 그렇게까지 불온한 시선을 받은 기억은 없다.

"음…… 그보단 역시 적대국 시무인 쪽이 더 많이 돌아다니고 있어서 보통은 그쪽을 쏘아보는 것만 해도 벅차지 않을까……?"

"네? 동쪽하고 남쪽이 적대국이에요?"

"……아스타는 정말 아무것도 모르는구나……."

반은 어이없어하면서도 나머지 반은 약간 유쾌한 듯 비나 루는 미소 짓는다.

"북쪽하고 서쪽과 비슷할 정도로, 동쪽과 남쪽은 옛날부터 적대국이었어…… 하지만 서로에게 우호국인 서쪽 영토에서는 다툼이 일절 금지되어 있지…… 금기를 깨면 서쪽 영토에 발을 들이지 못하게 되니까 쉽사리 소란도 일어나지 않나 보더라고……."

역시 혈연관계가 적은 파가의 아이 파보다 루가의 사람들이 더 많은 정보를 갖고 있다.

하지만 지금은 장사가 먼저다.

아무래도 그 남쪽 백성은 시간이 남아도는 모양인지 물건을 살 기색도 없건만 노점 하나하나를 꼼꼼히 살피며 돌아보는 것 같았다.

그 발걸음이 드디어 옆자리 장식물을 파는 노인에게까지 옮겨
지는 것을 보고, '좋아!' 하고 나는 마음속으로 승리의 포즈를 취
한다.

그 순간── 그 남성과 눈이 마주치고 말았다.

생각보다 나이가 많다. 벌써 오십 줄을 지났을지도 모른다.

네모진 얼굴에 머리가 크고 키는 작지만 다부진 체격이며 제
노스의 백성보다 몸집이 단단하다는 인상이다. 입가와 아래턱
에 멋들어지게 수염을 기르고 있다.

그 덥수룩한 눈썹 아래 빛나는 녹색의 눈동자가 다소 온화하
지 않은 느낌으로 번뜩였다.

그러더니 그 사람은 장식물 가게를 지나 성큼성큼 우리 포장
마차로 다가온다.

"기바? ……네놈들은 기바 고기 따위를 팔려고 내놓은 건가?"

나는 미소로 응하려 했지만 그 사람의 잇따른 공격에 의해 입
이 봉해지고 말았다.

"네놈들, 바보 아냐? 냄새나고 질긴 기바 고기 따위를 누가 먹
어? 먹을 수 있는 사람은 네놈들뿐이다. 뭐냐, 건방지게 타라파
까지 사용하고. 네놈들처럼 맛도 모르는 얼간이들은 아리아와
포이탄만 먹으면 충분해. 소중한 엄니와 뿔을 전부 잃기 전에
형편없는 가게나 접고 사라져."

이쪽이 끼어들 틈을 도무지 주지 않는 기관총 같은 말발이다.

하고 싶은 말을 실컷 하더니 그 사람은 냉큼 몸을 돌리려 했다.

"저기! 말씀은 그렇게 하셨지만 기바 고기는 맛있거든요? 괜찮으시다면 이 그릇의 고기를 하나 맛보세요."

"앙?" 하고 뒤돌아 못마땅한 듯 쏘아본다.

"너, 바보냐? 어째서 내가 기바 고기 따위를 먹어야 하지? 마을에는 키뮤스도, 카론도 팔고 있다. 기바 따위와는 비교도 되지 않는 고기가 산더미처럼 많이 있단 말이다. 그런데 기바 따위가 팔릴 리가 있겠느냐고, 이 바보 같은 놈아. 그걸 먹다가는 너희처럼 거무스름한 피부로 변해서 나까지 무시당할 거야."

"그, 그건 편견이에요! 나도 기바 고기를 마구 먹어대고 있지만 보시는 대로잖아요?"

이 정도 수준의 손님은 예상 범위 내다.

오히려 두려움이나 경멸의 감정이 희박한 만큼, 그나마 다루기 쉬운 수준의 손님이라고까지 할 수 있다.

"……어째서 너 같은 애송이가 숲가의 백성의 복장을 하고 기바 고기 따위를 파는 거지? 아하, 그 터무니없이 요염한 숲가의 여자에게 감쪽같이 속았군. 바보 같으니라고. 하긴, 아무리 바보 같은 인생이라도 네 인생이다. 그렇게 숲가의 여자가 좋으면 숲 속에서 얌전히 있어. 그러면 아무도 시비 걸지 않으니."

"아니, 그런데 진짜로 기바 고기는 맛있거든요? 이렇게 맛있는 고기를 숲가에서만 먹기가 아까워서 가게를 차리기로 정한 거예요. 이쪽의 시식품은 무료이니 괜찮으시다면 속는 셈치고 드셔보세요."

내 영업용 미소는 완벽하다고 생각한다.

남자는 "흥" 하고 콧방귀를 끼더니 포장마차 정면에 섰다.

그리고 손님 쪽 받침대에 놓인 시식용 나무 접시를 들여다보더니 "맛없어 보이는 고기다" 하고 내뱉는다.

아까부터 폭풍 폭언을 하고 있지만 언성을 전혀 높이지 않아서인지 그렇게까지 명백한 적의와 악의는 느껴지지 않는다.

그저 울퉁불퉁한 용모에 비해 막힘없이 술술 떠들어대는구나, 하는 인상이다.

"이건 무료라고 했겠다? 난 죽어도 동전은 못 낸다?"

"네. 물론입니다."

나는 생글생글 웃으며 고개를 끄덕인다.

남자는 하얀 이마에 괴팍해 보이는 주름을 잡으며 두꺼운 손가락으로 이쑤시개를 집었다.

그렇게 6분의 1 크기로 잘라놓은 미니 햄버그 조각을 입 속에 던져 넣고 꼭꼭 씹은 다음 삼켰다.

그러고는 다시 나를 노려본다.

"……맛없다. 역시 속았어."

"네?"

"생각보다 냄새나지 않았고 전혀 질기지도 않았다. 한데 질척질척해서 씹는 맛이 나쁜 데다 왠지 끈적끈적하게 콧속으로 빠져나갈 것 같은 끈질긴 풍미야. 키뮤스나 카론과는 비교도 되지 않지. 모처럼 타라파는 좋은 느낌으로 끓여졌건만, 이래서는 헛수고가 되었잖아. 이런 것에 동전을 낼 인간이 있겠어? 이런 고기를 고맙게 여기니까 너희가 《기바 먹는 인종》이라며 무시당하는 거다."

이것은 혹시—— 진정으로 입맛에 맞지 않았다는 뜻일까?

햄버그의 식감과 그리고 기바 고기의 맛조차도.

이런 사태를 예상하지 못한 것은 아니지만, 그렇더라도 너무 급작스러운 전개였다.

"……아스타" 하고 그때 비나 루가 내 허리 가리개 옷자락을 붙잡았다.

아직 내심 동요하면서 비나 루의 시선을 따라갔더니——.

눈에 익은 가죽 망토의 집단이 빠른 걸음으로 접근해 오는 모습이 보였다.

5

"뭐, 뭐냐, 네놈들은! 이 서쪽 영토에서 소란을 피울 작정이냐?!"

남자의 목소리가 그때 처음으로 커졌다.

가죽 망토의 집단은 남자와 포장마차를 멀찍이 에워싸면서 그럼에도 반 포위의 대형을 갖추었다.

어제보다 인원이 명백히 늘었다.

"……소란을 피울 작정, 없습니다."

그중 한 사람이 더듬더듬하면서도 서쪽 말로 대답했기에 나는 다시 놀랐다.

"우리, 기바 요리, 산다. 순서, 기다립니다."

그렇게 말하고 그 사람이 앞으로 걸어 나와 가죽 모자를 벗는다. 어둠처럼 검은 피부와 기름한 눈. 가는 콧날과 얇은 입술.

그 풍모는 어제의 젊은이와 닮았지만── 그 사람은 마치 지바 할머니처럼 머리가 백발이었다.

그런데 젊은이다. 노화로 인한 것이 아니라 본래 은발로 태어났을 것이다.

"순서, 기다립니다. 우리, 열 개, 부탁합니다."

"바, 바보냐? 너희들? 이런 맛없는 고기에 동전을 내다니 제정신으로 하는 행동이 아니군. 동전을 아궁이에 버리는 거나 마찬가지다. 기바 고기 따위는 숲가의 백성에게 먹이면 충분하다고. 너희는 더 이상 검어질 것도 없겠지만, 이런 맛없는 고기를 먹어봤자 기분만 상할 텐데?"

은발의 젊은이는 이상하다는 듯 고개를 갸웃거린다.

"나, 아직 먹지 않았습니다. 하지만 동포, 일곱 명, 어제 먹었습니다. 모두, 맛있어, 말했습니다. 그래서 열 명, 왔습니다. ……열 개, 부탁합니다."

"……네. 매번 고맙습니다."

기바 고기를 부정당했다는 충격을 여전히 마음속에 품은 채 나는 티노와 아리아를 썰기로 했다.

그사이 열 명의 손님이 이번에도 말없이 받침대 위에 짤랑짤랑 동전을 놓기 시작한다.

"믿기지 않는군. 시무인은 고기 맛도 모르나? 그런 건 제대로 된 인간이 먹을 만한 게 아니다. 고기를 먹으려면 키뮤스를 먹어. 카론을 먹으라고."

영업 방해도 이만저만이 아니지만 남자는 여전히 언성을 높이지 않고, 시무 손님 쪽은 천연덕스러운 얼굴로 남자를 상대도 해주지 않으니 점주로서는 골치가 아픈 참이었다.

어쨌든 10개의 『기바 버거』를 만들어간다.

제일 먼저 그것을 받아 든 은발의 젊은이는 역시 무표정인 채 묵묵히 다 먹고는 고개를 힘차게 끄덕이고 나서 남쪽 백성의 남자를 돌아보았다.

"기바, 맛있습니다. 적, 두 닢, 만족합니다."

"그런 바보 같은 일이 어디 있어? 너희들 혀는 정상이 아니야. ......이봐, 모두들, 여기 좀 와봐!"

남자의 목소리가 다시 커졌다.

그 목소리에 이끌려온 사람들은―― 모두 하얀 피부를 지닌 새로운 무리다.

가죽 망토의 집단은 그들에게 자리를 양보하는 식으로 쓰윽 밀집 대형을 취한다.

단, 양손에 『기바 버거』를 들고 덥석덥석 먹으면서.

"반장, 무슨 일이야? 분위기가 좀 위험한데?"

새로운 무리 중 꽤 젊어 보이는 얼굴의 자갈인이 다소 거칠게 말한다.

역시 갈색 머리와 녹색 눈동자를 지닌, 키는 작지만 몹시 탄탄한 체격의 젊은이다.

자갈인은 대체로 몸집이 크지 않은 모양이다. 처음에 왔던 남자와 합하여 여덟 명의 자갈인이 포장마차 앞에 모였지만, 나보다 키가 커 보이는 사람은 한두 명밖에 없었다.

다만, 전원이 기골이 탄탄하고 얼굴도 용맹스럽게 생겼다.

머리 색과 연령은 제각각이지만 대부분이 복슬복슬한 수염을 기르고 있다.

"이놈들 좀 봐. 기바 고기 따위를 연신 맛있다며 먹고 있다니까. 나도 먹어봤지만 도저히 동전을 낼 만한 상품이 아니었지. 시무인은 맛도 모르는 녀석들이었나?"

말투가 영 험악하다.

어느새 진심으로 화가 난 모양이다.

"반장이 기바 고기를 먹었다고? 맛있을 리가 없는데 뭐 하러 먹었어?"

자갈의 젊은이는 우리 쪽을 흘끗거리며 남자의 두꺼운 팔뚝을 잡는다.

"……그리고 숲가의 백성 따위에게 관여하지 않는 편이 좋아. 이놈들은 시무인보다 더 골치 아파. 너무 소란을 피우면 나중에 무슨 짓을 당할지 모른다니까?"

"나는 틀린 말은 하지 않았어. 틀린 건 이놈들이다. ……거짓 말 같으면 너희들도 한번 먹어봐."

"기바 고기는 영 내키지 않는데."

"됐으니까 먹어봐. ……어이, 이봐, 기바 고기를 이 녀석들에게도 먹여봐."

이게 웬 횡포란 말인가.

하지만 이것은 귀중한 기회이기도 하다.

역참 마을에 그리 많지 않은 자갈의 백성이긴 하지만, 그들이 근본적으로 기바 고기의 맛을 받아들이지 않는다면 그야말로 중대한 사태다.

『기바 버거』는 어차피 변화구다. 독특한 식감만이 문제라면 조만간 단순한 고기구이 요리도 제공해나갈 예정이기에 그때 가서 만회할 수 있다고 생각한다.

하지만 반장이라고 불린 이 양반은 기바 고기의 맛 자체에 불만을 가지고 있다. 제법 풍미가 강한 타라파 소스를 사용했는데도 불구하고 말이다.

그것이 자갈 백성의 일반적인 미각인지, 아니면 이 반장의 개인적인 취향인지. 상대방이 시식을 원하고 있으니 욕먹을 각오를 하고서라도 이 기회를 놓칠 수야 없다.

나는 쇠 냄비에 가라앉아 있는 미니 햄버그를 나무 접시에 건져 올려 그것을 육 등분했다.

처음에 시식으로 내놓았던 미니 햄버그도 아직 다섯 개가 남아 있기 때문에 그것을 받침대에 올려놓고, "드세요" 하고 인원 수만큼 이쑤시개를 꽂아주었다.

제일 먼저 나이 먹은 세 명 정도가 두려워하는 기색도 없이 손을 뻗어왔다.

그러고 나서 "자, 너희도 먹어봐" 하고 반장에게 등을 떠밀리는 모양새로 젊은 사람들도 이쑤시개를 쥐기 시작했다.

참고로 어느새 『기바 버거』를 깨끗이 먹어치운 가죽 망토의 집단은 어째서인지 떠나지도 않고, 그렇다고 흥미 있어 하는 기색도 없이 그저 묵묵히 그 자리에 남아 있었다.

"어떠냐? 맛없지?"

반장이 팔짱을 끼면서 동료들의 모습을 둘러보았다.

남자들의 표정은…… 참으로 각양각색이다.

"맛없으면 그렇다고 말해."

그 목소리에 응한 사람은 두 명뿐이었다.

나이 지긋한 사람 중 한 명이 "맛없다"라고 말하고, 젊은 쪽의 한 사람이 "맛있지는 않아"라고 말한다.

"겨우 두 명이야?" 하고 반장은 눈을 부라렸다.

어쩐지 예전의 돈다 루를 보는 듯하다.

"너희는 어떠냐? 설마 맛있다고 지껄일 작정은 아니겠지?"

"……맛있지는 않군" 하고 나이 먹은 한 사람이 말하고, "그런 대로 맛있네" 하고 젊은이 한 명이 대답한다.

그리고 가장 몸집이 큰 나이 많은 남자와 나보다 어려 보이는 소년, 그리고 처음에 거칠게 말한 젊은이가 어리둥절한 얼굴로 뻣뻣하게 서 있었다.

"……맛있어" 하고 그 젊은이가 중얼거린다.

"뭐, 뭐라고? 이봐, 이거 정말 기바 고기 맞아?"

"네. 틀림없는 기바 고기예요. 카론이나 키뮤스가 아닙니다."

내심 아직 나름대로 긴장감을 더하면서 나는 그럼에도 방긋이 웃어 보일 수 있었다.

"값은 적동화 두 닢입니다. 괜찮으시면 드셔보세요."

"적이 두 닢이라" 하고 몸집이 큰 남자가 그 젊은이를 밀어젖히듯 앞으로 나왔다.

체격도 좋고 연령도 상당히 높아 보여서, 풍격이라면 반장 못지않은 몹시 위협적인 인물이다.

그 인물이 "하나 주게" 하고 동전을 내밀어왔다.

"고맙습니다! 잠시 기다려주세요."

"이봐, 알다스! 이 맛없는 고기에 동전을 지불할 작정이냐?"

알다스라고 불린 그 인물은 시끄럽다는 듯 반장을 돌아본다.

"반장. 당신 입맛에 맞지 않았다면야 어쩔 수 없지만, 가게 앞에서 큰 소리로 떠들지는 말게. 위병이 오면 끌려가지 않겠나?"

"하, 하지만……."

"당신에게는 맛없더라도 내게는 죽을 만큼 맛있었네. 입맛은 다 제각각이지 않은가. 딱히 소란을 피울 일도 아닌데."

입맛은 다 제각각──.

그렇다, 기바 고기는 특유의 풍미가 있다. 소고기보다 돼지고기보다, 그리고 키뮤스 고기보다 맛있다고 느끼는 것은 나 개인적인 취향에 불과하다. 이렇게 많은 사람들이 있으니 입에 맞지 않는 사람이 일정 수 있더라도 전혀 이상한 일은 아니었다.

그런 것은 예상 범위 내였다.

그럼에도 불구하고 내 가슴속에 부글부글 뜨거운 것이 복받쳐 오르는 까닭은—— 역시 내가 한참 부족한 반 사람 몫이기 때문이다.

"이봐. 나도 하나 줘."

멍하니 있던 가장 어려 보이는 자갈의 소년도 동전을 내밀었다.

"고맙습니다!" 하고 응하면서 완성품을 처음 손님에게 건네자, "뭔가 맛있어 보이는군" 하고 다른 남자도 앞으로 걸어 나왔다. "그런대로 맛있네"라고 발언한 젊은이다.

"젊은이, 나도 하나 부탁해."

"네! 고맙습니다!"

"나, 나, 나도 줘!"

처음에 거친 말을 퍼부었던 젊은이도 결심했다는 듯 동전을 내밀어온다.

일곱 명 중—— 아니, 반장을 포함하면 여덟 명 중, 이로써 네 명이 구입해준 것이다.

50퍼센트의 인원이 내 요리를 인정해주었다.

일말의 아쉬움을 가슴에 품는 한편으로 지금은 이 결과를 엄숙히 받아들일 수밖에 없었다.

'동쪽 백성은 일제히 호평해주었고 남쪽 백성은 절반의 호평이라. 역시 태어난 나라에 따라 원하는 맛이 다르구나.'

그런 생각을 하면서 나는 티노와 아리아를 썰어나간다.

그사이 처음에 구입해주었던 알다스라는 몸집이 큰 자갈인이, "우와, 이거 맛있는데!" 하고 감탄해주었다.

바위처럼 우락부락하게 생긴 얼굴에 순수한 놀라움과 기쁨의 감정이 가득 넘친다.

"기바가 이렇게 맛있는 고기였다니. 누구냐, 기바가 질기고 냄새난다고 했던 녀석이? 나는 카론보다 단연 이쪽이 더 좋구나."

슬쩍 살펴보니 이 집단의 리더 격으로 보이는 반장은 벌레라도 씹은 듯 인상을 쓰며 머리를 쥐어뜯고 있었다.

"이 타라파도 최고로군. 시큼함이 딱 좋아. 게다가 티노에 섞인 이 채소는 뭔가?"

"그건 얇게 썬 생 아리아입니다."

"생 아리아였군! 약간 매콤하지만 이 고기에는 잘 어울려. 왠지 과실주가 당기는 것 같군."

"그러게 말이야. 이봐, 어제 오후에는 못 봤는데 해질 무렵에는 가게를 열지 않는 건가?"

"네. 숲가의 집에 가려면 시간이 걸려서 오후에는 문을 닫아야 해요."

"안타깝군. 여관 저녁밥에 동전 네 닢을 지불할 바에야 이걸 두 개 먹고 싶은데."

입을 꾹 다물고 있으면 꽤 험악하게 생긴 사람들만 모여 있는 남쪽 백성이지만, 동쪽 백성과 달리 표정이 무척 풍부하다.

맛있다는 말을 연발하며 소리 높여 들떠 있는 그 모습을 보고 있자니, 내 마음은 또 여러 방향으로 휘둘리며 혼란스러워졌다.

"이야, 맛있었어! 이봐, 내일도 이 시간에는 영업하는 건가?"

"네. 일단 오늘부터 9일 동안은 매일 영업할 계획이에요."

"그렇군. 우리도 다음 달 말까지는 이 마을에 머무를 테니 매일 먹으러 오지."

"고맙습니다! 또 방문해주세요. 기다리고 있겠습니다."

그렇게 남쪽 남자들은 해산하기 시작했다.

여전히 언짢은 표정을 짓고 있는 반장의 어깨를 알다스라는 자갈인이 주먹으로 툭툭 친다.

"자, 가지, 반장. 슬슬 일할 시간이잖나?"

그런데도 반장은 꿈쩍도 하지 않고 무서운 얼굴로 "이봐" 하고 나를 불렀다.

"그 타라파는 모처럼 맛있게 되었으니 기바 말고 키뮤스나 카론 고기를 써라. 그러면 나도 동전을 내주지."

"……죄송해요. 지금으로서는 다른 고기를 사용할 예정은 없습니다. 하지만 조만간 기바 고기를 이용한 새 요리도 낼 예정이니……."

"무슨 요리든 기바 고기로는 헛수고다" 하고 내뱉더니 반장도 가버렸다.

그리고── 시선을 슬쩍 움직여보니 가죽 망토의 집단은 미동조차 않고 같은 장소에 서 있었다.

그 선두에 있던 은발의 젊은이가 쓰윽 걸어온다.

"기바 고기, 맛없다고 말한다, 이상합니다. 나, 무척 맛있었습니다."

"고맙습니다. 다음에 또 와주세요."

"매일, 옵니다. 9일, 끝나면, 가게, 끝입니까?"

"아뇨. 계속 할 수 있으면 더 오래 하고 싶지만."

"계속한다, 기쁩니다. 우리, 매일 옵니다. 우리, 파란 달, 계속 있습니다."

파란 달──이란 역시 다음 달을 뜻하는 걸까.

그리고 보니 다음 달 15일에 카뮤아의 일이 시작된다는 이야기였으니 슬슬 달이 바뀔 무렵일 터이지만.

"나, 상단《은 항아리》단장, 슈미랄 디 사둠티노, 입니다."

"네?"

"슈미랄 디 사둠티노입니다. 당신, 이름, 무엇입니까?"

"네에…… 나는 파가의 아스타라고 해요."

"아스타. 고마워. 매일 옵니다."

그 말만 남기고 시무인 집단도 쓰윽 가버렸다.

"굉장해…… 한꺼번에 열 개하고도 네 개나 팔린 거지……?"

줄곧 말없이 쇠 냄비 속을 휘저어주고 있던 비나 루가 오랜만에 입을 열었다.

"남은 건 겨우 여섯 개네……? 이거라면 전부 팔리겠는데……?"

"그러게요. 엄청나게 기뻐요."

"……그런데 왜 그렇게 복잡한 표정을 하고 있어……?"

"아니…… 역시 기바 고기가 맛없다는 말 때문에 분해서요. 그런 말은 돈다 루가 햄버그를 독이라고 말한 이후 처음 듣거든요."

"맛없다고 하는 사람이 이상한 거야…… 돈다 아버지는 햄버그의 연한 고기가 못마땅했을 뿐이지만, 아까 그 남자들은 기바 고기 자체가 맛없다고 하는 거나 다름없었으니…… 분명 혀가 썩은 거야……."

"그렇지 않아요. 사람의 취향은 제각각이니까요."

돈다 루와의 대결을 거쳐 나는 그 당연한 진실을 뼈저리게 깨달았다.

그래도 숲가의 백성과 시무의 백성들이 대체로 맛있다고 평해 준 것은 분명 그동안의 식생활에서 그런 미각이 길러져왔기 때문이다.

그런 건 충분히 알고 있다.

충분히 알고 있지만—— 가슴속에 소용돌이치는 패배감을 달래주지는 못했다.

어쩌면 그것은 요리사의 긍지 같은 것이 아니라, 그저 내가 좋아하는 것을 부정당했다는 어린아이처럼 유치한 원통함에 불과할지도 모른다.

'그렇다면 그런 감정은 가슴속에 묻어두면 돼. ……하지만 서쪽 백성보다는 차별 감정이 희박할 터인 남쪽 백성이 기바 고기가 맛없다고 했어. 그것만은 확실히 머릿속에 넣어두고 앞으로 어떻게 할지를 생각해야 해.'

"아…… 아스타, 채소 가게 아저씨인데……?"

"네?" 하고 고개를 들자, 돌라 아저씨와 탈라가 남쪽 거리에서 오고 있던 참이었다.

왠지 마음이 놓여 미소를 지으려 한 나는 "어라?" 하고 고개를 갸웃거리게 되었다.

아저씨와 탈라 뒤로 모르는 남성 두 명이 따라오고 있었기 때문이다.

둘 다 황갈색 피부를 지닌, 돌라 아저씨와 동년배의 남성이었다.

처음 만났을 무렵의 돌라 아저씨처럼 잔뜩 긴장된 미소를 띠고 있다.

"여어, 가게는 좀 어떤가? 아스타."

"안녕하세요. 오늘은 순조로워요. 이래저래 열네 개나 팔았거든요."

"뭐?! 그럼 조금 있으면 품절인가?"

"여섯 개 남았어요. 아직 해가 중천에 뜨려면 멀었는데, 즐거운 비명을 지를 정도라니까요."

"그렇군. 다행이다. 저기…… 이 녀석들에게 그 시식품이라고 하나? 그걸 좀 먹게 해줬으면 하는데."

나와 비나 루를 앞에 두고 그 남성들의 얼굴은 급기야 굳어지고 말았다.

"그야 당연히 드셔주신다면야 이쪽에서 부탁드리고 싶을 정도지만…… 저기, 이쪽 분들은?"

"내 오랜 친구들이야. 한 명은 포목점을 하고 한 명은 냄비 가게를 하고 있지."

"앗! 혹시 내가 냄비를 산 가게의 주인분이신가요?"

"그, 그래. 자, 잘 기억하고 있군."

장년 남성은 살집이 좋은 사람이 많은 제노스의 백성치고는 보기 드물게 여위고 가냘팠기 때문에 인상에 남아 있었다.

"이 녀석들이 기바 고기가 맛있다는 내 말을 믿지를 않아서 억지로 끌고 왔지. 이 녀석들한테도 맛을 좀 보게 해줄 수 있을까?"

"물론이죠! 금방 데워드릴 테니 잠깐만 기다리세요."

마침 나무 접시에는 두 명분의 시식품이 남아 있었기에 나는 그것을 뜨거운 소스에 담근 다음 다시 나무 접시에 올려놓았다.

냄비 가게와 포목점 아저씨들은 우는 듯 웃는 듯한 얼굴로 눈짓을 주고받았다.

그것을 본체만체 탈라가 아저씨의 팔을 자꾸만 잡아당긴다.

"아빠, 배고파⋯⋯."

"그렇구나. 아스타, 우선 우리 것 하나씩 부탁할게."

"고맙습니다. 돌라 아저씨와 탈라가 좋아해줘서 정말 기뻐요."

"나도 기쁘다. ⋯⋯너희 같은 숲가의 사람을 알게 되어서."

말하면서 아저씨는 비나 루 쪽을 흘끗 보았다.

비나 루는 당황한 듯 미소 짓는다.

"같은 서쪽 백성이면서도 나는 도저히 숲가의 백성을 동포라고 생각할 수가 없었다. 지금도 무서운 남자들을 보면 오금이 굳어버릴 지경이지⋯⋯ 그래도 너희 같은 숲가의 백성도 있다는 사실을 알게 되어 정말 다행이라고 생각해."

『기바 버거』를 받아 들면서 돌라 아저씨는 헤죽 웃었다.

"또 우리 가게에 와줘. 내가 키운 아리아를 자네들이 먹어줬으면 좋겠어."

"⋯⋯네, 그럼 가족에게도 그렇게 전해둘게요⋯⋯."

흐뭇하게 웃으면서 돌라 아저씨는 『기바 버거』를 덥석 베어 먹었다.

"아아⋯⋯ 정말 맛있구나, 이 기바 버거라는 거. 내가 판 채소로 이렇게 맛있는 요리를 만들어줘서 나는 행복하다, 아스타."

"아뇨, 식재료가 맛있기 때문에 맛있는 요리를 만들 수 있는 거예요. 앞으로도 맛있는 아리아와 타라파를 부탁드릴게요, 돌라 아저씨."

"그 부탁만큼은 당당히 받아들일 수 있지."

그러더니 돌라 아저씨는 두 친구를 돌아보았다.

"그런데? 너희는 언제까지 그렇게 움츠리고 있을 거지? 일부러 가게까지 내팽개치고 왔으니 맛이라도 보고 가."

"어, 억지로 끌고 온 건 너잖아."

탓하듯 말하면서도 냄비 가게 아저씨는 결국 시식용 기바 고기에 손을 뻗었다.

약간 떨리는 손가락으로 이쑤시개를 쥐고, 에라 모르겠다 하고 패티 조각을 입 속에 던져 넣는다.

"어, 어때?" 하고 포목점 아저씨가 그 팔을 잡아당겼다.

"맛있어…… 아니, 신기한 맛이야……."

"아, 이건 고기를 곱게 다진 다음 둥글게 빚어서 구운 요리예요. 좀 색다른 식감일지도 모르겠네요."

냄비 가게 아저씨는 엄청난 기세로 눈을 굴리기 시작했다.

그러고 나서 결심했다는 듯 품속에 손을 집어넣는다.

"나, 나도 하나 줘! 좀 더 먹어보지 않으면 모르겠어."

"네! 고맙습니다."

"이, 이봐, 진심이야……?"

포목점 아저씨도 이쑤시개에 손을 뻗었다.

"우와, 뭐야, 평범하게 맛있잖아!"

그러고는 깜짝 놀라 휘둥그레진 눈으로 쇠 냄비 속을 들여다본다.

"이게 정말 기바 고기라고……? 그런데 이 타라파도 굉장히 맛있군!"

"당연하지. 내가 키운 타라파라고?" 하고 돌라 아저씨가 가슴을 젖히자, 포목점 아저씨는 "뭐, 뭐야, 약삭빠른 녀석 같으니라고" 하고 소심하게 웃었다.

"조, 좋아, 나도 하나 줘! ……아, 저기, 이거 먹고 뿔이 나거나 피부가 검어지는 일은 없겠지……?"

"그런 미신을 믿어? 난 여태껏 뿔이 난 숲가의 백성은 한 번도 못 봤고 그들이 남쪽 숲에서 왔을 무렵부터 이 모습이라고 우리 할머니가 말씀하셨지."

"나, 나도 알아! 하나 줘!"

"……고맙습니다" 하고 진심으로 말할 수 있었다.

맛없다는 말에는 실망하고 맛있다는 말에는 기뻐하고, 그 한 마디 한마디에 흔들리는 마음을 어찌할 도리가 없는 나는 철저하게 반 사람 몫이다.

하지만 어쨌든 승부는 이제 막 시작되었을 뿐이다.

내일부터는 『기바 버거』를 40개 준비해야겠다.

어느 정도 순조롭게 팔리기 시작하면 예정보다 이르지만, 새 메뉴를 선보여도 될 것 같다.

생각할 것은 산더미처럼 쌓여 있다.

그 후에는 또다시 유령처럼 소리 없이 모습을 드러낸 카뮤아 요슈가 레이토의 몫까지 포함해 두 개를 구입해가고, 그날도 우리는 개점한 지 한 시간도 안 되어 모든 상품을 다 팔아치웠다.

6

그 이튿날.

영업 사흘째── 해질 무렵.

내가 파가의 거실에서 대자로 뻗어 있는데, 밖에서 덧문을 두 번 노크하는 소리가 들렸다.

"아스타. 나다."

아이 파의 목소리다.

나는 뭐라 말할 수 없는 피로감에 휩싸인 몸을 털가죽 깔개에서 가까스로 일으켜, 빗장을 벗기기 위해 현관문으로 향했다.

그리고 덧문을 열자 한나절 만에 보는 친애하는 가장에게 "뭐야, 그 얼빠진 얼굴은?" 하고 느닷없이 욕을 먹었다.

"오늘은 결국 한 개도 못 팔았나? 그렇다 해도 그렇게 한심한 표정은 짓지 마. 불쾌하다."

"으으으. 그러는 넌 어땠는데? 요즘 들어 기바의 수도 점점 적어지고 있잖아?"

"한 마리 잡았어. 한데 여기저기 상처를 많이 내게 되어서 피 빼기를 잘 할 수가 없었다."

"그렇구나. 수고했어. 다친 곳이 없어서 정말 다행이야……."

"그러니까 뭐냐고, 그 얼굴은? 적당히 하지 않으면 정말 화 낸다."

"좀 피곤해서 그러니까 신경 쓰지 마. 아이 파하고 같이 있으면 금방 기운을 차릴 거야……."

"허튼 소리 좀 그만해. 불쾌하니까 당장 그 표정 풀어."

인정이고 나발이고 없는 가장님이시다.

"대체 무슨 일이 있었지? 네가 그렇게까지 얼빠진 데에는 무슨 사정이 있을 것 아냐?"

"사정이라고 해야 하나…… 오늘은 위병까지 출동하는 사태가 벌어졌거든."

"뭐? 어떻게 된 거지?" 하고 아이 파가 별안간 내 멱살을 움켜쥐었다.

"너, 대체 무슨 짓을 저질렀어? 성실하게 일을 수행하고 있었던 게 아니었나?"

"난 성실하게 했어! 그 덕분에 오늘은 40개를 다 팔았고! …… 그런데 그 탓에 위병이 오게 된 거야."

"……도무지 모르겠군. 됐으니까 이유를 설명해."

내 몸을 밀쳐내더니 아이 파는 망토를 벽에 걸고 대도를 세워 놓는다.

언제나 늠름한 그 모습을 눈으로 좇으며 나는 아궁이 옆까지 물러나 앉았다.

"오늘은 가게를 열자마자 남쪽과 동쪽 사람들이 몰려와서 눈 깜짝할 새에 20개가 팔려버렸어."

"음."

"마침 오늘은 추가분도 준비해갔으니 부랴부랴 새로 20개를 요리했지. 그런데 완성되자마자 탈라가 아저씨들 몫까지 네 개나 사간 거야."

"음."

"그래서 열여섯 개가 남았지…… 그런데 어제의 《은 항아리》라는 상단하고, 자갈인 집단이 한꺼번에 찾아온 거야. 각각 열 명씩 대인원으로."

"음? 그 사람들은 가게를 연 동시에 사간 게 아니었나?"

"아니야. 아침 일찍 와준 손님들은 그 사람들한테서 소문을 듣고 사러 온, 처음 보는 손님뿐이었어. 아무래도 남쪽 사람들은 남쪽 사람들끼리, 동쪽 사람들은 동쪽 사람들끼리 서로 마주치지 않도록 여관을 따로 정해놓은 모양이더라고. 그 각각의 여관에서 『기바 버거』가 제법 화제에 올랐나 봐."

"……음."

"각 열 명씩의 단체 손님이 왔는데 상품은 이제 열여섯 개밖에 남아 있지 않아서, 아슬아슬하게 먼저 온 《은 항아리》 쪽에 열 개를 팔고, 남쪽 백성 손님들한테는 죄송하지만 이제 여섯 개밖에 안 남았습니다, 하고 사과했더니— 그럼 적어도 균등하게 여덟 개씩 팔아! 하고 소란을 피우더라고."

"음."

"그런데 동쪽 손님들도 전혀 양보하려 하지 않는 거야. …… 소란이 수그러들 기미가 안 보이니까 통행인들이 위병을 불렀다는 이야기지."

"뭐야. 그럼 소란을 일으킨 자들이 벌 받으면 되는 일 아닌가?"

"으음, 그게 또 그렇지가 않더라고. 결국에는 소란을 일으키게 한 내 잘못이라는 결론에 이르러서 하마터면 역참 마을에 출입 금지를 당할 뻔했다니까."

"……그게 도시의 법인가?" 아이 파의 눈동자에 분노의 불꽃이 일렁인다.

"그, 그건 나도 모르지만. 그래도 겨우 그 부분을 설득했으니 너무 걱정하지 마. 실제로 충분한 수량을 갖추지 못한 건 내 불찰이기도 하고. ……그 사실만큼은 나도 심각하게 받아들이고 있어."

"그렇군. ……그거 힘들었겠군."

아이 파는 살짝 고개를 흔들어 막 싹트기 시작한 분노의 불꽃을 꺼버렸다.

"고생했어. ——그럼 배가 고픈데, 아스타."

"……매정하네요, 가장."

"고생했다고 말했잖아. 네가 피폐해진 이유도 알았어. ……알았으니 그 얼빠진 표정 좀 당장 고쳐."

그렇게 얼빠져 있나, 하고 나는 양손으로 얼굴을 주물러 풀어 보았다.

하긴 위병 대기소에서 풀려난 지 몇 시간, 나는 머리와 몸을 풀가동하게 되어 잔류 에너지가 거의 바닥이 났을지도 모른다.

이럴 때는 영양 섭취가 최고다.

"좋아! 그럼 저녁 준비에 돌입해야겠어!"

"……쓸데없이 밝게 행동하라고는 말하지 않았다."

그렇습니까.

나는 얌전히 이미 완성된 수프를 데우기 위해 아궁이에 장작을 지피기로 했다.

"그건 그렇고, 불과 사흘 만에 40개나 되는 요리가 팔렸다는 것은 눈부신 성과 아닌가?"

아궁이 옆에서 책상다리로 앉은 아이 파가 좀 이상하다는 듯 묻는다.

"그런데도 넌 오늘도 전혀 기뻐하는 것처럼 보이지 않는데."

"그야 뭐, 예상보다 훨씬 잘 팔리는 건 기쁘지만, 그저 기뻐하기만 할 수 있는 입장도 아니잖아. 나로서는 벼랑 끝에 몰린 심정이야."

"벼랑 끝?"

"우리의 최종 목적은 기바 고기의 맛을 역참 마을에 퍼뜨리는 거잖아? 그런데 아직 제노스 태생의 사람들 중 『기바 버거』를 먹은 사람은 겨우 네 명뿐이야. 아무리 동쪽과 남쪽 사람들에게 호평을 받아도 그들은 시기가 지나면 마을을 떠날 사람들이잖아. 이렇게 가다가는 약간의 목돈만 쌓일 뿐, 목적에는 조금도 다가가지 못하는 거 아닐까."

오늘 위병의 문초로 인해 나는 손님들의 정체를 정확히 알게 되었다.

시무인 집단은 그들이 밝힌 대로 상단 《은 항아리》의 관계자다. 조국인 동쪽 왕국에서 귀금속 등의 상품을 휴대한 채 서쪽이나 북쪽 도시를 약 1년에 걸쳐 돌아다니고 여행을 하면서 장사를 해나갈 예정이라고 한다.

그리고 자갈인 집단은 약간 유명한 건축상의 일원으로, 제노스의 역참 마을에 있는 대부분의 건축물은 그들이 지었다고 한다.

기바 고기를 전적으로 부정한 '반장'이 책임자인데, 현재는 1년에 한 번 있는 노후화된 건물을 보수하는 시기라고 한다.

"그러니까 《은 항아리》와 건축상 사람들은 다음 달 말이면 다들 떠나고 말아. 게다가 같은 여관에 묵은 사람들도 어디까지나 여행 도중이거나 벌이를 하러 나온 사람들일뿐 제노스에 정착한 게 아니야. 그 사람들이『기바 버거』를 9할이나 차지해서 제노스 백성의 입에는 아직 닿지도 못했다는 것이 현재 상황이지."

"한데── 일단 남쪽이나 동쪽 백성에게 상품을 판다는 것이 네 전략 아니었나?"

"그 말도 맞긴 한데, 요리에 관한 좋은 평판이 퍼지기도 전에 위병이 출동했으니 말도 안 되잖아. 다음번에 또 소란이 일어나면 정말 나는 출입 금지를 당할지도 몰라. ……그러니 역시 벼랑 끝이야."

위병들과 밀라노 마스의 차가운 눈빛이 지금도 가슴속에 박혀 있다.

그 눈빛은 역시 숲가의 백성은 마을의 조화를 위협하는 이단자라는 그들의 속내를 여실히 드러내고 있었다.

불합리하다고 하면 불합리하다. 만약 우리가 숲가의 백성이 아니었더라면 이렇게까지 엄격한 취급은 받지 않았을 것이다.

하지만 그럼에도 우리는 숲가의 백성이며 적지에서 장사를 감행하기로 결단한 몸이다.

더 이상의 실수는 용납되지 않는다.

역시 이것은 역참 마을을 상대로 한 싸움이라는 것을 나는 새삼 인식하게 되었다.

"……이제야 평소 얼굴로 돌아왔군."

가까이서 아이 파의 목소리가 들린다.

깜짝 놀라 돌아보니 어느덧 아이 파가 내 옆에 서 있었다.

"그리고 넌 의외로 탐욕스러운 인간이었어, 아스타."

"타, 탐욕?"

"이 사흘 동안 동전을 얼마나 벌었지?"

"응? 그야 뭐 사흘 합해서 70개 팔았으니 적동화 140닢이네. 초기 경비하고 인건비를 일당 계산하고 재료비도 빼면 순수한 이익은 적동화 77닢 정도야."

"불과 사흘 만에 기바 여섯 마리를 사냥한 것보다 더 많이 벌었다고 할 수 있겠군."

"그걸 어떻게 비교해? 아무리 동전을 벌었어도 기바의 수가 줄어드는 것도 아니고. 사냥꾼의 일과는 별개야."

그러고 보니 열흘간 통틀어서 최소 할당량이 60개——라는 이야기도 있었다.

그것을 사흘 만에 달성하게 될 줄은 꿈에도 몰랐던 못한 나이다.

수프를 휘젓는 내 옆에서 아이 파는 미소 짓는다.

"그건 숲가의 인간의 사고방식이다. 돌의 도시의 인간은 그 동전을 벌기 위해 일하고 땀을 흘리는 것 아닌가?"

"그러니까 우리의 목적은 그게 아니잖아? 하기야 이 동전으로 새 냄비하고 칼도 살 수 있으면 진짜 좋겠지만."

"……그러니까 네가 탐욕스럽다는 거다."

그렇게 말하고 웃는 아이 파의 눈동자에는 어쩐지 매우 온화한 빛이 깃들어 있는 것 같았다.

하지만 나는 아직 납득이 가지 않는다.

"뭐야, 예상 이상의 매출을 올렸는데 만족하지 않았다고 해서 탐욕스럽다는 거야? 그럼 나 정말 섭섭한데?"

"그렇지 않아. 벌어들인 동전에는 눈길도 주지 않고 당초의 목적에만 매진하는 널 승리에 대해 탐욕스러운 인간이라고 평가한 거다."

"……그럼 차라리 지기 싫어하는 사람이라고 해줘. 탐욕이라는 말은 어감이 너무 나쁘잖아."

제법 따뜻해진 냄비 속을 휘저으면서 내가 불평하자, "알겠어" 하고 답하며 아이 파가 더 가까이 왔다.

그리고 이미 머릿수건을 벗어놓은 내 머리를 헝클어뜨리며 얼굴을 가까이 가져온다.

"넌 지기 싫어하는 인간이구나, 아스타."

아이 파는 씩 하고 흰 이를 드러내고 얼굴에 장난꾸러기 같은 미소를 띠고 있었다.

아이 파치고는 보기 드문, 언뜻 루도 루를 연상케 하는 웃음이다.

워낙 확실하게 웃는 얼굴을 보이는 일 자체가 드문 아이 파였기에 나는 화들짝 놀랐다.

"……그건 그렇고 배가 고픈데, 아스타?"

"아, 그래. 이쪽은 충분히 데워진 것 같아. 고기를 구울 테니 이거 옮기는 것 좀 도와줄래?"

이것은 아까 끓여놓은 기바 수프다. 냄비에도 아직 열이 남아 있었고 어차피 이 인분의 적은 양이기 때문에 금방 데울 수가 있었다.

그 냄비를 아궁이 뒤에 깔아둔 판자 위로 옮기고 새 쇠 냄비를 세팅한 다음 준비해둔 나무 접시를 들어 올렸더니, 아이 파가 신기하다는 듯 들여다보았다.

"오늘 저녁밥은 뭐지? 뭔가 맡아본 적 없는 냄새가 나는데."

"맞아. 오늘은 새 식재료를 구입했거든. 식재료라기보다는 향신료 같은 거지만."

나무 접시 위에는 기바의 삼겹살과 목심이 붉은 액체에 잠겨 있다.

과실주에 잘게 다진 아리아와 새로 들여온 식재료 먀무를 곁들인 양념 국물이다.

"먀무?"

"그래, 먀무. 저번에 내가 먹었던 키뮤스 고기만두에 들어간 채소야."

먀무는 마늘과 고수풀을 합체한 것 같은, 꽤 복잡하면서 몹시 식욕을 돋우는 향기를 지닌 향초였다.

빨대만큼 가느다란 녹색 뿌리줄기로, 생으로 씹으면 눈물 나게 맵다. 그것을 아리아와 같이 풀처럼 될 때까지 곱게 다져서 양념 국물에 집어넣었다.

"전부터 계속 흥미는 있었는데 이름도 아무것도 몰랐거든. 오늘 돌라 아저씨한테 물어보고 드디어 알아냈어. 이건 분명히 타라파 소스에도 맞을 거야."

그렇게 설명하면서 나는 우선 얇게 슬라이스해둔 아리아를 볶았다.

아리아가 흐물흐물해지자 미리 재어둔 고기를 펴주며 냄비에 집어넣었다.

그 순간 과실주와 먀무 향기가 실내에 가득 퍼졌다.

"어때? 이 향기, 싫지는 않아?"

"……왠지 마구 배가 고파졌어."

그럼 그렇지. 고수풀에 관해서는 나도 문외한이지만, 역시 마늘 향기는 고기를 볶는 향기와 함께 식욕 중추를 자극하는 쌍벽이라고 생각한다.

내가 있던 세계에서는 지나치게 강한 냄새 때문에 마늘을 기피하는 사람들도 적지 않았지만, 먀무는 먹고 난 후 마늘처럼 냄새가 많이 남지 않으며, 키뮤스 고기만두는 여성과 아이도 즐겨 먹는 모습을 보았기에 나도 이 자극적인 향신료를 내 요리에 도입할 마음을 먹을 수 있었다.

참고로 먀무는 채소 가게가 아니라 돌소금과 마른 식품을 파는 가게에 놓여 있었는데, 루가의 식량 창고에서도 보지 못한 식재료다.

"좋아. 고기 표면이 익으면 이것도 넣을 거야."

나는 나무 접시에 남은 양념 국물도 전부 쇠 냄비에 부었다.

조리법은 생강구이와 똑같다.

그리하여 『기바 고기 먀무구이』라고 이름 붙이면 되려나, 하고 머릿속으로 몰래 생각한다.

"아스타."

"응?"

"배고파."

"아아, 응, 네 번째네. 이제 완성이니 잠깐만 기다려."

고기 속까지 다 익으면 아리아와 함께 나무 접시에 옮겨 담는다.

기바 고기에는 미리 돌소금과 피코잎을 뿌려놓았기 때문에 더 이상의 양념은 필요 없다.

쇠 냄비에 남은 국물이 어느 정도 졸아들면 그걸 고기와 아리아 위에 뿌려준다. 그러면 완성이다.

"아, 구운 포이탄은 식량 창고에 있는데. 미안, 수프 좀 그릇에 떠줄래?"

"음."

나는 서둘러 식량 창고로 향하여 아침에 미리 구워놓은 포이탄과 아까 준비해둔 채 썬 티노를 식탁으로 가져왔다.

"이건 기바 버거에도 들어가는 생 티노인가?"

"맞아. 아마 이 음식에도 잘 맞을 거야."

생강구이에는 역시 채 썬 양배추다.

따라서 먀무구이에는 채 썬 티노가 맞을 것이다.

뭐, 어디까지나 이세계에서 자란 내 감성에 비추어봤을 때의 이야기지만.

"좋아! 그럼 먹을까?"

"……뭐지? 아스타, 네 접시에는 고기가 상당히 적은데?"

"아, 응. 양념 국물에 쓸 아리아하고 먀무의 비율이나 담가두는 시간 같은 걸 여러모로 비교하다 보니까 시식하면서 고기를 꽤 많이 먹었더라고. 그러니 이거면 충분해."

내 말에 아이 파는 의아한 표정을 짓는다.

"무척 열심히 했나 보군. ……혹시 이것도 역참 마을에서 팔

음식으로 내놓을 건가?"

"오, 날카로운데! 네 말이 맞아.『기바 버거』를 40개 이상 만들려면 품이 너무 많이 들어서 내일부터는 이것도 가게에서 팔 생각이야. 먹는 방법은 이래."

『기바 버거』보다 얇고 길쭉하게 만든 포이탄 빵에 우선 채 썬 티노를 듬뿍 올리고, 그 위에 고기와 아리아를 놓은 다음 크레이프처럼 아래쪽을 말아주면 완성이다.

"저녁밥이니까 아이 파는 두 개 먹어. 다 못 쓴 아리아는 수프에 넣었으니까 남기면 안 돼."

"……저녁밥을 남기는 숲가의 백성은 존재하지 않아."

"응. 그냥 말해보고 싶었을 뿐이야. 자, 어서 먹어."

아이 파는 고개를 끄덕이고 식사 개시의 의식을 하고 나서 그것을 손에 들었다.

그러나 내 시선을 알아차리고 눈살을 약간 찌푸린다.

"……사람 얼굴을 빤히 쳐다보지 마."

"아, 아아, 미안, 미안. 어떤 반응을 보일까 궁금해서."

"흥" 하고 얼굴을 돌린 후 아이 파는『먀무구이』를 덥석 먹었다.

역시 두 손으로 쥐고 있는 모습이 심하게 귀엽다.

그건 그렇고── 맛은 어떨까?

그런대로 잘 만들었다고 생각한다.

생강도, 조리술도, 간장도 없으니 생강구이의 맛에 가까워지도록 의도한 것도 아니지만. 당도가 높아 보이는 과실주와 마늘

같은 매운 맛과 향기를 지닌 먀무에 담가둔 구운 기바 고기는 진하면서도 매콤하고 달짝지근한 맛이 나서, 채 썬 티노와 구운 포이탄과도 찰떡궁합이다.

고기 두께는 5밀리미터 미만. 그럼에도 씹는 맛이 쫄깃하다. 불 조절을 잘못하면 역참 마을 사람들은 질기다고 느낄 위험성도 있기 때문에 요주의다.

마찬가지로 내가 먹을 몫도 만들면서 나는 아이 파에게 "어때?" 하고 물어봤다.

"맛있어" 하고 아이 파는 변함없이 대답한다.

뭐, 맛이 있든 좀 부족하든 좀처럼 말로 표현해주지 않는 아이 파이기에, 더 이상의 소감을 이끌어내는 것은 어려운 면이 있지만——.

"향기가 좋아. 이 고기에 잘 어울려. 스테이크와 비슷한 정도로 맛있어. ……스테이크에도 이 향기는 어울리지 않을까?"

오늘은 웬일로 구체적인 소감을 입 밖에 내주었다.

"다만…… 이렇게까지 단맛은 스테이크에는 어울리지 않을지도 모르겠군. 게다가 평범한 햄버그에는 이 향기를 넣지 않았으면 해. 기바 버거의 타라파에는…… 글쎄 어떨지. 나는 잘 모르겠어."

"아, 아아, 굉장한데? 네가 소감을 길게 말해준 적은 처음 아니야?"

게다가 그 내용은 죄다 내가 납득이 갈 만한 것뿐이었다.

또한 아이 파는 아직 눈을 내리뜨고 뭔가 말을 찾는 듯한 표정이다.

"그리고…… 맛있기는 하지만, 공연히 목이 마르는군. 어쩌면…… 나는 이렇게까지 맛이 강한 편이 더 맛있다고 느끼는지도 모르겠어."

"아, 그렇구나. 육포의 돌소금 이외에는 조미료를 사용하지 않는 숲가의 백성에게는 양념이 좀 강했을지도 모르겠네. 미안, 저녁밥으로 낼 요리는 담그는 시간을 더 조절해볼게."

아이 파는 잠시 피곤한 느낌으로 숨을 내쉬더니 다시 나를 힐끗 노려본다.

"……내가 할 수 있는 말은 그 정도다. 더 이상은 묻지 마. 더 생각하면 머리가 아파."

"알겠어. 고마워. 큰 도움이 됐어!"

"……한데 기바 버거의 다음에는 스테이크나 평범하게 구운 고기를 팔 작정이라고 하지 않았나? 그 편이 기바 고기의 맛을 확실히 전달할 수 있다고."

"그래. 원래는 그러려고 했는데."

나는 자세를 고쳐 앉는다.

"그런데 어제 시식에서 손님 몇 명이 맛없다고 했다는 이야기는 했지? 그 사람들은 햄버그의 연한 식감뿐만 아니라 기바 고기의 풍미 자체가 마음에 들지 않았던 것 같아. 그래서 지금껏 해온 것보다 더 강한 양념에 도전해본 거야. 기바 고기의 맛을 해치지 않으면서도 특유의 강한 풍미를 누그러뜨리고 먹을 수 있는 방법은 없을까 하고."

"흠."

"남쪽 백성도 동쪽 백성과 비슷한 기세로 사러 와주었지만, 아마 맛있느냐 맛없느냐가 논쟁이 되는 바람에 다들 흥미가 끌렸다고 생각해. 그러니 오늘은 면전에서 불평하는 사람은 없었어도 속으로는 만족하지 못한 사람도 있었겠지. 어쩌면 절반쯤은 불만스럽게 생각했을지도 몰라."

게다가 동쪽 백성도 무표정에 무언이기 때문에 실제로는 몇 명이 만족하고 있는지 헤아릴 방도가 없다.

나날이 손님은 늘고 있지만, 그중 몇 명이 재구매자인지도 모른다. 특히 동쪽 백성은 모두 생김새가 닮은 데다 망토에 달린 모자로 얼굴을 가린 사람이 많기 때문에 나로서는 더더욱 판별이 가지 않는다.

"그럭저럭 강한 풍미를 지닌 타라파 소스의 『기바 버거』인데도 고기의 풍미가 마음에 들지 않는다고 말하는 손님도 있었으니, 고기의 풍미를 전면에 내세운 스테이크 같은 것보다는 기바 고기 특유의 냄새와 맛을 억제한 요리를 먼저 시도하는 편이 좋겠다 싶었어. 《키뮤스의 꼬리정》에서 먹은 고기 소금절이가 몹시 짠맛이 난 것만 보아도 마을 사람들은 간을 강하게 해도 반감은 없겠다고 판단했어."

"……뭐야, 머리는 제대로 돌아가고 있는 모양이군."

벌써 첫 번째 『먀무구이』를 먹어치운 아이 파가 나를 가만히 응시한다.

"아까 그 얼빠진 표정은 대체 뭐였지?"

"어? 그러니까 피곤해서 그랬을 뿐이야. 낮에는 그런 소란이 일어난 데다 그 후에는 이 새로운 메뉴를 급하게 완성시켜야 했거든. 더군다나 생각할 일은 그것 말고도 산더미처럼 있었으니까."

아이 파를 위해 새로운 『먀무구이』를 만들면서 나는 몸을 앞으로 살짝 내밀었다.

"저기, 아이 파. 남쪽이나 동쪽 사람들이 상품을 사주는 비율이 설마 이렇게까지 높을 줄은 예상 못했어. 내일은 『기바 버거』와 이 신상품으로 어떻게든 이어갈 작정인데 그래도 근본적인 해결책은 되지 않아."

"……흠?"

"포장마차가 하나일 때는 『기바 버거』가 품절된 후에 『먀무구이』를 판다는 판매 방식밖에 취할 수가 없거든. 모처럼 두 종류의 요리를 선보이는 보람도 없어. ……그래서 예정이 꽤 앞당겨지긴 하겠지만 포장마차를 두 대로 늘리는 방안을 본격적으로 검토해야 한다고 생각해."

내가 건넨 『먀무구이』를 받아 들면서 아이 파는 "음" 하고 엄숙하게 고개를 끄덕인다.

"네가 그렇게 생각한다면 그렇게 하면 된다. 난 네 판단을 믿어."

"아니, 이건 꽤 중요한 문제거든? 포장마차와 일손을 늘리면 그만큼 경비도 더 들고——."

"한데 그것이 성공으로 가는 지름길이라는 생각이지?"

아이 파는 조용히 나를 바라봤다.

"나는 네 판단을 믿어. 같은 말을 되풀이하게 하지 마."

"……알겠어. 고마워."

고개를 힘차게 끄덕이는 내 모습에 아이 파는 문득 온화하게
미소 짓는다.

"……정말 탐욕스러운 남자구나, 너는."

"아니, 탐욕이라는 표현은——."

"정말 지기 싫어하는 남자구나, 너는."

이러면 반론할 여지도 없다.

여기까지 오는 사흘 동안 생각만큼 성과를 올리지 못한 원인
은 내가 너무 낙관적으로 전망했기 때문이다.

내가 판단을 잘못하면 이 계획은 대실패로 끝난다. 오늘의 소
란으로 그것을 실감할 수 있었다.

남쪽과 동쪽 백성들이 상품을 싹쓸이하는 바람에 서쪽 사람들
에게 제공하지 못하다니…… 이렇게 한탄할 수밖에 없는 상황
이 우스울 뿐이다.

처음 열흘 동안 성과를 올리게 되면 새로운 요리를 선보인다
는 것이 당초 예정이었지만, 이제 그런 태평한 이야기는 할 수
가 없다. 개점 사흘째에 가게는 용량 초과를 일으키고 말았기에
신속히 대응해야 한다.

비나 루에게는 이미 이야기를 해놓았다.

돈다 루의 허가가 떨어지면 모레부터 새로운 일손을 빌리는 것도 가능해진다.

어떻게든 내일 하루를 극복하고 모레부터는 반격에 나설 것이다.

"좋아! 이제부터가 제2의 라운드다!"

"라운드가 뭐지?"

그 목소리에 돌아보니 아이 파는 세운 무릎에 턱을 괴고 내 모습을 바라보고 있었다.

"아, 어라? 아이 파, 벌써 다 먹었어?"

"네가 느린 거다. 이후에도 할 일이 기다리고 있을 텐데? 냉큼 먹지 않으면 잠잘 시간이 줄어들어."

"괜찮아. 아까 시간이 남아서 『기바 버거』 패티는 만들어놨거든. 『먀무구이』에 쓸 고기를 썰어놓는 일하고 타라파 소스만 끓이면 되니까 금방 해. 가장 힘든 건 내일 아침에 포이탄을 굽는 작업이지."

"…………"

"응? 왜 그래?"

"……널 파가에 잡아두면 나 말고는 아무도 이익을 보지 않아. 그러니 너는 루티무와 함께 있어야 하는 게 아닐까 하고 생각했어."

"무, 무슨 소리야? 또 파가에서 나가라는 말을 하려는 건 아니지?"

"지금의 내가 그런 소리를 할 것 같아?"

아이 파의 눈빛은 온화했다.

약간 식어버린 수프를 먹으면서 나는 머리를 긁적인다.

"그럼 왜 그런 이야기를 꺼내는 건데? 날 너무 불안하게 하지 말아줘."

"나는 기뻐하고 있어. 네가 파가에 머물러준 것을. ……그리고 네가 파가에 있으면서도 자신의 능력을 살리는 일을 찾아냈다는 것을."

그렇게 말하며 아이 파는 양손과 양 무릎을 이용해 내 쪽으로 기어왔다.

그러고는 또다시 내 머리를 마구 헝클어뜨린다.

내가 아이 파의 머리를 쓰다듬었을 때는 내 복부를 가격했으면서 참으로 스스럼없는 스킨십이다.

"저, 저기, 네가 그러면 난 왠지 어린아이가 된 것 같은 기분이야."

"그래? 아버지 기루는 자주 이렇게 나를 칭찬해주었는데."

그렇게 말하고는 오랜만에 입술을 삐죽거린다.

"아, 그랬구나, 전혀 싫지는 않거든? 좀 부끄러울 뿐이야."

"……그렇군" 하고 아이 파는 눈을 내리떴다.

괜히 쓸데없는 소리를 했나 싶어 나는 조금 반성한다.

그 순간.

아이 파는 서서히 한쪽 무릎을 세우고는 느닷없이 양팔로 내 목을 끌어안기 시작했다.

아이 파의 체온과 향기와, 힘이, 순식간에 내 몸과 마음을 감싸준다.

"그날 밤 널 잃지 않아 다행이야. ……네가 루티무가가 아닌 파가를 선택해주어 다행이야."

"아……아, 아, 아이 파하?"

절로 목소리가 뒤집히고 말았다.

아이 파가 나를 사정없이 꽉 끌어안아 뺨 언저리에 아이 파의 매끄러운 머리카락이 쓸린다.

심장이 멈출 것만 같았다.

눈 안쪽에서 비단색 빛이 번쩍인다.

이 감각이 몇 초만 더 계속되면 어딘가의 신경이 타버릴지도 모른다── 멍하니 그렇게 생각한 순간, 열과 힘과 향기가 스윽 멀어져갔다.

바닥에 고쳐 앉은 아이 파가 어린아이처럼 코끝을 긁는다.

"……이게 지금의 내 마음이다."

"너……너무 놀라게 하지 말아줘……."

나는 그대로 무너져 내릴 것만 같아 바닥에 손을 짚고 몸을 지탱해야 했다.

"네, 네 아버지는 꽤 정열적인 분이었구나?"

"음? 아버지 기루가 왜?"

"어?"

"아버지 기루는 상관없어. 방금 그건 내가 하고 싶어서 그렇게 했을 뿐이야."

"…………."

"불쾌하다면 앞으로는 삼가지. 한데 조금 전에는 도저히 마음을 억제할 수가 없었어. ……밥 먹는 데 방해해서 미안하군. 자, 어서 마저 먹어. 나도 이제 잠이 오는군."

시치미 뗀 표정으로 말하면서 아이 파는 내 몫의 나무 접시를 가리켰다.

'이 녀석……이 녀석은 비나 루보다 백만 배는 더 악질이야!'

내 마음속 절규를 전혀 알아차리지 못한 채 아이 파는 냉큼 머리를 풀기 시작한다.

"나는 충분한 성과를 올렸다고 생각하는데, 너 스스로 그렇게 생각할 수 없다면 더 노력해. ……그리고 예전부터 말했듯이 네가 가진 동전은 마음대로 써도 좋아. 부족하면 나한테 말해."

"……날 그렇게 전적으로 신용해도 되는 거야? 내가 번 동전으로 너한테 머리꾸미개라도 사주면 어쩔 거야?"

"때려눕힌다."

"아, 그래. ……알겠어! 그럼 내일 매출에 따라 정말 매장을 확장할 테니까! 나중에 뭐라 하면 안 된다?"

"왜 그리 흥분하는 거지?"

머리를 푼 아이 파가 또다시 스윽 얼굴을 가까이 가져온다.

"……역시 내가 널 불쾌하게 만들어버렸나?"

그 얼굴은 살짝 불만스럽기도, 그리고 불안해 보이기도 했다.

전혀 식사를 하지 못한 채 나는 땅이 꺼져라 한숨을 내쉬어 보인다.

"그렇지 않습니다. 정말 죄송했습니다……."

"……이상한 남자구나, 너는."

절대로 그렇지 않다.

하지만 안심한 듯 미소 짓는 아이 파의 얼굴을 보고 있자니 반론은커녕 아무것도 할 수 없었다.

어쨌든── 우리의 싸움은 이제 막 시작되었을 뿐이었다.

입가심 ✒ ~ 역참 마을의 소녀 ~

"알겠어? 더 이상 함부로 숲가의 백성과 인연을 쌓으면 안 된다, 탈라?"

아스타 일행이 가게를 떠나자 돌라는 조금 무서운 얼굴로 그렇게 말했다.

탈라는 요만큼도 납득할 수 없었기에, "어째서?" 하고 되묻는다.

"아스타 오빠는 좋은 사람이야. 그러니까 아빠도 감사의 말을 하고 싶었던 거잖아? 그런데 왜 아스타 오빠네하고 사이좋게 지내면 안 되는 건데?"

"그 아스타라는 자는 분명히 그리 나쁜 사람은 아닐 거다. 숲가의 백성의 복장을 하고는 있지만 태어난 곳은 어딘가의 도시나 마을이겠지. ……그리고 아스타와 같이 있던 아이 파라는 여자도 분명 훌륭한 사냥꾼일 테지. 그래도 역시 숲가의 백성과 가깝게 지내는 건 위험하거든."

그렇게 말하고 돌라는 얼굴을 가까이 가져간다.

"너도 역참 마을에서 날뛰는 숲가의 백성을 봤잖아. 숲가의 백성 중에는 흉포한 사람도 많아. 그러니 함부로 접근해서는 안 돼."

"하지만…… 숲가의 백성이 아니더라도 술 마시고 날뛰는 사람은 다 무서운걸?"

탈라가 그렇게 말해도 돌라는 "안 돼, 안 돼" 하고 더는 상대해주지 않았다.

"숲가의 백성은 죄를 지어도 위병에게 용서받지. 그러니 태연하게 죄를 저지르려 하는 거다. 그런 위험한 녀석들과 어울려봤자 우리만 변을 당할 뿐이야. ……탈라, 널 구해준 일에 관해서는 아까 확실하게 인사해두었으니 더 이상 우리가 먼저 다가갈 필요는 없어."

그렇게 말하면서 돌라는 지붕 아래에서 얼굴만 내밀어 해의 위치를 확인했다.

"이제 곧 이각이군. 좀 이르지만 단골집에 주문받으러 다녀올래? 중간에 다른 데로 빠지면 안 된다?"

"……응."

결국 납득이 갈 만한 대답은 얻지 못한 채 탈라는 가게에서 나왔다.

가도는 사람들로 북적인다. 역참 마을의 주민, 탈라 가족처럼 농촌에서 일하러 나온 사람들—— 게다가 남쪽과 동쪽의 여행객들까지 각양각색이다.

길거리에서 숲가의 백성의 모습을 발견하는 것도 드문 일은 아니다. 숲가에도 많은 사람들이 살고 있기 때문에 그들은 식량을 사기 위해 곧잘 역참 마을로 내려온다.

하지만 그 대부분은 여성이며, 기바의 털가죽을 몸에 두른 사냥꾼이 나타나는 경우는 거의 없다.

그래서 열흘쯤 전에 숲가의 사냥꾼과 맞닥뜨렸을 때는 정말 무서웠다.

그 사냥꾼은 낮부터 술을 마시고 역참 마을 안에서 칼을 뽑아 들고 짐승처럼 울부짖고 있었다. 번뜩이는 파란 눈도 마치 짐승 같았다.

그런데 그 무법자로부터 탈라를 지켜준 사람도 숲가의 백성이었다.

숲가의 백성으로는 보이지 않지만 숲가의 백성의 복장을 한 아스타와 아름답고 젊은 여자인데도 기바의 털가죽을 몸에 걸친 아이 파다.

그 아이 파라는 여자도 짐승처럼 눈을 번뜩였다. 어느 쪽이냐 하면 무법자인 숲가의 백성보다 아이 파가 더 무서운 눈초리였고 강해 보였다.

아이 파가 무법자의 죄를 꾸짖고 탈라를 구해준 것이다.

그런데도 위병들은 아이 파와 아스타를 죄인 취급하며 위병 대기소에 데려가려 했다. 그 자리에 카뮤아 요슈라는 여행객이 나타나지 않았더라면 무법자의 죄는 용서되고, 아스타 일행이 죄인 취급을 당했을지도 모른다.

'어째서일까. 그 술주정뱅이는 자신을 족장 집안이라고 밝혔는데…… 그럼 족장 집안이라는 숲가의 백성만 나쁜 사람인 게 아닐까.'

걸어가며 탈라는 생각한다.

탈라는 시무인처럼 검은 눈동자를 반짝반짝 빛내던 아스타가 좋았다.

좀 무섭긴 하지만 늠름한 모습의 아이 파도 멋있다고 생각했다.

아빠 돌라도 그 두 사람은 나쁘게 생각하지 않는 것 같던데, 그럼에도 숲가의 백성에게는 접근하지 말라고 한다. 그것이 탈라는 이해가 가지 않으면서도 슬펐다.

'아스타가 만든 기바 고기 요리라는 것도 먹어보고 싶다.'

하지만 돌라는 먹지 말라고 할 것이 뻔하다.

몹시 북적이는 역참 마을을 홀로 걸어가며 탈라는 조그맣게 한숨을 내쉬었다.

◇

그 이튿날.

아침 작업을 마친 탈라는 평소대로 역참 마을의 아이들과 놀고 있었다.

역참 마을의 일을 돕고 있는 탈라는 농촌보다 역참 마을 아이들과 놀 기회가 더 많다.

그날 놀아준 아이들은 여관집 아들과 키뮤스 푸줏간 집 딸이었다.

"어제 말이야, 성 밑 마을에서 일하는 형이 오랜만에 집에 왔어!"

술래잡기하느라 지쳐서 잠시 쉬는 동안 남자아이가 말을 꺼냈다.

"그런데 형이 선물로 카론의 등 고기를 사가지고 온 거야! 굉장하지? 다리가 아니라 등 고기라고!"

역참 마을에서는 카론의 다리 고기밖에 팔지 않는다. 등이나 가슴 고기는 매우 비싸기 때문에 성 밑 마을에서만 손에 넣을 수 있다.

"연하고 엄청나게 맛있었어! 그거 먹었더니 이제 다리 고기는 쳐다보기도 싫어!"

"흐응? 키뮤스 고기보다 연해?"

"아―, 연한 것만 따지면 비슷하려나? 그런데 연하기만 한 게 아니야! 뭐랄까…… 아무튼 엄청나게 맛있었다니까!"

"호오. 그런데 키뮤스 가죽도 무척 맛있거든?"

여자아이가 경쟁하듯 말했다.

"가죽이 붙은 고기는 비싸니까 다들 안 사잖아. 그런데 가죽째 고기를 구우면 진짜 엄청나게 맛있다니까!"

"키뮤스 가죽은 외투나 가죽 주머니의 재료잖아. 그런 것보다는 무조건 카론이 더 맛있다고!"

"그렇지 않아! 우리 집도 가죽이 붙은 고기는 한 달에 한 번 먹는 특별한 요리란 말이야! 거짓말 같으면 다음에 가죽이 붙은 고기를 먹어봐!"

그 이야기를 재미있게 듣고 있던 탈라는 문득 어제의 이야기가 떠올라 자신도 끼어들기로 했다.

"있잖아. 기바 고기도 맛있을까?"

두 사람은 흠칫 놀라서 탈라를 쳐다봤다.

"기바라면 밭을 망친다는 그 기바 말이야? 그런 게 맛있을 리 없잖아."

"맞아. 게다가 기바를 먹으면 뿔이 나고 몸도 숲가의 백성처럼 검어진대."

"에이, 진짜?"

하지만 아스타는 서쪽 백성처럼 하얀 피부였고 뿔 같은 것도 나지 않았다.

머리와 눈동자는 검은색이었지만, 그렇게 따지면 시무인은 처음부터 온몸이 새카맣다. 애초에 검다고 해서 나쁜 것은 아무것도 없다고 생각한다.

"기바 고기는 냄새나고 질겨서 숲가의 백성밖에 못 먹어. 그런 맛없는 고기밖에 못 먹다니 숲가의 백성이 불쌍하다."

남자아이가 웃기 시작한다. 그러자 때마침 지나가던 물 긷는 여성이, "요 녀석" 하고 남자아이의 머리를 때렸다.

"못하는 소리가 없구나, 그것도 아주 큰 소리로. 숲가의 백성이 들으면 너 숲 속에 잡혀간다?"

어쩐지 탈라는 다시 슬픈 기분이 들었다.

그러고 나서 "아!" 하고 황급히 일어선다.

"벌써 해가 중천에 걸렸어! 가게로 가야 해! 둘 다 내일 또 보자."

"응, 내일 봐."

탈라는 손을 흔들고 북쪽을 향해 서둘렀다.

가는 길에 키뮤스 고기만두를 구입했다. 탈라는 역참 마을의 간식 중에는 이 고기만두를 특히 즐겨 먹었다.

'……기바는 어떤 맛이 날까.'

그 생각이 머리에서 떠나지 않는다.

카론의 다리 고기는 몹시 질겨서 정성껏 푹 끓인 국물 요리 말고는 별로 좋아하지 않았다.

기바 고기는 카론의 다리 고기보다 더 질길까.

키뮤스 고기는 연해서 먹기가 편하다. 하지만 거의 맛이 나지 않아서 마무 같은 향초와 함께 먹지 않으면 맛있지가 않다.

기바 고기는 키뮤스 고기보다 더 싱거울까.

카론의 등 고기와 키뮤스의 가죽이 붙은 고기를 먹을 기회는 탈라에게는 분명 평생 찾아오지 않을 것이다. 그런 사치가 용납되는 것은 역참 마을에서도 일부 사람들뿐이었다.

그래도 자신은 매일같이 키뮤스나 카론을 먹을 수 있으니 틀림없이 행복한 것이라 생각한다. 가난한 시절에는 고기를 살 수가 없어서 키뮤스의 달걀만 먹었다고 아빠도 자주 말했다.

'……기바 고기, 먹어보고 싶다.'

그런 생각을 하며 탈라는 가도를 쉬지 않고 달렸다.

드디어 아빠의 가게에 도착했더니 그곳에서 다시 검은 머리의 소년을 보게 되었다.

"앗! 아스타 오빠다!"

절로 기뻐하는 소리가 나온다.

그러나 그 옆에 있는 사람의 모습이 탈라의 걸음을 멈추게 했다.

아이 파가 아니다.

아이 파와 옷차림이 비슷한 숲가의 사냥꾼이었다.

아스타보다 키는 작다. 그런데 몸에는 기바의 털가죽을 걸치고 허리에는 칼과 손도끼를 차고 있다. 황갈색 머리와 엷은 갈색의 눈동자를 지닌 사냥꾼 소년이었다.

그 소년이 짐승처럼 매끄러운 발걸음으로 탈라 쪽으로 다가온다.

"아유, 쪼끄매! 딱 꼬맹이 리미 또래인 거 같은데. 너, 몇 살이야?"

우렁찬 목소리였다.

강한 눈빛이 탈라의 모습을 빤히 훑어본다.

하지만 무서운 느낌은 전혀 들지 않았다.

소년의 등 뒤에서는 아스타가 걱정스러워하면서도 탈라를 향해 웃어주고 있다.

그래서 탈라는 있는 힘껏 "여덟 살"이라고 대답해 보였다.

"꼬맹이 리미하고 동갑이네. 그런데 말라서 훨씬 꼬맹이처럼 보이네."

소년이 탈라의 눈앞에 무릎을 구부려 앉는다.

밝고 강한 빛이 깃든 눈동자가 신기하다는 듯 탈라의 얼굴과 고기만두를 번갈아 봤다.

탈라는 생각에 잠겨 있느라 고기만두를 한 입도 먹지 않은 채 손에 쥐고 있었다.

"뭔가 좋은 냄새가 나는데. 그거, 맛있어?"

"……응" 하고 탈라는 고개를 끄덕여 답한다.

"흐음" 하고 소년은 고기만두에 시선을 고정한다.

왠지 소년은 배가 고파 보였다.

그래서 탈라는 "먹어볼래?" 하고 물었다.

소년은 한층 신기하다는 듯한 표정을 지었지만 결국 고기만두를 먹었다.

그러나 "맛이 없잖아" 하는 불평이 돌아왔다.

"맛없어. 아스타가 훨씬 더 맛있는 요리를 만들거든?"

"그, 그렇구나?"

무섭지는 않지만 워낙 당당해서 어쩐지 압도되고 만다.

이 사냥꾼 소년은 아스타보다 작고 아스타보다 어려 보이는데도 역참 마을이나 농장의 어른들보다 훨씬 강해 보인다.

'그래서 다들 숲가의 백성을 무서워하는 건가.'

물론 탈라도 온전히 평온하지만은 않다.

하지만 무섭다는 마음보다 멋있다고 생각하는 마음이 더 강했다.

아이 파도, 이 이름 모를 소년도 멋있다고 생각한다.

이유는 잘 모르겠다. 다만 사람을 반듯하게 보는 눈빛과 주위 시선에도 아랑곳하지 않는 행동거지가 매우 씩씩하게 보이는 것이다.

그 후 카뮤아 요슈까지 찾아와서 잠시 서서 대화를 나눈 뒤 아스타 일행은 돌아갔다.

이야기의 내용은 잘 몰랐지만, 어쨌든 아스타가 역참 마을에 가게를 차리기로 결정된 것 같았다.

"굉장해, 아스타는 정말 가게를 내겠지?"

기뻐하며 돌라에게 말을 건네자 "어어……" 하는 불분명한 목소리가 돌아왔다.

방금 전까지 줄곧 걱정스러운 표정을 짓고 있던 돌라의 얼굴에 뭔가 괴로워하는 표정이 떠올랐다.

"아빠, 왜 그래? 어디 아파?"

"어……? 아니, 아무것도 아니다. 그냥 숲가의 백성도 다양한 사람이 있구나 싶어서."

"응. 아스타 주변에 있는 사람들은 다 멋있더라."

"멋있다, 라."

돌라는 힘없이 고개를 저었다.

아빠의 모습은 몹시 마음에 걸렸지만 탈라는 그래도 전하고 싶은 말이 있었다.

"있잖아, 탈라는 아스타의 요리를 먹어보고 싶어."

돌라는 어두운 표정인 채 다시 고개를 젓는다.

"기바 고기는 우리가 먹어서 맛있다고 생각할 만한 게 아니다. 그런 식으로 여기저기에 기바 고기가 맛있다고 퍼뜨리다가는 머지않아 아스타도 거짓말쟁이 소리를 들을지도 몰라."

그 말은 어쩐지 아스타를 걱정하는 듯한 말투였다.

탈라는 아빠의 두꺼운 팔뚝에 매달려 풀 죽은 얼굴을 들여다본다.

"맛있는지 없는지는 먹어보지 않으면 모르는 거잖아. 아빠한테 받은 동전으로 아스타의 요리를 사면 안 돼?"

돌라는 잠시 입을 다물었지만 이윽고 커다란 손바닥으로 탈라의 머리를 톡 두드려주었다.

"탈라, 네게 준 동전은 일을 도와준 심부름 값이니 마음대로 써도 돼. ……단, 배탈이 나더라도 쉽게 해주진 않을 거다?"

"응! 고마워!"

탈라는 아빠의 얼굴을 올려다보며 방긋 웃었다.

아스타가 가게를 연 것은 그로부터 나흘 후의 일이다.

짧고 세찬 비가 그치기를 기다렸다가 탈라는 아스타의 포장마차로 달려갔다.

"진짜로 가게를 차렸구나! 굉장해!"

평소보다 다소 기운이 없어 보이는 얼굴이었던 아스타도 금방 웃으며 탈라를 맞아주었다.

함께 일하고 있던 숲가의 여자도 부드럽게 웃어준다.

예전에 처음 봤을 때는 약간 차가운 인상을 받았지만 웃는 얼굴을 보니 그 여자도 매우 상냥해 보였다.

"타라파의 좋은 냄새! 그거 기바 고기 요리야?"

"맞아. 탈라의 입에 맞을지 모르겠네?"

쇠 냄비 속에서는 타라파가 보글보글 끓고 있었다.

타라파 말고도 여러 가지 재료를 넣은 모양이다. 엄청나게 식욕을 돋우는 향기가 난다.

탈라가 그것을 구입하려 하자, 아스타는 맛을 먼저 보라며 나무 접시를 내밀었다.

타라파를 조린 국물에 새빨갛게 물든 기묘한 모양의 고기다.

처음에는 둥글고 납작한 모양이었을 것이다. 아스타는 그것을 더 작게 잘라서 접시 위에 살짝 올려놓았다. 그 단면에서 엿보이는 질감도 뭔가 울퉁불퉁하고 신기한 느낌이었다.

'그러고 보니 기바는 어떤 동물일까.'

탈라는 기바를 본 적이 없다.

이따금 밭 주변에 장치해놓은 덫에 기바가 잡히기도 하는 모양이지만, 탈라와 엄마는 그것을 볼 기회가 없었다. 근처에 사는 노파는 "보기만 해도 저주 받는다"라는 말까지 했다.

그런데 기바 고기는 무척 맛있어 보였다.

무엇보다 향기가 참을 수 없었다.

그래서 탈라는 주저 없이 기바 고기를 입에 넣었다.

탈라는 충격을 받았다.

"이거 뭐야……."

타라파의 시큼한 풍미가 무척 강하다. 그러나 집에서 먹는 타라파보다 훨씬 달다. 성 밑 마을에서 파는 작은 타라파처럼 매우 순한 단맛이 느껴졌다.

잘게 다져서 같이 끓이고 있는 채소는 분명 아리아일 것이다. 이 단맛은 혹시 아리아에서 오는 단맛일까.

게다가 혀를 알싸하게 자극해주는 것은 아마도 피코잎이다. 그러고 보니 모르가 숲에는 피코잎이 잔뜩 나 있다는 이야기를 들은 적이 있는 듯하다.

아무튼 그것은 탈라가 이제껏 먹어보지 못한 맛깔스러운 국물이었다.

그리고—— 그 조린 국물 못지않게 기바 고기의 맛이 강렬했다.

전혀 질기지 않고 전혀 냄새나지도 않는다. 가볍게 씹기만 해도 고기가 사르르 부서진다. 그다음에는 타라파 국물과 어우러져 뭐라 말할 수 없는 감칠맛을 입 속에 퍼뜨려주었다.

이렇게 맛있는 고기가 존재하는 줄은 탈라는 상상조차 못했다.

씹고 또 씹어도 맛이 사라질 줄을 모른다. 겨우 한 조각 먹었을 뿐인데 탈라는 언제까지나 행복한 기분을 맛볼 수가 있었다.

키뮤스보다, 카론보다 월등히 맛있다.

키뮤스의 가죽이 붙은 고기나 카론의 등 고기가 이 기바 고기보다 맛있다는 걸까.

"맛있어! 굉장히 맛있어, 아스타 오빠!"

다소 불안한 표정이었던 아스타가 안심한 듯 미소 짓는다.

"굉장해, 정말 굉장해! 더 먹고 싶어! 아빠한테 동전 받아올게!"

"아, 잠깐 기다려! 괜찮으면 돌라 아저씨도 먼저 맛을 봐주셨으면 하는데. 그 편이 안심하고 동전을 받을 수 있으니까. ……으음, 그 나무 바늘은 몇 개 없으니까 또 그걸 써주면 안 될까?"

"좋아!" 하고 고개를 힘차게 끄덕인 후 탈라는 가도를 달려갔다.

행복감이 아직 입 안에 남아 있다.

그 행복감이 서서히 온몸을 둘러싸는 것을 탈라는 느끼고 있었다.

이거라면 분명히 돌라도 기뻐해줄 것이다.

요 며칠간 돌라는 줄곧 상태가 이상했다. 숲가의 백성과 어떻게 관계를 해나가야 할지 고민하는 것처럼 느껴졌다. 아스타와 아스타 주변에 있는 숲가의 백성에게 마음이 끌리는 한편, 당연하게도 인연 맺기를 주저하는 듯한 모습이었던 것이다.

아마도 돌라에게는 누구도 알아줄 수 없는 자신만의 고민이 있을 것이다.

농촌에서 일하는 어머니와 형들도 "숲가의 백성과 어울려서는 안 된다"라고 입 모아 말했다.

탈라가 그에 반론하는 동안에도 돌라는 줄곧 괴로운 얼굴로 입을 다물고만 있었다.

탈라는 알지 못하는 복잡한 감정에 돌라는 시달리고 있는 것이다.

'하지만 분명 이건 괜찮을 거야.'

아스타는 거짓말쟁이가 아니었다.

거짓말쟁이에 난폭자는 필시 '족장 집안'의 사람뿐이다.

내내 괴로운 표정을 지었던 아빠도 이것으로 편해질 것이다. 그렇게 생각했더니 탈라는 한층 더 행복한 기분을 느낄 수 있었다.

찰박찰박하고 빗물을 튀기며 가도를 달려 이윽고 탈라는 아빠 앞에 섰다.

지붕 밑에 앉아 있던 돌라가 멍하니 탈라를 쳐다본다.

"이것 봐, 아스타의 요리야! 아빠가 키운 채소로 아스타가 이렇게 맛있는 요리를 만들어줬어!"

돌라는 힘없이 웃고 나무 바늘에 꽂힌 기바 고기 조각을 받아 들었다.

아빠가 얼마나 놀라운 표정을 지을지 탈라는 기대에 부풀어 지켜보았다.

후기

《이세계 요리의 길》 4권을 읽어주셔서 정말 감사합니다.

이 작품의 1권이 간행된 것이 올해 2월이었습니다만, 그로부터 반년 남짓이 흘렀습니다.

순식간인 것 같기도 하고 꽤 오랜 시간이 지난 것 같기도 한…… 신기한 느낌입니다.

어쨌든 여러분의 따뜻한 지원이 없었다면 여기까지 권수를 늘리지 못했을 겁니다.

진심으로 감사의 말씀을 드립니다.

이번에는 기이하게도 '우리의 싸움은 이제부터다!'와 같은 결말이 되었지만, 글자 그대로 아스타 일행의 싸움은 이제부터가 본격적입니다.

감사하게도 이미 다음 권 간행 일정이 짜였기 때문에 계속해서 기대해주시면 좋겠습니다.

이야기의 무대는 드디어 역참 마을로 넘어가고 있습니다.

다음 권도 역참 마을에서 일어난 이런저런 일을 주로 다룰 예정입니다.

그러나 숲가의 촌락에도 아직 여러 가지 성가신 문제가 남아 있기 때문에 그쪽도 동시에 어떻게든 진행해나가야 합니다.

이번 권에는 등장할 기회가 없었던 숲가의 골칫덩이들이 드디어 만반의 준비를 하고 아스타 일행 앞에 나타날 겁니다.

그와 관련하여 등장인물이 많은 이야기가 되어버렸습니다.

현 시점에서 약 30명쯤 되는 것 같습니다.

애초에 1권에 등장한 루가의 가족이 젖먹이 아이까지 포함해서 13명이라는 시점에서 정신이 혼미해졌습니다.

이 작품의 서적화가 결정되어 하비재팬 편집부 담당자님과 협의를 했을 때 가장 걱정이었던 점은 "이렇게 캐릭터가 많은데 괜찮을까" 하는 것이었습니다.

여하튼 이들 중에서 다음에는 어떤 캐릭터가 코치모 님의 붓을 거쳐 비주얼화될지 저자로서도 매번 기대하고 있습니다.

이번에는 카뮤아 요슈가 컬러 삽화로 등장했군요.

이렇듯 적인지 아군인지 종잡을 수 없는 표표한 캐릭터는 저마다 품고 있는 이미지가 다르기 때문에 비주얼화가 상당히 어려울 줄 알았지만, 저자로서는 대만족이었습니다.

개인적으로 마음에 드는 동쪽 상인도 코치모 님이 이번 권에서 일러스트로 그려주셔서 감개무량할 따름입니다.

제 머리에서 태어난 캐릭터들이 다른 사람의 손에 의해 비주얼화된다는 것은 매우 신기하면서도 행복한 감각입니다.

앞으로도 이 행복감을 가슴에 품고 집필을 계속하고 싶습니다.

그럼, 그럼.

잡담은 이 정도로 할까요?

그럼 매번 똑같이 마무리를 짓지만, 하비재팬 편집부 담당자님, 일러스트레이터 코치모 님, 이 작품의 출판에 힘써주신 모든 분들과 그리고 이 책을 읽어주신 분들께 다시 한 번 감사의 말씀을 드립니다.

그럼 다음 권에서 또 만나요!

우리의 싸움은 이제부터다!

2015년 8월 EDA

ISEKAI RYOURIDOU 4
©2015 EDA
Originally published in Japan in 2015 by HOBBY JAPAN CO., Ltd.

이세계 요리의 길 4

2016년 11월 8일 1판 1쇄 인쇄
2016년 11월 15일 1판 1쇄 발행

저   자 EDA
일 러 스 트 코치모
옮 긴 이 이정민
발 행 인 유재옥
본 부 장 조병권
담당편집자 김민지
편   집 김민지, 김진아, 정영길, 박찬솔
라이츠담당 오유진
발 행 처 ㈜소미미디어
등   록 제2015-000008호
주   소 서울 마포구 토정로 222, 403호(신수동, 한국출판콘텐츠센터)
판   매 ㈜소미미디어
마 케 팅 한민지
전   화 편집부 (070)4164-3962, 3963 기획실 (02)567-3388
              판매 및 마케팅 (070)4165-6688, Fax (02)322-7665

ISBN 979-11-5710-528-1 04830
ISBN 979-11-5710-233-4 (세트)